Une délicieuse cohabitation

Un amour d'été

NIOBIA BRYANT

Une délicieuse cohabitation

Traduction française de
ROSELINE AULIAC

PASSIONS

HARLEQUIN

Collection : PASSIONS

Titre original :
UNDER THE SAME ROOF

HARPERCOLLINS FRANCE
83-85, boulevard Vincent-Auriol, 75646 PARIS CEDEX 13
Service Clients — https://www.harlequin.fr/contenu/contactez-nous
ISBN 978-2-2805-0048-7 — ISSN 1950-2761

Édité par HarperCollins France.
Composition et mise en pages Nord Compo.
Imprimé en avril 2025 par CPI Black Print (Barcelone)
en utilisant 100% d'électricité renouvelable.
Dépôt légal : mai 2025.

FSC
www.fsc.org
MIXTE
Papier issu de sources responsables
FSC® C159065

Pour limiter l'empreinte environnementale de ses livres, HarperCollins France s'engage à n'utiliser que du papier fabriqué à partir de bois provenant de forêts gérées durablement et de manière responsable.

1

En entendant la sonnette de la porte d'entrée, Alisha Winters marqua une pause, surprise. Elle n'attendait aucun visiteur mais, comme elle avait trois frères et une sœur, une visite impromptue n'était pas impossible. Sans consulter sur son téléphone le système de vidéosurveillance qu'elle venait de faire installer dans l'ancienne demeure des Winters que sa grand-mère Gloria lui avait léguée, elle se dirigea vers une des fenêtres situées de part et d'autre de la double porte d'entrée. Son bracelet à breloques qui comportait quatre médaillons en forme de cœur tinta au rythme de son pas énergique.

Sous le porche en pierre recouvert d'une marquise en métal se tenait un homme grand et bien bâti. En avisant sa peau d'une belle couleur chocolat, ses cheveux bruns coupés court et ses joues ombrées par une barbe, la jeune femme ne put retenir un petit sifflement d'admiration.

Mmm ! pensa-t-elle, admirant son profil ciselé et la façon dont son jean et son blouson en cuir noir soulignaient son corps svelte et musclé.

Cet inconnu était très sexy !

Soudain, il tourna la tête, et leurs regards se croisèrent.

Alisha retint son souffle, surprise et fascinée.

Car le profil de l'inconnu ne lui avait offert qu'un aperçu de sa beauté. Ses traits étaient virils et bien dessinés, ses pommettes saillantes et sa mâchoire carrée. Mais ce qui frappait Alisha, c'étaient ses yeux intenses et brillants, ourlés de cils fournis. Et sa bouche...

Si appétissante.

Elle ne put s'empêcher de se lécher les lèvres.

L'inconnu lui adressa un bref signe de tête en souriant.

Elle frissonna, soudain fébrile. C'était la première fois depuis des années qu'un homme lui faisait une impression aussi forte, aussi vite.

Elle s'écarta de la fenêtre et agrippa la poignée de porte en fer forgé noir de style colonial. Puis, de sa main libre, elle rejeta en arrière ses boucles brunes avant d'ouvrir la porte. Le vent d'automne s'engouffra à l'intérieur, charriant une bouffée de l'eau de toilette chaude et épicée de l'inconnu.

Mmm ! De plus en plus fascinant !

— Bonjour, Alisha, dit-il d'une voix grave et mélodieuse en lui tendant la main.

Elle faillit la prendre pour voir si son contact lui ferait autant d'effet que son physique de rêve, mais se ravisa.

— Est-ce que nous nous connaissons ? demanda-t-elle, se rendant compte qu'il l'avait appelée par son prénom.

Oubliant le vif intérêt qu'il suscitait en elle, elle le considéra avec méfiance au cas où il aurait cherché à s'introduire de force chez elle. Elle se raidit, la main crispée sur la poignée, prête à gâcher la perfection de son visage par un œil au beurre noir et une lèvre fendue. Car elle en était tout à fait capable.

Les yeux de l'inconnu s'écarquillèrent, comme s'il lisait dans ses pensées.

— Je m'appelle Tremaine Knowles, de Knowles Threat Solutions.

Il lui adressa un autre sourire qui se voulait rassurant.

C'était peine perdue.

Elle releva le menton et le fixa droit dans les yeux, notant au passage le petit frisson d'excitation qui parcourait son dos.

— Eh bien, monsieur Tremaine Knowles, de Knowles Threat

Solutions, pourquoi vous trouvez-vous sous mon porche et comment connaissez-vous mon nom ?

— Je suis détective privé et expert en sécurité des personnes. J'ai été engagé pour enquêter sur la découverte du collier dans votre propriété.

Saisie d'appréhension, elle reporta son regard sur le pick-up GMC Sierra rouge vif garé à côté de sa Porsche 356 Speedster de 1955 gris métallisé.

Le collier qui fait partie du patrimoine familial des Del Rio.

La venue de ce détective avait de quoi l'inquiéter. En effet, c'était Marcus, son plus jeune frère, et Jessica Drummond, devenue entre-temps sa fiancée, qui avaient découvert par hasard un terrible secret de famille : le collier hors de prix en diamant, rubis et émeraude, caché dans une pièce secrète dans la cave de l'ancienne demeure familiale des Winters datant des années 1920 – et qui appartenait désormais à Alisha. Mais Marcus, Jessica et Alisha avaient menti au sujet de l'endroit où le collier avait été découvert à cause de la lettre compromettante qui l'accompagnait. Toutes les familles avaient des secrets. Cette lettre était celui des Winters.

— Est-ce que je peux vous poser quelques questions, Alisha ? Par exemple, avez-vous une information à me fournir au sujet du collier ? demanda Tremaine.

Elle se raidit sous l'effet de l'indignation, de l'agacement et d'un soupçon de culpabilité.

— Qui vous a engagé ?

— Les Del Rio, répondit-il.

Elle fronça les sourcils.

Cet homme est un ennemi. Très sexy, mais un ennemi.

— Qu'est-ce qui vous permet de penser que je pourrais avoir une information à vous fournir ? demanda-t-elle sèchement. Et appelez-moi madame Winters.

Il sourit. Un sourire forcé, et néanmoins captivant.

— Sans doute aimeriez-vous que votre nom soit lavé de tout soupçon dans le « Scandale du collier », *madame* Winters.

Ignorant l'appellation donnée par les médias à ce fiasco, Alisha se redressa de toute sa hauteur.

— Mon nom lavé de tout soupçon ? demanda-t-elle, outrée, résistant difficilement à l'envie de lui claquer la porte au nez.

Tremaine hocha la tête avant de jeter un regard appuyé à la fente aménagée dans la porte pour y glisser le courrier.

— Apparemment, le collier a été déposé ici, dans votre boîte aux lettres, lui rappela-t-il. Est-ce que je peux entrer ?

Alisha fit un signe de dénégation.

— Soit. C'est votre frère Marcus qui a trouvé l'enveloppe dans votre boîte aux lettres, n'est-ce pas ?

Oui. C'est la version officielle, et je m'y tiendrai.

Tout cela à cause d'une lettre écrite par son arrière-grand-mère Eliza Winters née Boudreaux, dans laquelle elle avouait avec beaucoup de remords avoir dérobé le collier appartenant à la famille Del Rio alors qu'il était prêté à un musée parisien. Elle avait commis ce vol avant d'épouser Teddy Winters et après avoir plaqué son rival Fernando Del Rio I au pied de l'autel. C'était la rupture de ces fiançailles qui avait déclenché une querelle centenaire féroce entre les Del Rio et les Winters.

Le sentiment de culpabilité d'Alisha refit surface, la poussant à révéler l'existence de la lettre au détective, mais elle se ravisa bien vite. Si on apprenait qu'Eliza était la voleuse de bijoux internationale, ce serait beaucoup trop compromettant pour la famille Winters.

Par conséquent, le secret d'Eliza est le nôtre, connu uniquement de Marcus, Jessica et moi.

Si seulement Marcus et Jessica n'étaient pas tombés sur cette cachette à la cave ! Il était parfois préférable que certaines choses demeurent secrètes.

La découverte du collier des Del Rio dans l'ancienne propriété des Winters faisait la une des médias et des réseaux sociaux, y compris à l'étranger. Le plan que Marcus, Jessica et elle avaient échafaudé leur avait semblé relativement simple : restituer le bijou, mais mentir sur la façon dont ils l'avaient trouvé et faire l'impasse sur la lettre pour ne pas entacher la réputation de la défunte matriarche des Winters.

C'était Alisha qui avait insisté sur ce dernier point.

— Il n'y a rien de plus à savoir, monsieur Knowles, dit-elle, croisant les bras sur sa poitrine et s'appuyant contre le chambranle avec une feinte décontraction. Le collier a été remis aux autorités compétentes pour qu'elles le restituent à qui de droit.

Le détective la regardait avec autant d'intensité que si elle avait été une boisson savoureuse.

Si seulement…

Cet homme avait beau être un ennemi inféodé aux Del Rio et insinuer qu'elle en savait plus qu'elle ne le disait, il était la tentation personnifiée.

— Madame Winters, je me permets d'insister, dit-il, interrompant le fil de ses pensées sensuelles tout en caressant sa barbe de ses doigts déliés.

Des doigts faits pour le plaisir.

Le pouls d'Alisha s'accéléra, et des picotements la parcoururent.

Décidément, cet homme était dangereusement attirant. Elle s'éclaircit la gorge, s'efforçant de se ressaisir.

— Je suis contente pour les Del Rio que ce bijou faisant partie de leur patrimoine familial ait été retrouvé. C'est ma déclaration officielle. Je n'ai rien d'autre à ajouter.

Elle se reculait pour fermer la porte quand le détective posa une main sur le montant, stoppant sa retraite.

Oh ! Il est costaud !

Elle imaginait les muscles de ses bras tendus par l'effort, tandis qu'il la soulèverait contre son corps. La serrant étroitement. Pressant le visage contre son cou et l'embrassant avec sa bouche délicieuse…

— Si vous n'avez rien à cacher, pourquoi êtes-vous aussi peu coopérative ? demanda-t-il.

Elle ouvrit brusquement la porte, et il pénétra à l'intérieur en trébuchant tout près d'elle. Si près que la senteur de son eau de toilette l'enveloppa, telle une caresse insidieuse.

Tremaine Knowles monopolisa tous ses muscles afin de ne pas tomber en avant dans les bras d'Alisha. Elle fit un pas de côté, comme pour l'éviter.

— Désolé, dit-il, même si leurs corps ne s'étaient pas touchés.

Cependant, il avait été suffisamment près d'elle pour inhaler sa délicieuse senteur et se perdre dans son énergie magnétique si singulière. Dès qu'il l'avait aperçue derrière la fenêtre, il avait éprouvé un choc émotionnel. Il était venu chez elle pour obtenir des réponses concernant la découverte du collier volé, mais il avait trouvé quelque chose de beaucoup plus captivant.

Aussi stupide que cela paraisse, il ne s'attendait pas à ce qu'une antiquaire soit aussi... sexy. C'était pourtant le cas de cette beauté aux grands yeux de biche qui le scrutaient à cet instant avec reproche, les bras croisés sur sa poitrine – un geste qui soulignait involontairement ses courbes voluptueuses. Il la dominait de près de trente centimètres et éprouvait le besoin urgent de la protéger alors même qu'elle le fixait comme si c'était de lui qu'elle devait se protéger.

— Écoutez, dit-il. Ce pourrait être l'occasion pour moi de faciliter la communication entre les Del Rio et les Winters... et de balayer les soupçons qui pèsent sur vous.

— Des soupçons ? Vraiment ? Je croyais que la dernière rumeur en date faisait état d'un coup publicitaire en vue de tirer profit de la trêve entre nos deux familles à l'occasion du centième anniversaire du vol ?

— Vous êtes certainement consciente que le poids du soupçon gît sur le seuil de votre porte – pardon pour le jeu de mots.

— Il est tellement nul que je préfère l'ignorer, riposta-t-elle avec une moue dédaigneuse.

Tremaine réprima un sourire. *Elle ne se laisse pas démonter*, songea-t-il, admiratif. Sa vivacité lui plaisait.

Si son meilleur ami Preston ne l'avait pas recommandé à son père, Fernando Del Rio III, pour enquêter sur la découverte suspecte du collier appartenant à leur famille, Tremaine aurait invité Alisha à sortir avec lui.

Cependant, tout en étant subjugué par sa beauté et son charme, il avait trop d'expérience en tant qu'ancien inspecteur de police à Austin pour ignorer ce que son instinct lui dictait : Alisha Winters lui cachait quelque chose.

Il leva les yeux vers l'imposant plafond cathédrale du vestibule.

— Vous avez une demeure magnifique, madame Winters.

— Oh ! merci, répondit-elle, visiblement prise au dépourvu. C'est ma grand-mère Gloria qui me l'a léguée. Nous adorions l'architecture et l'histoire de cette maison, et je prends plaisir à la restaurer comme elle l'aurait voulu. C'est sans doute pour cette raison qu'elle me l'a léguée.

Elle porta une main à sa gorge, visiblement émue.

Il ne put s'empêcher d'observer la façon dont elle caressait sa peau soyeuse d'une belle teinte caramel – un pur régal pour les yeux et la bouche.

— Je parle en connaissance de cause car mon père a construit des maisons pendant des années, précisa-t-il.

Elle reporta son attention sur lui.

À cet instant, son cœur s'affola, et une douce chaleur se propagea au creux de son ventre.

Bon sang.

La lueur de surprise qui traversa le regard d'Alisha l'intrigua. Craignant de s'être trahi en dévoilant l'effet puissant qu'elle produisait sur lui, il détourna le regard, embarrassé.

Concentre-toi sur ton travail.

Mais c'était plus facile à dire qu'à faire. Il avait connu beaucoup de jolies femmes dans sa vie, mais Alisha, aussi intelligente que belle, possédait une lumière intérieure magnétique qui l'attirait irrésistiblement.

— Je vous demande de partir, monsieur Knowles, dit-elle.

— Appelez-moi Tremaine.

Elle secoua la tête, refusant cette familiarité.

— Vous ne me connaissez pas, mais je ne suis ni une tricheuse ni une voleuse. Et je ne participe pas non plus à un coup publicitaire.

Tout en parlant, elle ouvrit un battant de la double porte, l'invitant à partir.

Il s'exécuta en riant. Puis il s'arrêta et se tourna vers elle.

— J'ai d'autres questions à vous poser, madame Winters. Pouvons-nous fixer un rendez-vous pour que je revienne vous voir ?

— Prenez plutôt rendez-vous avec l'agent spécial Whitlock du Département texan de la Sécurité publique, suggéra-t-elle. Le shérif Battle lui a transféré le dossier.

Tremaine ne put s'empêcher de la contempler, émerveillé de constater que le vent froid soufflant autour d'eux ne parvenait pas à diminuer l'éclat et la chaleur qui semblaient émaner d'elle. Il aimait façon de relever son menton d'un air de défi. Quant à ses yeux, ils étaient si brillants. Si intelligents. Si perspicaces. Et si révélateurs.

Il percevait dans leurs profondeurs marron foncé un vif intérêt à son égard, semblable à celui qu'elle suscitait en lui.

Aussitôt, un sentiment d'euphorie le submergea.

— Bonne journée, monsieur Knowles, dit-elle doucement, se reculant et fermant la porte.

Il resta groggy devant le battant de bois.

Bon sang.

C'était une chose d'admettre qu'on était attiré par une personne, mais c'en était une autre, plus exaltante, de savoir que cette attirance était réciproque.

Il leva une main pour sonner à nouveau. Pour l'inviter à

boire un verre. Pour déployer ce charme qui ne lui avait jamais fait défaut et lui avait valu le surnom de Bourreau des cœurs à l'université. Pour se perdre à nouveau dans sa chaleur et son énergie magnétique.

À la place, il posa doucement son poing contre le bois et baissa la tête, assailli par le regret.

En tant que meilleur ami de Preston, il était au courant du conflit ouvert opposant les Del Rio et les Winters – deux familles parmi les plus riches de Royal et rivales en affaires. L'effervescence avait été à son comble chez les Del Rio cet été quand l'application de rencontres k!smet avait jugé compatibles Maggie, la sœur de Preston, et Jericho, le frère d'Alisha, lors d'un salon de la technologie à Royal. Le séisme avait été tel que le lendemain s'était tenue une réunion entre les deux familles et leurs avocats respectifs au Texas Cattleman's Club grâce à la médiation de Jack Chowdhry afin qu'elles mettent leur querelle en veilleuse. À l'époque, les deux familles avaient accepté que ce qui avait été considéré au début comme une erreur technique de l'application se transforme en véritable amour entre Maggie et Jericho, entraînant dans la foulée le dégel de leurs relations.

Jusqu'à la réapparition du collier des Del Rio.

Tremaine s'écarta de la porte d'entrée, descendit les marches semi-circulaires du porche et rejoignit son pick-up. Là, il marqua une pause pour contempler les jardins de part et d'autre de l'allée sinueuse qui menait à la grille d'entrée. La splendide propriété dégageait une impression de sérénité. Quant à l'ancienne demeure familiale des Winters de deux étages, elle avait grand besoin d'être restaurée après plus de cent ans d'existence, mais restait d'une beauté indéniable. Son style européen Art déco était une véritable curiosité au Texas, notamment à l'époque de sa construction, avec les éléments en bois comme la double porte d'entrée, la façade en pierre, les marquises en métal et autres ornements en fer forgé.

Tremaine exhala un profond soupir.

Les murs de cette maison recélaient le secret de ce qui s'était passé entre le moment où le collier avait été dérobé dans un musée parisien et celui où il avait été déposé dans la boîte aux lettres de l'actuelle propriétaire des lieux, près d'un siècle plus tard. Et il voulait – non, il devait – trouver la clé de l'énigme, car la résolution d'une affaire aussi retentissante serait un gage succès pour Knowles Threat Solutions. Et pour Tremaine, l'échec n'était pas envisageable.

Il avait obtenu son diplôme universitaire avec mention, avec l'informatique en matière principale et le droit pénal en matière secondaire. Puis il avait intégré l'école de police, et pendant neuf ans il avait grimpé les échelons jusqu'au grade d'inspecteur au sein de la division anti-cybercriminalité de la police à Austin. Durant son temps libre, il avait conçu un logiciel de chiffrement réversible qu'il avait vendu deux ans plus tôt à une société leader dans le domaine de la cryptographie. Celle-ci lui avait fait signer une clause de non-concurrence en contrepartie d'un versement de plusieurs millions de dollars. Son départ de la police et l'arrêt de ses activités de codage lui avaient fait prendre conscience qu'il avait été tout proche d'un burn-out.

Il avait alors ressenti le besoin d'un nouveau défi. D'une nouvelle quête.

L'obtention de sa licence professionnelle de détective privé et la création, l'année précédente, de sa société Knowles Threat Solutions avaient été une sorte de retour aux sources en tant qu'ancien officier de police plusieurs fois décoré. Désormais, il proposait ses services en matière de cybersécurité, de sécurité des personnes et d'enquêtes privées. Sa société fonctionnait bien, mais cette affaire l'aiderait à se développer de façon exponentielle avec davantage de cas à traiter, davantage de personnel et davantage de succès.

C'était son stimulant.

Alors qu'il jetait un dernier regard à la vaste demeure, il eut la surprise d'apercevoir Alisha dans l'embrasure de la porte.

Les mains fourrées dans les poches de son blouson, il s'adossa contre la carrosserie de son pick-up et l'observa tout à loisir. Un rayon de soleil filtrait à travers les branches des arbres et caressait son visage.

Elle est tout simplement radieuse.

Elle lui fit un signe de la main pour l'inviter à entrer et esquissa un sourire, comme pour se faire pardonner le mauvais accueil qu'elle lui avait réservé.

Soulagé, il s'écarta de son véhicule, revint sur ses pas et pénétra dans le vestibule.

Il avait deux semaines pour résoudre l'affaire, et rien, pas même cette femme splendide, ne le détournerait de son objectif.

2

Assise sur la première marche du double escalier au centre du vestibule, Alisha contemplait Tremaine pendant qu'il consultait son téléphone. Elle effleura le bracelet à breloques qu'elle portait toujours à son poignet gauche, celui du côté du cœur. Elle avait déniché ce bijou ancien avec ses quatre médaillons en forme de cœur lors d'une de ses nombreuses visites dans les brocantes, les marchés aux puces, les vide-greniers et les salles des ventes. Chaque médaillon renfermait la photo d'un être cher : sa mère Camille, son beau-père Joseph qui l'avait adoptée en bas âge et qui l'aimait comme sa propre fille, et son père biologique Lionel Jeffries qu'elle n'avait pas connu mais qu'elle respectait néanmoins. Le dernier médaillon était vide. Elle le réservait à l'homme de sa vie – celui qui satisferait tous ses besoins et l'aimerait d'un amour aussi profond que le sien. Celui qui serait aussi loyal, débordant d'énergie et doté du même sens de l'humour qu'elle. Celui avec qui elle fonderait une famille.

— Le seul et unique, murmura-t-elle, caressant le médaillon vide.

— Alisha.

Elle leva les yeux vers le détective dont la présence semblait rétrécir l'espace pourtant imposant du vestibule.

— Oui, monsieur Knowles, dit-elle, troublée, en le voyant s'approcher d'elle.

— Si j'ai bien compris, l'enveloppe indiquait le nom de votre frère. Est-ce qu'il vit ici ? Est-il habituel qu'il fasse parvenir son courrier chez vous ?

Mince ! Nous n'avons pas suffisamment réfléchi à toutes les implications, songea-t-elle, dépitée, s'efforçant de garder une expression neutre.

— Ma famille continue de passer beaucoup de temps ici. L'expéditeur a peut-être supposé qu'il en était de même pour mon frère, répondit-elle, gênée.

Elle détestait louvoyer entre la vérité et le mensonge, préférant de loin la première.

Oh ! Eliza, quelle idée d'avoir volé ce collier !

— Vous avez conscience que tout cela est très suspect, n'est-ce pas ?

— Oui, admit-elle. Mais j'ai déjà répondu à une douzaine de questions, et mon temps est précieux.

Il consulta à nouveau son téléphone et hocha la tête.

— En effet, je vois que vous êtes propriétaire du magasin d'antiquités Odds & Ends.

— Je suis aussi professeure d'histoire vacataire à Rice University.

Devant son air surpris, elle ne put s'empêcher de lui décocher une pique :

— Apparemment, vous avez raté cette information.

Il tapota sur son téléphone avec les pouces avant de reporter son attention sur elle.

— Ces deux activités feraient de vous la candidate idéale pour acheter ou vendre le collier.

Alisha se raidit, furieuse.

— Si c'était le cas, pourquoi l'aurions-nous restitué ?

— À vous de me le dire.

Elle eut un petit rire amer.

— Reportez-vous à vos notes, le passage où je vous ai dit que je n'étais pas une voleuse. Autre chose ?

— Je ne fais que rechercher la vérité, expliqua-t-il, un soupçon d'agacement dans la voix.

— C'était aussi le cas des enquêteurs du Département texan de la Sécurité publique quand ils nous ont tous questionnés. Et la vérité que vous devez admettre, c'est qu'ils ont conclu qu'il s'agissait d'une affaire entre les Winters et les Del Rio dans la mesure où le vol a été commis près de cent ans auparavant.

— Et la famille Winters…

— *Ma* famille, l'interrompit-elle, le défiant de dire autre chose.

Sa mère et elle étaient noires alors que les autres Winters étaient blancs. Elle était très jeune quand sa mère avait rencontré son futur beau-père et ses quatre enfants. Depuis, ils formaient tous une famille mixte et recomposée, pleine d'amour et de loyauté. Même si elle éprouvait de la curiosité quant à son père biologique, jamais elle ne renierait la famille qui l'avait élevée. Elle le savait, ses frères et sa sœur la trouvaient autoritaire et un peu têtue, mais elle les aimait de tout son cœur et prenait soin d'eux.

— Je n'ai jamais mis en doute votre légitimité, assura Tremaine.

— Mais vous me croyez impliquée dans un vol !

Il haussa les épaules, comme s'il n'avait pas d'autre choix.

— Vous vous trompez, dit-elle, regrettant que sa mauvaise conscience lui rappelle sans cesse l'existence de la lettre.

Il riva à nouveau son beau regard au sien.

— Je l'espère sincèrement.

Alisha prit une profonde inspiration. S'il faisait un pas de plus, il se retrouverait entre ses jambes écartées.

Un simple pas.

Son besoin impérieux de l'agripper par la taille et de l'attirer vers elle la surprit et la troubla.

— On pourrait aussi penser qu'une antiquaire et historienne de l'art aurait la possibilité d'acquérir des bijoux volés.

Elle se leva d'un bond, ulcérée, son bref élan de désir stoppé net.

— Vos propos sont insultants. Sortez d'ici !

Tremaine la dominait de toute sa hauteur.

— J'ai dit qu'on *pourrait* penser cela.

— Et vous, que pensez-vous ?

Il fronça un peu les sourcils, le regard scrutateur.

Puis ses yeux se posèrent sur sa bouche, et elle en oublia momentanément sa colère contre lui.

Au fond, que pense-t-il de moi ?

— J'espère que vous pourrez prouver qu'une telle hypothèse est mensongère, dit-il finalement.

Ses paroles lui rappelèrent à point nommé que la ligne de démarcation entre eux était clairement tracée. La fidélité d'Alisha allait à sa famille, et celle de Tremaine allait aux Del Rio qui l'avaient engagé. Avec un bref signe de tête, elle passa devant lui et traversa le vestibule.

Cette maudite querelle centenaire s'était ranimée et faisait à nouveau des victimes collatérales.

— Puis-je avoir quelque chose à boire ? demanda-t-il derrière elle.

Elle poussa un soupir excédé avant de se retourner.

— Avec en prime un en-cas et une sieste, pendant que vous y êtes ?

Il réprima à grand-peine un sourire amusé.

Elle s'en voulut de remarquer la façon dont ses yeux rieurs se plissaient, le rendant encore plus craquant. Le cœur battant, elle le conduisit jusqu'à la cuisine récemment rénovée – un des premiers projets qu'elle avait menés à bien. Quand elle se retourna, Tremaine se tenait devant l'îlot en bois remis à neuf avec son dessus en quartz et son espace de rangement.

Son beau visage était éclairé par la lumière du soleil qui pénétrait à flots par les hautes fenêtres sans cadre apparent au-dessus de l'évier. Sa peau brune veloutée ainsi mise en valeur lui parut délectable, prête à être embrassée par les lèvres d'une femme sensible à son charme.

Moi.

Si seulement...

Elle se détourna pour dissimuler son sentiment de regret.

— Cette cuisine est fabuleuse ! s'exclama-t-il. Les travaux de modernisation ne lui ont pas fait perdre son cachet d'origine.

Elle marqua une pause devant le réfrigérateur double face pour contempler la cuisine lumineuse avec ses murs blancs, son plafond haut et ses touches de couleurs provenant des appareils électroménagers bleu marine et du chemin de table écossais.

— Ma grand-mère l'aurait aimée, j'en suis sûre. Enfant, j'ai passé de nombreux week-ends ici. Elle me racontait l'histoire de la maison, son architecture et la prédominance du bois dans l'ameublement et les lambris. C'est elle qui m'a donné le goût de l'histoire et des objets anciens, expliqua-t-elle en souriant. Elle a dû deviner que j'aimerais cette maison plus que mes frères et ma sœur. Et elle avait raison, je l'adore.

La vaste demeure de plus de six cent cinquante mètres carrés comprenait deux ailes desservies par un double escalier central partant du vestibule joliment éclairé. Outre les cinq chambres, les six salles de bains complètes et les deux toilettes avec lavabos, il y avait aussi une cave, un grenier, un bureau, une salle à manger, une salle de jeu et un salon ouvrant sur un solarium de forme octogonale.

C'était la pièce préférée d'Alisha pour lire, travailler ou paresser. Sa rénovation interviendrait après celle de l'aile réservée aux invités.

— On voit que vous avez mis tout votre cœur dans ce travail de rénovation.

Cette remarque pertinente prononcée d'une voix vibrante la fit frissonner.

— C'est vrai, admit-elle, sortant une bouteille d'eau et la posant devant lui.

Il la regarda droit dans les yeux

— J'ai du mal à imaginer qu'une personne capable d'exprimer un tel amour pour sa maison soit malhonnête.

Elle sentit son haleine fraîche lui effleurer le visage. Aussitôt, elle l'imagina en train de souffler doucement sur sa peau nue, depuis les fossettes au-dessus de ses fesses et le long de sa colonne vertébrale jusqu'à sa nuque.

— Dites-moi la vérité, insista-t-il.

Elle se raidit, mal à l'aise.

Ne me posez pas de questions, et je ne vous mentirai pas.

— Si vous avez fini de fouiner, monsieur Knowles...

— D'enquêter, objecta-t-il en souriant.

— Pour moi, c'est la même chose, riposta-t-elle, l'invitant à la suivre hors de la cuisine.

Il rit.

Arrivée au bout du couloir, elle se retourna, surprise par son silence.

Il se tenait toujours sur le seuil de la cuisine, l'examinant avec attention.

— Elle mériterait d'être exposée dans un showroom, remarqua-t-il, admiratif, avant de la rejoindre.

— Merci.

Il s'arrêta devant elle, et les murs du couloir semblèrent se resserrer autour d'eux tandis qu'ils s'observaient. L'attirance qu'elle éprouvait pour lui s'exacerbait en l'absence d'espace suffisant pour la dissiper.

Et cette attirance était réciproque.

La chaude lueur dans ses yeux en attestait.

Elle recula d'un pas, troublée, et ses fesses se retrouvèrent pressées contre le mur. Désormais, elle ne pouvait plus mettre de distance entre eux. L'effet que cette proximité produisit sur elle fut immédiat. Chaque cellule de son corps s'anima, comme électrisée, et tous ses sens s'emballèrent. C'était fou ! Elle n'avait jamais rien ressenti de tel. Jamais.

Elle lécha ses lèvres sèches et reprit sa marche en direction du vestibule qu'elle traversa en hâte, résistant à l'envie de presser une main contre son cœur qui battait à tout rompre. Elle ouvrit la porte d'entrée, accueillant avec soulagement le vent froid qui soufflait alentour, et prit une profonde inspiration dans l'espoir de calmer l'ardeur de son désir. Pour cet inconnu. Cet enquêteur qui faisait alliance avec l'ennemi de sa famille et qui l'accusait de mentir.

Il passa devant elle pour sortir, et elle serra les poings pour s'empêcher de le toucher. De le retenir. De l'attirer contre elle.

Seigneur, que m'arrive-t-il ? En désirant cet homme, je trahis les êtres qui me sont les plus chers au monde.

Hélas pour elle, cet homme avait un physique de rêve et un charme fou. Dans ces conditions, comment lui résister ? Oh ! oui, il était dangereux.

Elle le vit sortir une carte de visite de la poche de son blouson.

— N'hésitez pas à m'appeler si vous vous souvenez de quelque chose d'important, dit-il, la lui tendant.

Elle prit la carte dont la texture lui parut d'une douceur inattendue. Un peu comme une peau de daim. La sienne serait-elle aussi soyeuse au toucher ?

Du calme, Alisha !

— Je ne pense pas que nous ayons autre chose à nous dire, répliqua-t-elle en lui rendant sa carte.

Tremaine écarta les mains en signe de refus.

— Mon instinct me dicte le contraire, et je me fie toujours à lui.

Puis il dévala les marches du perron pour rejoindre son pick-up.

Quand il se fut éloigné, non sans lui avoir jeté un dernier regard, elle caressa la carte et la porta à son nez pour humer les traces de sa senteur grisante.

« Knowles, je ne vous accorde que deux semaines pour me livrer le nom du ou des coupables parmi ces maudits Winters. »

Songeur, Tremaine se tenait devant la porte-fenêtre de sa suite dans l'hôtel de charme où il résidait pendant son séjour à Royal. Il n'était pas près d'oublier les paroles prononcées quelques jours plus tôt par le patriarche du clan Del Rio ! Fernando Del Rio III était un homme imposant et tenace, comme lui. C'est pourquoi Tremaine savait qu'il tiendrait parole et couperait tout lien avec lui s'il n'éclaircissait pas le mystère entourant la réapparition soudaine du collier dans les délais impartis.

Tout en buvant une gorgée de café noir, il contempla le jardin encore beau bien que défleuri en cette fin d'automne. Cette demeure offrait davantage de confort et d'intimité que les grands hôtels en ville, trop ostentatoires à son goût. Elle comportait cinq suites joliment décorées et proposait une excellente cuisine du Sud. Il en avait l'eau à la bouche et attendait avec impatience l'heure du dîner.

Entre-temps, il lui fallait réfléchir et élaborer une stratégie pour découvrir ce qu'Alisha et les autres Winters lui cachaient.

Peut-être ont-ils eu le collier en leur possession plus longtemps qu'ils ne le disent.

Tremaine fronça les sourcils, perplexe.

Mais qu'avaient-ils à gagner en le rendant ? Ils auraient aussi bien pu le garder et n'en parler à personne.

Il but une gorgée de café tout en réfléchissant.

Ont-ils acquis le collier à un moment ou à un autre, se gardant d'en informer les Del Rio par malveillance ou vengeance ? Pourtant, ils l'ont restitué sans rien exiger en échange.

S'écartant de la porte-fenêtre qui donnait accès à un balcon privé, il traversa le salon au décor à la fois rustique et raffiné et pénétra dans la chambre pour récupérer son ordinateur portable posé sur le lit à baldaquin en fer forgé. Il contenait son fichier sur l'affaire avec toutes les informations qu'il avait réunies sur le joyau, notamment sa fabrication, les articles sur sa grande valeur, les portraits des ancêtres Del Rio arborant le collier, ainsi que des articles récents sur le hold-up et la soudaine réapparition du joyau.

L'effervescence médiatique autour de cet événement lui avait facilité la prise de contact avec le responsable de la police parisienne et l'accès au dossier de l'époque. Hélas, il ne lui avait pas été d'une grande utilité. Il avait aussi songé à se rendre en France pour voir si la configuration du musée lui permettrait de comprendre comment un tel vol avait été possible, mais le bâtiment avait subi une transformation de grande ampleur quarante ans plus tôt.

Encore une impasse, songea-t-il, dépité.

Il agrandit deux photos du collier en diamant, rubis et émeraude, la première prise avant le vol et la seconde après sa récupération par les Winters. Malgré l'intervalle d'un siècle entre les deux clichés, il ne repéra aucune modification, aucun manque ni aucun dégât apparent sur le bijou.

Quel mystère !

Il en était quitte pour réfléchir à nouveau, analyser et émettre des hypothèses.

Qui ? Quoi ? Quand ? Où ? Comment ? Pourquoi ?

Il avait appris très tôt dans la vie, puis au cours de sa carrière de policier, que ces questions étaient essentielles pour résoudre de nombreux problèmes de la vie courante et, a fortiori, les affaires criminelles. Qui avait commis le vol ? Qui avait aidé le voleur ? Qu'est-ce que ces personnes avaient à gagner ? Quand le joyau était-il revenu aux États-Unis ? Où avait-il été caché pendant près de cent ans ? Comment s'était-il retrouvé dans le domaine des Winters ? L'un d'entre eux était-il derrière le vol initial ? Et, question cruciale, pourquoi le collier avait-il été volé ?

Il transporta son ordinateur dans le salon et s'installa dans une causeuse, se demandant quel avait été l'élément déclencheur pour le voleur. Si seulement il avait eu un témoin direct de cette époque pour le renseigner !

Il examina à nouveau ses dossiers et vérifia la liste des personnes qu'il voulait interroger. Il lui manquait une information. Il s'empara de son téléphone professionnel, espérant contre toute attente un message d'Alisha. Fallait-il qu'il soit stupide !

Puis, il appela son assistante qui tenait la boutique à Austin en son absence.

— Bonsoir, Knowles Threat Solutions à votre service.

— Bonsoir, Golden. Comment ça se passe au bureau ? demanda-t-il, se calant contre le dossier de la causeuse.

— Tout va pour le mieux, patron, répondit-elle avec un mélange d'accents mexicain et texan.

— Alors, comment se fait-il que je n'ai pas reçu les renseignements que je vous ai demandés au sujet de cette liste de noms ?

— Oups ! Je me suis laissé distraire par TikTok, admit-elle en riant. Un type adorable montrait comment préparer un thé non fermenté. C'était super !

Tremaine réprima un sourire. Il visualisait très bien la jeune femme débordante de joie et d'énergie. Elle avait été la première candidate à se présenter pour le poste d'assistante administrative. Malgré son peu d'expérience dans ce domaine, il l'avait engagée à cause de sa gaieté et de son aptitude au bonheur. En revanche, il aimait moins ses références à ses anges gardiens, les fréquences sacrées qu'elle écoutait régulièrement afin d'équilibrer ses chakras, ses pauses méditatives en cours de journée et sa façon de s'immerger dans chaque émotion, positive ou négative. Néanmoins, il était forcé de reconnaître que sa présence – qu'elle appelait son aura – avait un effet apaisant sur lui et qu'elle « savait » des choses qui se révélaient exactes après coup.

Ding.

À l'annonce de la réception d'un mail, il se redressa, récupéra le fichier que Golden venait de lui envoyer et commença à lire les renseignements sur chaque membre de la famille Winters. Il s'attarda sur la fiche concernant Alisha et examina la photo sur son permis de conduire.

Une vraie beauté !

— Tous les deux, vous feriez de beaux bébés, monsieur Knowles, déclara Golden.

— De qui parlez-vous ?

Pris de court, il délaissa la photo pour se concentrer sur les renseignements.

— D'Alisha Winters. Vous regardez sa photo, n'est-ce pas ? Vous savez bien que je *sais* des choses. Mon intuition me dit que vous êtes faits l'un pour l'autre...

— Bonsoir, Golden, dit-il, mettant fin à la communication.

Il reprit sa lecture du rapport détaillé.

Les parents : Joseph et Camille, sa seconde épouse. Puis les enfants : Jericho, architecte. Trey, éleveur et investisseur. Alisha, antiquaire et historienne de l'art. Marcus, directeur général d'une ligne de produits de luxe. Et Tiffany, chocolatière. Il ne trouva rien d'important dans les fichiers relatifs aux immatriculations automobiles, dans les antécédents judiciaires, les antécédents de crédit et les listes de biens immobiliers dressées par le comté. Il le savait, c'était une tentative qui avait peu de chance d'aboutir, mais en tant que policier, puis détective privé, il lui était arrivé de mettre dans le mille.

Il continua d'examiner les photos des différents Winters, puis il les copia et les inséra dans un arbre généalogique improvisé.

Parfois, il était nécessaire d'agrandir la partie centrale de la cible. Aucun Winters, ancien ou actuel, n'était au-dessus de tout soupçon.

Après avoir vérifié l'heure, il prit son téléphone personnel pour appeler Preston. En tant que bras droit de son père et héritier présomptif de la compagnie pétrochimique familiale florissante, il était très occupé. Mais, de son côté, Tremaine ne disposait que de quelques jours pour résoudre l'affaire.

— Salut, Bourreau des cœurs ! Comment ça va ? s'enquit Preston.

L'emploi de son ancien sobriquet fit rire Tremaine.

— Laisse tomber ! Je t'ai toujours dit que je me rangerai quand j'aurai trouvé la femme de ma vie.

— Et comment trouveras-tu cette perle rare ?

— Ce sera celle qui me fera oublier que les autres femmes existent.

Le silence régna un instant sur la ligne.

— Et que tu ne pourras jamais oublier, compléta Preston.

Cette remarque prit Tremaine de court.

— Tu veux bien développer ?

Preston s'éclaircit la gorge.

— Où en est ton enquête ? demanda-t-il, visiblement désireux de changer de sujet.

Tremaine n'insista pas.

— En fait, c'est la raison de mon appel. À ce stade, il est temps que j'élargisse le champ des recherches.

— De quelle façon ?

— En me penchant sur d'autres membres de la famille Winters que les parents et les enfants, expliqua Tremaine en agrandissant la photo d'Alisha. Ce vol remonte à près de cent ans, et la maison était dans la famille depuis presque aussi longtemps. Pourquoi déposer le collier dans cette ancienne maison et non dans la nouvelle propriété des Winters ? Et pourquoi pas directement chez les Del Rio ?

— Je comprends, acquiesça Preston. Cette histoire de boîte aux lettres ne te paraît pas crédible.

— J'ai des doutes. Je suis allé voir l'actuelle propriétaire...

— Alisha.

— Oui, dit-il, conscient de l'emballement de son cœur à la mention de ce prénom.

— Comment ça s'est passé ?

J'ai très envie de la revoir, mais pas dans le cadre de l'enquête. Je regrette de l'avoir rencontrée dans de telles circonstances.

Mais il garda ses réflexions pour lui. De même, il s'abstint de dire à Preston qu'il espérait se tromper en pensant qu'elle lui cachait quelque chose.

— Je n'étais pas le bienvenu, mais elle a répondu à quelques questions. Notre entretien n'a pas été concluant, et je veux vérifier toutes les possibilités.

— Attends, j'ai un autre appel.

Dans le silence qui suivit, les battements désordonnés de son cœur lui parurent plus audibles tandis qu'il contemplait la photo d'Alisha. Il se sentait à la fois excité et frustré. Il comprenait et acceptait le désir qu'elle lui inspirait. En revanche, son besoin de la protéger malgré ses doutes sur sa bonne foi le déroutait.

— Excuse-moi, il fallait que je prenne cet appel, intervint Preston. Comment puis-je t'aider ?

En me pardonnant d'être tenté de trahir la confiance que tu places en moi.

De fait, Preston était son meilleur ami *et* son client.

— J'aimerais que tu me communiques les noms des générations précédentes de Winters, notamment les personnes ayant vécu dans l'ancienne propriété, dit-il, redevenu professionnel. Compte tenu de votre rivalité ancestrale, tu devrais m'obtenir ces renseignements rapidement. Ça m'éviterait de perdre du temps à consulter les registres d'état civil.

— Je les connais tous. Je t'enverrai la liste dès la fin de ma réunion.

— Merci, Preston. En attendant, je vais voir le shérif Battle.

— Un type bien. Il ne nous a pas appris grand-chose, mais peut-être seras-tu plus chanceux.

— Comme tu le sais, je me fie à mon instinct, mais il m'est impossible de dire où il me mènera. Au fait, Preston ?

— Oui ?

— La femme que tu ne peux pas oublier est peut-être la perle rare que tu recherches, suggéra-t-il, son regard fixé sur la photo d'Alisha.

Au lieu de répondre, Preston rit et mit fin à la communication.

Riant à son tour, Tremaine se déshabilla. Nu, il étira les bras au-dessus de sa tête et retourna dans la chambre pour enfiler un pantalon de running et un T-shirt à manches longues. D'habitude, il parcourait ses huit kilomètres le matin, en s'arrêtant sur le Mont Bonnel, le point le plus haut d'Austin, juste au moment où le soleil se levait sur la ville.

Ce soir, il se contenterait de courir dans le centre-ville de Royal. Il aurait ainsi l'occasion de mieux appréhender cette grande ville bâtie par des éleveurs, de discuter avec le shérif Battle et de surveiller les rues principales bordées de nombreux commerces et restaurants.

Après avoir enfilé ses chaussures de running et pris son téléphone, il quitta sa suite baptisée Suite Lune de miel, un écrin romantique idéal pour abriter l'amour, la passion et la volupté.

Aussitôt, il s'imagina avec Alisha, lovés l'un contre l'autre au milieu du lit sous la couverture, s'embrassant langoureusement, les membres emmêlés, son sexe dur contre son intimité moite, perdus l'un dans l'autre.

Il fronça les sourcils, perplexe.

Cela ne faisait que quelques heures qu'il avait quitté la maison d'Alisha mais, depuis, il n'arrêtait pas de penser à elle.

C'était très déroutant pour quelqu'un qui se flattait d'être maître de soi.

3

Une tasse de thé à la rose et au miel à la main, Alisha sortit de son bureau situé à l'arrière de son magasin d'antiquités, Odds & Ends. Elle avait converti cet ancien entrepôt de plain-pied à la périphérie de Royal en un espace de vente pour y abriter les magnifiques objets anciens qu'elle s'était procurés au fil des ans. Quand elle avait vu pour la première fois ce bâtiment atypique avec ses briques apparentes, ses fenêtres en acier noir, son sol en béton et son plafond de six mètres de haut doté de poutres rustiques en bois, elle en était tombée amoureuse. La lumière naturelle pénétrant par une rangée de lucarnes procurait une touche éthérée au bâtiment long et étroit. Grâce à son histoire et à son cachet si original, il offrait un cadre parfait pour recevoir son stock d'objets anciens.

Il lui permettait aussi d'accueillir le séminaire de huit semaines sur la Recherche avancée qu'Alisha organisait pour le compte de Rice University. En tant que professeure d'histoire adjointe et antiquaire, la recherche était son point fort. Le sujet de sa thèse de doctorat portait d'ailleurs sur le rôle de la recherche dans l'étude des cultures antiques dans l'Afrique précoloniale. Étant donné qu'elle guidait des doctorants dans leurs travaux respectifs, elle savait que son magasin serait un cadre plus approprié qu'une salle de classe ou un amphithéâtre. Après avoir obtenu l'approbation du doyen, ses douze étudiants et elle appréciaient leurs réunions hebdomadaires d'une heure, dont le cycle se terminerait dans deux semaines, marquant ainsi la fin de la session d'automne.

Alisha n'en finissait pas d'admirer la magnifique armoire marocaine incrustée de nacre qu'on lui avait livrée dans la matinée. Elle l'avait payée cher, mais elle valait chaque dollar dépensé. Alisha en était sûre, elle trouverait rapidement preneur dès qu'elle l'aurait inscrite sur son catalogue de ventes en ligne. Elle avait même le nom d'un client régulier en tête...

— Hello, ma chérie !

Elle se retourna, un grand sourire aux lèvres, en entendant la voix de sa mère, et fut aussitôt enveloppée dans une étreinte parfumée – un mélange de senteurs florales et fruitées avec un soupçon d'ambre, conçu par Joseph spécialement pour son épouse adorée.

Voilà le genre d'amour que je veux.

— Hello, maman.

Alisha déposa un baiser sur la joue veloutée de sa mère.

— Tu sais, entre les rénovations, la gestion du magasin et le séminaire...

— Oh ! oui, je sais, tu es débordée ! J'ai déjà entendu ce refrain, répondit Camille avec un sourire malicieux.

Alisha observa sa mère, une belle femme au corps tonique et au visage lisse, qui paraissait plus jeune que ses soixante-trois ans. C'était d'elle qu'Alisha tenait son caractère bien trempé et son franc-parler. Camille tenait un rôle important auprès de Joseph pour la promotion et le développement de Winters Industries. Elle était une épouse et une mère aimante et protectrice. Elle et Joseph s'étaient promis de traiter leurs enfants respectifs comme les leurs.

Camille déposa son manteau en fausse fourrure sur le dossier d'une chauffeuse Louis XVI peinte à la main et lissa sa robe en cuir bleu marine très seyante qu'elle portait avec des bottines chics.

— Mes deux filles me manquent, déclara-t-elle. As-tu des nouvelles de Tiffany ?

Alisha avait six ans de plus que sa sœur, mais elles étaient proches. En tant que benjamine de la fratrie, Tiffany était choyée par tout le monde, notamment par ses frères très protecteurs. Les deux sœurs se plaignaient souvent de leur attitude intrusive, parfois être gênante quand elles voulaient être prises au sérieux.

— Entre la gestion de sa chocolaterie le jour et ses cours du soir en vue de décrocher son MBA, elle est très occupée, répondit Alisha, toujours prête à défendre sa petite sœur. Mais nous aurons bientôt notre journée de détente dans le salon de beauté Pure.

Camille repoussa en souriant sa longue chevelure bouclée derrière une épaule.

— Très bientôt, n'est-ce pas ?

— Promis.

— Avec ce scandale autour de la découverte du collier des Del Rio, j'ai vraiment besoin d'une pause, et même de vacances ! déclara Camille, admirant de plus près une des six chaises Henri II en noyer avec l'assise et le dossier en cuir repoussé.

Alisha finit son thé et emporta sa tasse vide à l'arrière du magasin où elle avait fait installer une petite cuisine à côté de son bureau. Les paroles de sa mère la firent penser à Tremaine et à son enquête – un souci supplémentaire pour sa famille, mais une réalité incontournable. Une fois sa tasse lavée, elle consulta l'heure à sa montre à gousset qu'elle gardait dans la poche de poitrine de son gilet en cuir. Le matin, elle avait complété sa tenue par un chemisier noir et un pantalon en crêpe de laine rouge sang, de la même teinte que son rouge à lèvres. Elle se résolut à retourner auprès de sa mère pour lui annoncer la mauvaise nouvelle.

— Les Del Rio ont engagé un détective privé.

Assise sur une des chaises Henri II, Camille continuait d'admirer le superbe ensemble en bois et cuir.

— Quoi ? demanda-t-elle distraitement.

Les Del Rio ont lancé un détective privé très séduisant sur notre piste, faillit dire Alisha, sentant son pouls s'accélérer.

Elle imaginait facilement Camille Winters, mère poule dans l'âme, se concentrer davantage sur les qualités physiques et morales de Tremaine en tant que gendre éventuel, plutôt que sur son travail, car elle espérait avoir de nombreux petits-enfants. Pour l'instant, elle se contentait de choyer outrageusement Dez, le fils de Trey, très intelligent et créatif pour ses huit ans.

— Les Del Rio ont engagé un détective privé, répéta Alisha.

Cette fois, sa mère l'entendit. Elle parut songeuse pendant quelques instants avant d'esquisser une moue dépitée.

— Juste au moment où je pensais que la guerre entre nos deux familles était terminée ! Joseph est déjà dans tous ses états à cause de ce scandale, et maintenant un détective va venir fouiner partout, comme si l'un de nous avait fait quelque chose de mal.

Pourtant, l'une de nous a mal agi.

L'amour et le respect qu'elle devait à sa famille ne changeaient rien au fait que son arrière-grand-mère Eliza était une voleuse de bijoux.

Ce constat déprimant fit tiquer Alisha.

— Pourquoi prends-tu cet air morose ? demanda Camille.

Parce que j'ai mauvaise conscience.

Alisha esquissa un sourire forcé et soutint le regard inquisiteur de sa mère.

— Il est venu chez moi hier, et je l'ai laissé entrer, répondit-elle, évitant de mentir davantage à sa mère.

— Tu as bien fait. Nous n'avons rien à cacher, approuva Camille, jouant avec son anneau d'éternité orné d'un diamant de dix carats.

Moi, si.

— Il s'appelle Tremaine Knowles, dit-elle, le visualisant un peu trop clairement.

— Comme Beyoncé ? plaisanta Camille.

— Oui.

— Elle est de Houston, je crois. Tu penses qu'ils sont apparentés ?

— Je pense qu'il est ici pour enquêter sur notre famille, et c'est tout ce qui importe, répondit Alisha, consultant à nouveau sa montre. Maman, je ne veux pas te mettre à la porte, mais mes étudiants ne vont pas tarder à arriver, et je dois fermer le magasin pendant les séances de séminaire.

Camille se leva et enfila son manteau.

— Tremaine Knowles, c'est bien ça ?

— Oui. De Knowles Threat Solutions, précisa Alisha en raccompagnant sa mère.

— Il vaut mieux que j'en informe Joseph.

Soudain, Camille s'arrêta et poussa une exclamation admirative devant une partition de musique encadrée.

— Il s'agit d'une partition originale de Joseph Bologne, dit Chevalier de Saint-Georges, confirma Alisha en souriant.

Elle savait que sa mère admirait la musique de ce compositeur du XVIIIe siècle. Cette partition, qu'elle avait acquise quelques mois plus tôt, était désormais exposée dans un cadre-vitrine dûment scellé.

— Je te l'achète ! Elle sera du plus bel effet dans le salon de musique. Mets-la sur mon compte et livre-la-moi cette semaine, veux-tu, chérie ?

— Bien sûr, acquiesça Alisha en embrassant sa mère affectueusement.

Elle referma la porte vitrée pour empêcher le froid automnal de pénétrer dans le magasin et suivit sa mère des yeux. Camille s'installa derrière le volant de sa Range Rover blanche, puis donna un petit coup de klaxon en démarrant. Alisha demeura là, appréciant la sensation du soleil à travers la vitre, et sortit la carte de visite de Tremaine de la poche de son gilet. Elle la caressa avec le pouce avant de la tapoter contre son menton.

Son attirance pour lui n'avait pas diminué.

En fait, après avoir rêvé la nuit dernière de baisers ardents et d'étreintes torrides, elle le sentait encore plus présent dans son esprit. Elle avait envie de l'appeler.

Pour lui dire quoi ?

Vous m'intriguez.

Je n'arrête pas de penser à vous.

Je vous désire.

Ou…

Je vous ai menti au sujet du collier.

Elle contempla son reflet dans la vitre et y discerna le regret et le doute que lui inspirait sa décision de vouloir à tout prix protéger sa famille en lui dissimulant la vérité. Pour elle, l'intégrité était une qualité essentielle, surtout en tant qu'antiquaire, car elle avait le pouvoir de valider ou non l'authenticité des objets, et donc leur valeur.

L'arrivée des premiers étudiants la tira de ses pensées moroses. Elle leur ouvrit la porte et les accueillit avec un sourire chaleureux. La vue des employés municipaux qui installaient les décorations de Noël acheva de lui remonter le moral. Thanksgiving n'aurait lieu que dans quelques semaines, mais Royal donnait déjà le coup d'envoi des fêtes de fin d'année. À n'en pas douter, ce soir, il y aurait des jolies guirlandes lumineuses blanches le long des rues, des nœuds rouges autour des mâts des réverbères et une couronne à la porte de chaque commerce.

Elle était très occupée en ce moment, mais elle devrait trouver le temps de décorer l'intérieur de son magasin.

Soudain, elle se figea en voyant le pick-up rouge de Tremaine se garer sur son parking. Même si elle ne pouvait pas l'apercevoir derrière les vitres teintées de son parebrise, son arrivée inopinée la troubla.

Elle sortit sur le pas de la porte, et une rafale la fit frissonner.

— Deux visites d'affilée ? Je dois être votre principale suspecte !

Tremaine glissa les mains dans les poches de son jean qu'il portait avec un col roulé anthracite et un pardessus de même couleur.

— En fait, j'ai dû quitter ma suite dans l'hôtel où je résidais en raison d'une fuite de gaz, dit-il. Puis j'ai reconnu votre voiture et je me suis arrêté.

— Oh ! mon Dieu ! s'exclama-t-elle, inquiète, posant instinctivement la main sur son bras. Vous allez bien ? Personne n'a été blessé ?

Un grand sourire éclaira le visage de Tremaine.

— Je vais bien, et il n'y a pas de blessé. Votre sollicitude me touche, répondit-il, taquin.

Elle retira sa main, regrettant que son sourire soit si séduisant.

— Quel est le nom de l'hôtel ? Je connais peut-être les propriétaires.

— Rose Hill.

— Oui, je vois. Il s'agit des Holcomb. Savez-vous quand la fuite sera réparée ?

— Apparemment, c'est tout le système qui est à revoir. Il faudra procéder à des excavations pour colmater la fuite, expliqua-t-il, réprimant un bâillement.

Un autre étudiant se gara, puis pénétra dans le magasin en saluant Alisha.

— Que comptez-vous faire ? Quitter Royal ? demanda-t-elle, oscillant entre espoir et déception.

Il détourna le regard avant de le reporter sur elle.

— Non. Je n'en ai pas terminé ici. J'ai prévu de rester deux semaines à Royal, mais je n'apprécie pas les hôtels chics – d'où mon choix de Rose Hill. J'ai donc décidé de camper dans mon pick-up pour le restant de mon séjour.

Alisha écarquilla les yeux, horrifiée.

— Dans votre pick-up ?

— Oui. J'y serai bien. Les nuits ne sont pas encore trop froides à cette époque de l'année.

Son problème était-il le manque d'argent ? Un séjour de deux semaines au Bellamy, un cinq-étoiles prestigieux et à la pointe de la technologie, devait coûter très cher.

Elle l'observait, songeuse, tout en effleurant une de ses breloques.

Il avait été engagé par les Del Rio pour découvrir une vérité préjudiciable à sa famille. Mais ne disait-on pas qu'il était parfois préférable de garder un ennemi plus près de soi qu'un ami ? Peut-être pourrait-elle influencer son enquête ou tout au moins être au courant de ses découvertes.

— Pour vous prouver que je n'ai pas peur de ce que vous pourriez trouver sur ma famille, je vous invite à séjourner chez moi dans l'aile réservée aux invités, encore en cours de rénovation.

Hochant la tête comme pour se conforter dans cette décision irréfléchie, elle ajouta :

— Je n'ai pas de personnel de maison à cause des travaux, mais il y a suffisamment d'espace pour tous les deux... pour un court séjour.

— C'est une offre très généreuse, admit-il, la fixant intensément, comme s'il cherchait à déchiffrer ses intentions. J'accepte volontiers.

Le cœur d'Alisha cognait si fort dans sa poitrine qu'elle crut s'évanouir.

PAN !

Le coup de feu résonna bruyamment, même à travers les vitres closes du pick-up de Tremaine. Il coupa le moteur et observa Alisha, debout dans la cour de sa demeure, son fusil de chasse à double canon fumant pointé vers le ciel. Il récupéra en souriant son sac de voyage en cuir et sa sacoche, puis mit pied à terre et s'avança dans l'allée en béton.

— Faites attention à ne pas trébucher sur votre fusil, lança-t-il, taquin.

Alisha le toisa d'un air de défi et arma sa carabine.

— Ça ne risque pas de m'arriver ! C'est mon frère Trey, une excellente gâchette, qui m'a appris à tirer. Alors, faites en sorte de ne pas devenir une cible.

Arborant un grand sourire, Tremaine pressa une main sur sa poitrine.

— J'accepte votre invitation avec gratitude et promets de me conduire en gentleman.

Alisha lui rendit son sourire et se dirigea vers le porche.

Il la suivit dans le vestibule, fasciné par le léger balancement de ses hanches. Mais il détourna vite le regard quand elle s'arrêta net et pivota vers lui, la crosse de son fusil sous son aisselle, le canon pointé vers le sol.

— Vous savez déjà où se trouve la cuisine, dit-elle. Je m'arrange toujours pour que le réfrigérateur et le garde-manger soient bien approvisionnés au cas où l'un de mes frères me rendrait visite. Alors, n'hésitez pas à vous servir.

Elle grimpa les marches d'un des deux escaliers avant de marquer une pause sur le palier.

— De ce côté, c'est l'aile des invités. Elle est en cours de rénovation.

De fait, une épaisse barrière anti-poussière en plastique protégeait l'accès au couloir, et du matériel de construction était déposé dans un coin.

Alisha s'avança entre les bâches, et Tremaine lui emboîta le pas.

— En quoi consistent ces travaux de rénovation ? demanda-t-il.

— À l'origine, l'aile comportait cinq chambres et deux salles de bains. Je les ai converties en trois suites complètes plus un salon, expliqua-t-elle d'une voix qui résonnait dans l'espace vide en attente de peinture, de carrelage et de mobilier.

Tremaine regarda autour de lui, appréciant le choix des moulures, des appliques murales et des portes à six panneaux. La lumière faiblissante du soleil pénétrait dans le couloir par une porte-fenêtre qui donnait sur un balconnet en fer forgé.

— Cette aile sera très belle une fois les travaux terminés, remarqua-t-il, sincèrement sous le charme des lieux.

Alisha ouvrit une porte à gauche.

— Voici votre suite. Vous voudrez bien excuser son minimalisme.

Tremaine pénétra dans la chambre dont l'unique meuble consistait en un lit pliant sur roulettes garni de draps noirs et de nombreux coussins. L'entourage des fenêtres était recouvert d'un ruban de masquage bleu en prévision de la peinture des murs. Contre l'un d'eux trônait une énorme cheminée – un chef-d'œuvre de menuiserie avec des détails élaborés sculptés à la main, remarqua Tremaine, admiratif.

— J'avais envisagé de remplacer cette cheminée par un modèle plus moderne, mais j'y ai renoncé, expliqua Alisha. Non seulement, elle chauffe bien, mais elle a beaucoup de cachet.

— Une sage décision. Mon père adorait le travail du bois.

Il posa son sac de voyage et sa sacoche par terre, puis s'avança vers la cheminée et posa les mains à plat sur son imposant manteau.

— Pour rien au monde il n'aurait enlevé une aussi belle pièce de menuiserie.

— L'histoire d'une maison a son importance. Je veux moderniser la mienne pour la rendre plus confortable, mais je refuse de me débarrasser de tout ce qui a trait à ses origines, précisa Alisha, depuis le seuil de la chambre. J'ai engagé un entrepreneur pour les gros travaux de démolition et de transformation, mais je m'occupe des projets moins ambitieux comme la peinture et le carrelage.

Il l'observa par-dessus son épaule.

— Je suis impressionné, professeure.

— Et surpris ?

— Vous n'arrêtez pas de me surprendre, admit Tremaine. Vous êtes...

Alisha haussa un sourcil, l'air interrogateur, attendant qu'il termine sa phrase.

— ... une énigme, dit-il, la fixant droit dans les yeux.

Il eut le temps de percevoir une étincelle s'allumer dans les profondeurs de ses prunelles avant qu'elle détourne le regard.

— Je... dois relire des documents pour mon séminaire et mettre à jour mon stock de marchandises, et ... et...

Visiblement, elle était troublée.

Cette idée plaisait beaucoup à Tremaine. Cela signifiait que leur attirance était réciproque. Tout comme leur volonté de résister à ce sentiment inapproprié.

— Soyez sans crainte. J'ai de quoi m'occuper, assura-t-il. Faites comme si je n'étais pas là.

— Comment ? murmura-t-elle, comme pour elle-même.

Mais il l'entendit.

— Suis-je à ce point inoubliable ?

Parce que vous l'êtes pour moi, faillit-il ajouter.

— Hum. J'ai laissé une clé pour vous sur la console du vestibule. Vous pouvez aller et venir à votre guise.

Elle lui adressa un sourire forcé.

— Bonne nuit, Tremaine.

Elle lui jeta un bref regard par-dessus son épaule avant de refermer la porte. Traversant la chambre en quelques enjambées, il la rouvrit et sortit dans le couloir pour suivre Alisha des yeux. La masse de ses boucles brunes était retenue dans un chignon haut perché, mais plusieurs mèches s'en échappaient, l'une d'elles reposant sur sa nuque soyeuse et si tentante.

Alisha s'arrêta et se retourna, surprise de le voir là.

— Avez-vous oublié de me demander quelque chose ?

Oui. J'ai envie de vous.

Cette pensée lui traversa l'esprit avec une facilité déconcertante.

— Non. Je me repérai. Bonne nuit, Alisha, dit-il avant de retourner dans la chambre.

Il ferma la porte et s'adossa contre le battant, mal à l'aise. Bien qu'ils aient peu de chance de se croiser dans cette immense demeure, il commençait à regretter d'avoir accepté de loger sous le même toit qu'elle. Rien que tous les deux.

Bzzzzz. Bzzzz. Bzzzz.

Il sortit son téléphone. C'était Preston qui l'appelait.

— Salut, Preston. Tu tombes bien.

— Que se passe-t-il ?

— Je voulais simplement te prévenir que mon entrevue avec le shérif Battle n'a rien donné. Je l'ai rejoint au petit restaurant tenu par sa femme. Il m'a conseillé un hamburger, excellent au demeurant, mais ne m'a rien appris de nouveau.

— Et ton instinct ?

— Il me dit que c'est quelqu'un de respectable et qui ne prend pas parti dans cette affaire, répondit Tremaine.

— C'est aussi mon avis.

— J'ai également parlé à Trey aujourd'hui. J'ai rendez-vous avec Jericho demain et j'attends que Marcus me rappelle. Trey semble aussi désorienté que toi et ta famille au sujet de la livraison du collier chez Alisha.

Preston émit un ricanement incrédule.

— Mais Alisha m'a proposé de m'installer chez elle, et j'ai accepté, précisa Tremaine, voulant faire preuve de franchise vis-à-vis de son ami et client.

— Oh ! Comment t'y es-tu pris ? Elle n'est pas du genre commode.

— Il y a eu une fuite de gaz au Rose Hill qui nécessite d'importants travaux de réparation. J'en ai parlé à Alisha, et elle a eu la gentillesse de me proposer une chambre chez elle pendant mon séjour à Royal.

Tout en parlant, il ouvrit la porte de la salle de bains attenante, également en attente de finitions. Les emplacements de la baignoire et du meuble sous vasque étaient clairement indiqués, mais vides. Toutefois, il y avait une cabine de douche ultramoderne avec une paroi lumineuse composée de briques en verre colorées.

— Si je l'avais su, je t'aurais fait la même proposition, déclara Preston.

— Je sais, mais ici j'espère être plus près de la vérité.

— Et d'Alisha.

— Je suis ici pour résoudre cette affaire, rien de plus, affirma-t-il, sortant son ordinateur et son dossier de plus en plus épais de sa sacoche.

— Écoute, Tremaine, tu es mon ami, mais cette affaire est très importante pour ma famille, et la présence d'Alisha Winters déambulant chez elle en petite tenue représente une sacrée source de distraction. N'oublie pas que je t'ai recommandé à mon père.

Cette dernière remarque fit tiquer Tremaine.

— Pour mes compétences ou par amitié ?

— Les deux.

— Eh bien, sache que je suis ici pour le travail et non par simple amitié ou pour jouer les séducteurs.

— Je fais entièrement confiance à ton savoir-faire professionnel et à tes qualités de cœur, mais je ne voudrais pas que ta libido prenne le pas sur ton cerveau.

Le regard de Tremaine se posa sur la photo d'Alisha. Il la prit pour l'examiner et, comble de l'ironie, son bas-ventre réagit comme Preston le redoutait.

— Mon plan me permettra de tirer cette affaire au clair, crois-moi, insista-t-il avec un peu trop de force.

— Du moment que tu fais passer l'utile avant l'agréable, ironisa Preston.

Tremaine jugea préférable de changer de sujet.

— Au fait, je te remercie pour la liste de noms que tu m'as envoyée. Je suis en train de rassembler des renseignements sur ces personnes.

Tout en parlant, il sortit un rouleau en liège de son sac de voyage et le déplia sur le mur au-dessus de la cheminée. Il lui serait facile de le rouler pour qu'Alisha ne le voie pas si jamais elle venait dans sa chambre.

Il récupéra la copie d'un article de journal ayant trait au vol du collier et la punaisa au centre de son tableau de bord improvisé.

— J'ai appris que l'introduction en Bourse de l'application de rencontres k !smet était suspendue, dit-il. Le scandale entourant la réapparition du collier est très préjudiciable aux investissements de Trey Winters. Cette introduction lui aurait rapporté beaucoup d'argent. Cet argument m'inciterait presque à le rayer de ma liste des suspects.

— Mon père les suspecte *tous* autant qu'ils sont. Il n'a aucune pitié pour eux, répliqua Preston d'une voix dure.

Tremaine s'arrêta de punaiser les photos des Winters sur son tableau.

— Je comprends. Mais mon objectif est de découvrir la vérité, quelle qu'elle soit.

Le silence régna sur la ligne.

— Preston ?

— Tout cela n'a aucun sens ! s'exclama son ami, dépité.

— Il y en a un, et je le trouverai, promit Tremaine.

Preston exhala un soupir.

— Je dois te laisser. J'ai un rendez-vous.

— Entendu. Je te tiens au courant.

Il se concentra à nouveau sur la constitution de son tableau, notant sur des Post-it les éléments nouveaux qui méritaient d'être approfondis. Cela fait, il se recula, les mains sur les hanches, pour examiner son travail. Il commença par les Winters en vie au moment du vol du bijou ou ayant habité dans l'ancienne demeure à un moment ou à un autre.

Teddy Winters. Eliza Winters. Gloria Winters. Ne sachant pas qui était le mari de Gloria, ni la première épouse de Joseph, ni si celui-ci avait des frères et sœurs, il aurait besoin de consulter la liste de Preston pour compléter les espaces laissés en blanc. Il y ajouterait aussi leurs photos dès qu'il les trouverait.

Teddy avait été le premier rival des Del Rio. Avait-il volé le collier par esprit de vengeance ? Ou pour l'offrir à sa femme Eliza en cadeau de mariage ? Mais le vol avait eu lieu à Paris. Teddy s'y était-il rendu ? Haïssait-il à ce point Fernando Del Rio ? Était-ce dans sa nature de voler ? Comme il avait volé la fiancée de Fernando Del Rio.

Ces questions, et bien d'autres encore, se bousculaient dans la tête de Tremaine.

On frappa à sa porte.

Il s'empressa d'enrouler son tableau de bord avant d'aller ouvrir. Le couloir était vide, remarqua-t-il, surpris et déçu. Aucune trace d'Alisha, mais un plateau était posé par terre, garni d'un sandwich copieux, d'une bouteille de soda, d'un paquet de chips et d'une salade de crudités avec une sauce blanche. Un mot accompagnait le tout.

> Ma maison n'est pas Rose Hill, mais j'ai pensé que vous pourriez avoir faim. Bonne nuit. Alisha.

Il lut le mot à voix haute, appréciant son écriture cursive élégante.

Elle a dû fuir pour m'éviter.

Il récupéra le plateau en souriant et retourna dans sa chambre, le cœur battant. Il songea à la prévenance d'Alisha, à sa présence devant sa porte, à son mot.

Il le porta à son nez, humant avec délice la légère trace de son parfum.

4

Alisha essuya la sueur sur son front avec son avant-bras et recula d'un pas, son pinceau à la main, pour examiner les six échantillons de peinture apposés sur le mur de la salle de bains.

— Lequel choisir ? se demanda-t-elle à voix haute.

— Ils ne sont pas identiques ?

Prise de court en entendant la voix grave de Tremaine qui résonnait dans la pièce quasiment vide, Alisha ne put s'empêcher de se demander de quoi elle avait l'air dans sa salopette et son débardeur, avec ses boucles protégées par un foulard jaune vif. Elle porta machinalement une main à son bracelet à breloques, puis se souvint de l'avoir laissé dans son coffret à bijoux pour éviter de le tacher. Supposant que Tremaine rentrerait tard, elle avait saisi cette occasion pour entamer les travaux de peinture dans sa salle de bains.

— Non. Cet échantillon est Volute de fumée et celui-ci Brume d'automne.

Elle les pointa avec son pinceau avant de tourner la tête vers sa haute silhouette dans l'encadrement de la porte. Il était si séduisant dans son jean foncé et son pull noir à col en V qu'un frisson d'excitation la parcourut.

Il est beau quelle que soit sa tenue... et sans doute encore plus sexy en tenue d'Adam.

Troublée, elle s'empressa de reporter son regard sur les échantillons.

Elle sut qu'il était entré dans la pièce à cause du changement d'énergie autour d'elle. Une sorte de vibration magnétique. Puis elle perçut sa présence à ses côtés, et chaque cellule de son corps sembla palpiter.

— Cet échantillon est gris perle, le deuxième gris plus clair, le troisième encore plus clair... C'est l'évidence même ! dit-il, espiègle.

— Arrêtez de vous moquer de moi !

Elle lui donna un petit coup d'épaule en riant, s'en voulant d'être aussi consciente de la fermeté de ses muscles.

Et de la senteur délicieuse de son eau de toilette.

Elle l'inhala malgré elle. Aussitôt, une sensation grisante se répandit dans tout son corps.

Il rit à son tour avant d'examiner de plus près les échantillons.

— J'aime bien celui-ci, dit-il, désignant le premier.

Mais Alisha était trop occupée à admirer la façon dont son pull moulait son dos puissant. Elle brûlait d'envie de le lui ôter. Lentement.

Non, en toute hâte. Désespérément. Follement.

Éperdue de désir. Indifférente au reste du monde.

Tremaine s'éclaircit la gorge.

Se ressaisissant, elle s'aperçut qu'il la contemplait par-dessus son épaule, la surprenant en plein délire érotique. Elle se recula pour échapper à son regard amusé...

— Attention ! s'écria-t-il.

Mais son pied avait déjà heurté un des pots, provoquant sa chute au milieu de la peinture répandue au sol.

— Oh ! non !

— Alisha, ça va ? demanda-t-il, s'accroupissant à côté d'elle et lui prenant une main dans les siennes.

Honteuse, elle se couvrit les yeux avec sa main libre.

— Je voudrais disparaître dans un trou de souris, gémit-elle.

Tremaine émit un son étranglé.

Curieuse, elle ôta la main de ses yeux et s'aperçut qu'il se retenait pour ne pas éclater de rire.

— Vous vous moquez de moi ! protesta-t-elle, indignée.

— Désolé, je vous imaginais passant par un trou de souris...

Ils se regardèrent, puis éclatèrent de rire ensemble. Un rire explosif et libérateur.

— Allez, levez-vous, dit-il, le regard pétillant de malice.

Il se redressa et l'aida à se remettre debout, l'attirant plus près de lui, tout près, ses courbes douces contre ses muscles durs. Sa main toujours prisonnière des siennes, elle leva les yeux vers lui et y perçut de l'intensité. Du désir.

L'alchimie entre eux, bien qu'inappropriée, était indéniable. Elle s'était manifestée dès le premier regard qu'ils avaient échangé quand il s'était présenté sous son porche.

Et à cet instant, elle crépitait, telle une décharge d'adrénaline.

Alisha posa son regard sur la bouche de Tremaine.

— Alisha, dit-il en guise d'avertissement, resserrant sa prise sur sa main.

Elle releva les yeux sur lui.

Grossière erreur.

Son regard était lourd de désir, et elle se perdit dans les profondeurs torrides de ses prunelles marron. Se dressant sur la pointe des pieds, elle remonta sa main libre le long de son bras musclé et la referma autour de sa nuque, l'encourageant à baisser la tête vers elle.

C'était une invitation à l'embrasser.

Et il la saisit avidement.

Le premier contact de leurs bouches fut bref, mais aussitôt suivi par un autre qu'ils s'empressèrent d'approfondir. Les assauts de la bouche chaude et délectable de Tremaine embrasaient chaque cellule de son corps. Et quand il noua un bras autour de sa taille et qu'il la souleva contre lui pour la plaquer contre le mur, ce fut comme si une digue avait cédé en elle, laissant libre cours à son envie d'être embrassée et caressée partout.

Cela faisait *si* longtemps que ça ne lui était pas arrivé.

Et Tremaine s'y prenait *si* bien.

Sa façon de s'emparer de sa langue mettait tous ses sens en ébullition.

S'enhardissant, elle enserra le visage de Tremaine entre ses paumes et caressa sa lèvre inférieure avec la langue. Elle le sentit frissonner, et son gémissement guttural sembla se répercuter dans son âme.

Le regard rivé au sien, et avec une témérité dont elle ne se serait pas crue capable, elle ôta son foulard et abaissa les bretelles de sa salopette. La lueur de surprise et d'émerveillement qui traversa les prunelles de Tremaine ne fit que l'encourager. Alors, elle souleva son T-shirt et cambra les reins, ses seins pointés en avant.

Tremaine les fixa, comme fasciné, puis souleva Alisha pour presser son visage contre sa poitrine généreuse.

— Oh ! Alisha, gémit-il avant de déposer un baiser sur ses seins.

Elle haletait, éperdue de désir, à chacun de ses baisers.

— C'est si bon, soupira-t-elle, nouant les jambes autour de sa taille et plaquant son intimité contre son érection impressionnante.

Elle avait tellement envie de le sentir en elle, assaut après assaut, jusqu'à la jouissance libératrice.

Il lécha un mamelon durci avant de le sucer avec gourmandise.

Alisha cria de plaisir tout en lui massant le crâne.

C'est donc cela, la folle passion ?

— S'il te plaît, Tremaine, murmura-t-elle, sentant palpiter son clitoris enflé.

S'il te plaît !

Elle n'éprouvait aucune honte à le supplier, surtout après avoir pressenti tout le plaisir qu'il pourrait lui procurer.

Il leva la tête, délaissant son mamelon.

— Oui ? demanda-t-il d'une voix enrouée par le désir.

Donne-moi du plaisir.

Elle se mordit la langue pour s'empêcher de lui avouer à quel point elle avait envie qu'ils terminent ce qu'ils avaient commencé.

Lui aussi en brûlait d'envie. Il attendait sa réponse avec un sourire plein d'espoir.

Le cœur battant la chamade, Alisha s'efforçait de reprendre ses esprits. Mais comment faire ? Cet homme était si beau et son sourire si ravageur !

— Nous ne pouvons pas continuer, finit-elle par dire, retrouvant un semblant de raison.

— Non, en effet, admit-il à regret.

Pour autant, elle ne se résolvait pas à libérer le corps de Tremaine, toujours prisonnier de ses cuisses, ni à relâcher sa prise autour de ses épaules – elle avait toujours eu un faible pour les hommes aux épaules et aux bras musclés.

Ils s'observaient tandis que la tentation crépitait entre eux.

Et s'ils le faisaient juste une fois ? Tout ce qu'elle avait à faire, c'était franchir cette ligne de démarcation établie entre eux lors de leur première entrevue.

Après, il leur serait tellement facile de succomber à leur désir. D'ôter leurs vêtements. De pénétrer dans la cabine de douche et de se perdre l'un dans l'autre tandis que l'eau les débarrasserait de leurs sentiments de culpabilité et de regret.

Comme c'était tentant !

Mais tellement risqué.

Si seulement son arrière-grand-mère n'avait pas volé ce maudit collier et provoqué une querelle féroce entre les deux familles, l'empêchant aujourd'hui de connaître les meilleurs ébats de sa vie ! Contre ce mur. Avec un homme qu'elle aurait voulu rencontrer dans d'autres circonstances.

— Quelle poisse ! marmonna-t-elle, posant la tête sur l'épaule de Tremaine. Pourquoi faut-il que je sois aussi loyale envers ma famille ?

— Moi aussi, je le suis envers mes clients, dit-il, déposant un baiser sur sa tempe.

Si un simple baiser de Tremaine me fait frissonner, quel genre de sensations me procurera un orgasme avec lui ?

Cette pensée lui tira un gémissement de regret.

— Mais si les circonstances avaient été différentes..., ajouta Tremaine, son souffle caressant sa joue.

Elle releva aussitôt la tête, sa curiosité aiguisée.

— Qu'aurais-tu fait ?

— Je me serais perdu en toi, promit-il, rivant son regard intense au sien.

Une onde de chaleur se lova au creux de son intimité.

— Nous nous serions perdus l'un dans l'autre, assura-t-elle.

Ils échangèrent un regard plein de regrets avant de s'écarter lentement l'un de l'autre.

Tout en rajustant sa tenue, Alisha ne put s'empêcher de jeter un coup d'œil à l'érection proéminente qui tendait le jean de Tremaine. Elle exhala un profond soupir qui ne contribua pas à diminuer la pression que son désir pour cet homme si sexy avait fait grimper en flèche.

— Je me chargerai de poser le carrelage pendant mon temps libre, dit-il. J'ai travaillé de nombreux étés dans l'entreprise de construction de mon père, et je sais faire ce genre de travaux.

— Non, ne te sens pas obligé, protesta-t-elle, les mains pressées sur ses joues en feu.

— Tu n'étais pas obligée de m'héberger gratuitement durant les deux prochaines semaines. Comme ça, je ne me ferai pas l'effet d'un tire-au-flanc, et ce sera une corvée en moins pour toi. Tu es déjà si occupée avec tes étudiants, ton magasin, la rénovation de la maison, ta famille...

Elle rit et leva une main pour l'arrêter.

— D'accord ! J'accepte ton aide avec gratitude.

Elle détourna le regard de peur de se perdre à nouveau dans

ses prunelles si lumineuses et de l'obliger à tenir la promesse de passion qu'il lui avait faite un peu plus tôt.

Puis elle sentit son cœur bondir dans sa poitrine en le voyant s'avancer vers elle, la main tendue.

— Marché conclu ? demanda-t-il avec ce sourire charmeur qui la faisait fondre.

Elle prit sa main et fit un signe d'assentiment.

— Pour ce qui vient de se passer entre nous...

Elle tourna la tête vers le mur, gênée de voir l'empreinte de ses fesses laissée par sa salopette tachée de peinture.

— Nous ferons comme si rien ne s'était passé, dit-il, comblant le silence.

Elle reporta son attention sur lui et s'efforça de se ressaisir alors même que le contact de ses doigts sur l'intérieur de son poignet la faisait trembler.

Pour elle, c'était plus facile à dire qu'à faire.

Car l'étincelle du désir qu'il avait fait jaillir en elle n'était pas près de s'éteindre.

Ignorant le grondement de son estomac affamé, Tremaine examinait son tableau de bord au-dessus de la cheminée de sa chambre. Il avait enfin obtenu les photos des générations précédentes de Winters et complété l'arbre généalogique de la famille.

Son regard se posa sur Eliza Winters, née Boudreaux. C'était une très belle femme, et il comprenait pourquoi Teddy Winters et Fernando Del Rio en étaient tombés amoureux. D'après les détails fournis par son assistante, Eliza était née à La Nouvelle-Orléans de parents modestes, et l'un ou l'autre de ses prétendants lui aurait permis de s'élever au-dessus de sa condition. C'était à cause d'elle que les deux familles étaient à couteaux tirés depuis près de cent ans, et cette information avait son importance.

Cette rivalité amoureuse avait-elle joué un rôle dans le vol du collier ou dans l'acquisition du collier volé par un autre membre de la famille ?

Au cours des deux derniers jours, il avait eu l'occasion d'interroger tous les Winters. Bien que né dans une famille riche et privilégiée, chaque enfant avait créé sa propre entreprise. Jericho avait fondé son cabinet d'architectes RoyalGreen Architects. Trey était éleveur et investissait dans les nouvelles technologies. Marcus, le « mouton noir » de la famille, gérait une entreprise de produits de luxe. Tiffany possédait une chocolaterie tout en suivant des cours du soir. Sans oublier Alisha.

Joseph Winters s'était montré sévère et froid, peut-être parce qu'il se sentait offensé de devoir se justifier.

Camille Winters avait semblé plus intéressée de savoir s'il était marié ou fiancé.

Tous étaient ambitieux. Prospères. Menteurs ? Du moins sur la défensive.

Il reporta son attention sur Marcus, le moins bavard de tous. C'était lui qui avait découvert le collier chez Alisha. Elle aussi avait été sur la réserve.

Tremaine récupéra la tablette où il conservait ses notes.

En relisant le rapport de police que lui avait fourni le shérif Battle, il se rendit compte qu'une autre personne se trouvait sur place. Jessica Drummond. Il devait lui parler.

Mais était près de 1 heure du matin, c'était trop tard pour appeler. Parfois, il devait se souvenir que tout le monde n'était pas un oiseau de nuit comme lui. Ou Alisha. Trois rencontres fortuites lui avaient fait comprendre qu'elle aussi était insomniaque.

La première, dans la cuisine alors qu'ils se préparaient un en-cas.

La deuxième, en se croisant dans le vestibule.

La troisième, alors qu'il montait l'escalier menant à l'aile des invités et qu'elle descendait l'autre escalier en provenance de l'aile où se trouvait sa suite.

« La présence d'Alisha Winters déambulant chez elle en petite tenue représente une sacrée source de distraction. »

Preston avait vu juste, car chaque fois, Tremaine n'arrêtait pas de penser à ce qu'elle portait au moment de leur rencontre.

Un pyjashort en satin noir, un bonnet assorti couvrant ses boucles brunes et le visage dépourvu de maquillage.

Un T-shirt trop grand portant l'inscription : *Comme les antiquités, je me bonifie avec le temps !* D'épaisses chaussettes et les cheveux maintenus dans un chignon à la va-vite.

Mais la tenue qui l'avait mis en transe était un ensemble thermique moulant fuchsia.

Il ne put retenir un gémissement en se remémorant la façon dont le tissu épousait ses fesses rebondies, sa taille fine et ses seins fermes. Maintenant qu'il savait à quel point ils étaient splendides et leurs mamelons délectables, leur seule évocation lui était une torture.

Une chose était sûre, il ne la laissait pas indifférente.

Il en voulait pour preuve le regard insistant qu'elle avait posé sur ses bras moulés dans le T-shirt en coton noir qu'il portait avec son pantalon de pyjama. Ce soir-là, elle avait serré les poings, comme pour s'empêcher de les toucher, avant de boire un verre d'eau, comme si son corps avait été en surchauffe.

Autres éléments troublants : leurs échanges de regards. Leurs frôlements. Leurs souffles retenus.

L'énergie mystérieuse qui vibrait entre eux.

Leur alchimie indéniable.

Et puis, la tentation.

La passion refoulée.

« Nous nous serions perdus l'un dans l'autre. »

À cet instant, les paroles d'Alisha exacerbèrent ses sens, et son sexe se durcit, tendant le tissu de son pantalon de pyjama écossais. Il brûlait de s'enfouir en elle. De goûter sa saveur intime. De l'entendre crier son prénom.

Oh ! Seigneur ! Il n'avait jamais rien éprouvé de tel auparavant. Le désir qu'elle lui inspirait était puissant. Grisant. Addictif.

Il jura, furieux contre lui-même, et se mit à arpenter la chambre jusqu'à ce que son érection s'apaise enfin.

Prenant une profonde inspiration, il étira les bras vers le plafond, la tête en arrière et les yeux clos.

— Je la désire, admit-il à voix haute. Je ne devrais pas, mais c'est plus fort que moi.

— Je suis *vraiment* irrésistible ?

Tremaine sursauta en entendant la voix d'Alisha qui provenait de la salle de bains. Il ouvrit précipitamment la porte et l'aperçut, debout sur le seuil de l'autre entrée donnant sur le couloir. Dieu merci, elle était tout habillée, et même très élégante dans une robe noire ajustée à manches longues et des bottes en cuir. Ses boucles brunes étaient retenues dans une queue-de-cheval. Elle arborait des créoles en or et son bracelet à breloques.

Le cœur de Tremaine faisait des bonds dans sa poitrine sous l'effet de la surprise. Du plaisir. Du désir.

— Hello, dit-il.

— Je reviens d'une soirée à l'université et je voulais voir l'avancement des travaux dans la salle de bains, expliqua-t-elle, adossée contre le chambranle. Je n'en reviens pas que tu aies déjà terminé.

— Euh, oui, bafouilla-t-il, se demandant si les battements désordonnés de son cœur se calmeraient un jour. J'ai posé le dernier carreau en début de soirée. Mais il faudra attendre vingt-quatre heures avant de marcher dessus.

Elle observa le sol carrelé, et son sourire s'élargit.

— C'est du bon travail, Tremaine. Comment puis-je te remercier ?

Il secoua la tête, perplexe.

— Ne te moque pas de moi, Alisha.

— Bien sûr que non, répondit-elle d'un air innocent avant de pivoter en direction du couloir.

Il traversa précipitamment la chambre et ouvrit la porte au moment où Alisha passait devant lui.

— Pourquoi me moquerais-je de toi puisque tu me désires si fort ? demanda-t-elle, mutine.

Il la rejoignit et lui saisit le poignet, la stoppant dans sa retraite et faisant tinter ses breloques.

Alisha fixa son poignet avant de lever un regard interrogateur vers lui.

Il la relâcha aussitôt.

— Nous avions décidé de faire comme si de rien n'était.

Elle s'avança tout près de lui et noua les bras autour de son cou, une lueur aguicheuse dans les yeux.

— Qu'importe. J'ai très envie de te lécher *partout*, Tremaine Knowles, murmura-t-elle contre sa bouche.

Avant qu'il ait pu réagir, elle lui lécha la lèvre inférieure, et tout son corps se raidit.

Puis elle eut un hoquet et se mit à rire.

— Alisha, tu es ivre ! s'exclama-t-il, éberlué.

Il passa un bras autour de sa taille en la voyant chanceler.

— La dame est un peu pompette, admit-elle, riant de plus belle.

Tremaine la souleva dans ses bras en souriant.

— La dame a eu de la chance de ne pas se rompre le cou dans l'escalier avec ses hauts talons.

— Je voulais que tu me voies dans cette robe, murmura-t-elle contre son cou, son souffle chaud le faisant frissonner.

— Vraiment ?

Elle dodelina de la tête.

Tout en se dirigeant vers la suite d'Alisha, il se sentait ridicule d'être à nouveau en érection. Mais comment aurait-il pu en être autrement quand le contact de ses courbes moelleuses et ses paroles aguicheuses enflammaient chaque cellule de son corps ?

Il pressa le pas, désireux de se conduire en gentleman. Une tâche d'autant plus ardue qu'il avait une conscience aiguë du souffle chaud d'Alisha contre son cou, de ses seins pressés contre son torse et de ses fesses reposant sur son bras.

Il atteignit enfin son domaine privé, entièrement rénové. Toutes les pièces de cette aile avaient été converties en une immense suite luxueusement décorée dans les tons ivoire et rose.

Il poussa une exclamation d'admiration en pénétrant dans le salon. Des fauteuils club en cuir étaient disposés autour d'une table basse, et un bureau en verre trônait devant une grande cheminée dont la tablette accueillait divers accessoires décoratifs en verre rose. Une porte-fenêtre encadrée de rideaux donnait accès à un balcon. Des œuvres d'art anciennes se mariaient harmonieusement avec le mobilier moderne, rappelant l'origine centenaire de la demeure.

Une double porte ouvrait sur la chambre dotée d'un dressing que l'on traversait pour accéder à une salle de bains en marbre. Deux fauteuils relax étaient disposés au pied du lit face à une cheminée surmontée d'une télévision et encadrée par deux bibliothèques vitrées.

Il imaginait Alisha allongée dans un fauteuil, lisant un livre en sirotant un verre de vin.

Puis, il se voyait sortant nu de la salle de bains et interrompant sa lecture pendant une heure. Ou deux.

Alisha émit un petit ronflement, mettant un terme à sa rêverie érotique.

Il la déposa délicatement sur le lit.

Elle roula aussitôt sur le côté, face à lui, et murmura :

— Moi aussi, je te désire.

Il s'apprêtait à lui ôter ses bottes, mais il s'arrêta net pour l'observer. Elle s'était endormie.

Peut-être rêvait-elle ?

De moi ? De nous deux ?

Cette pensée l'excita, mais pas uniquement sur le plan sexuel, ce qui le déconcerta.

Il déposa les bottes au pied du lit, puis s'empara d'un luxueux jeté de lit rose cendré qu'il drapa sur elle. Il ne put résister à l'envie de repousser des mèches rebelles de son visage, mais se retint de déposer un baiser sur son front.

En l'espace de quelques jours, il avait développé un sentiment de tendresse envers cette femme sublime. Un besoin de prendre soin d'elle, de la protéger, de lui parler. D'être auprès d'elle.

Cela ne l'empêchait pas de la désirer de tout son être, comme il n'avait jamais désiré une autre femme auparavant.

Il était tellement attiré par elle qu'il s'en inquiétait parfois.

Avant de partir, il prit soin d'allumer du feu dans la cheminée et de baisser l'éclairage. Depuis le seuil de la suite, il jeta un regard en direction du bureau d'Alisha. Il lui serait très facile de chercher des indices de son implication dans la réapparition du collier en fouillant dans son ordinateur ou dans ses papiers, mais il était incapable de violer sa vie privée de cette façon.

Même si son instinct lui dictait qu'elle en savait plus qu'elle ne prétendait au sujet de la réapparition du bijou volé. Même si la survie de Knowles Threat Solutions dépendait du succès de son enquête.

C'était une question d'intégrité.

Il referma la porte, laissant derrière lui la tentation de s'allonger à côté d'Alisha simplement pour la regarder dormir.

5

Réveillée en sursaut, Alisha se redressa sur son lit et regarda autour d'elle, tâchant de reprendre ses esprits. Les braises rougeoyantes dans la cheminée dispensaient encore un peu de chaleur. Se sentant légèrement étourdie, elle repoussa le dessus-de-lit qui couvrait ses jambes. La veille, elle avait bu trop de vin lors de la soirée organisée par le doyen. Heureusement, elle avait pris une voiture avec chauffeur pour rentrer chez elle...

Elle haleta, horrifiée, tandis qu'un souvenir torride lui revenait en mémoire :

Je suis vraiment irrésistible.

Puis un autre :

J'ai très envie de te lécher partout, Tremaine Knowles.

Un autre encore :

Puisque tu me désires si fort.

Et un autre :

Je voulais que tu me voies dans cette robe.

En état de choc, elle pressa une main sur sa bouche et jeta des regards affolés de tous côtés, s'efforçant de se souvenir si elle avait dit ou fait d'« autres » choses. Notamment les choses sensuelles que lui inspirait son hôte tellement sexy.

L'embrasser.

Le lécher.

Le sucer.

Le chevaucher et être chevauchée par lui. Par-devant et par-derrière.

Elle laissa retomber sa main en soupirant, tout à fait réveillée et émoustillée par ces évocations érotiques. La veille au soir, le vin avait levé ses inhibitions, et la confidence de Tremaine l'avait encouragée à lui avouer son désir pour lui.

Soudain, elle se souvint que Tremaine l'avait soulevée dans ses bras et portée dans son lit. Il avait donc pénétré dans son espace privé, son sanctuaire.

Alarmée, elle sauta à bas du lit et se précipita dans le salon. Puis elle s'installa à son bureau et ouvrit son ordinateur portable pour mettre sur pause le système de vidéosurveillance filmant l'intérieur de sa suite avant de revenir en arrière, au moment où Tremaine pénétrait chez elle.

Elle visionna la séquence où il la déposait sur le lit et où elle roulait sur le côté en lui disant :

« Moi aussi je te désire. »

Elle rougit, embarrassée par cet aveu ô combien sincère.

Il avait fait preuve d'une grande prévenance en lui ôtant ses bottes et en la couvrant avec le jeté de lit. Puis il lui avait caressé les cheveux d'un geste plus tendre que sexuel si elle en jugeait par son expression soucieuse.

Son cœur cognait dans sa poitrine tant elle était bouleversée.

Si seulement...

Elle visionna ensuite la séquence où il traversait la chambre et le salon sans un regard en direction de son bureau. Il avait quitté la suite sans trahir sa confiance en « enquêtant » dans son espace privé.

Soulagée, elle retourna dans la chambre et se déshabilla avant de pénétrer dans la salle de bains. Elle se brossa les dents, puis pénétra dans la cabine de douche. Le jet d'eau chaude lui procura une sensation délicieuse… et excitante. Il pulsait contre son dos. Ses fesses. Contre ses seins. Son ventre. Son pubis.

Elle pensa à Tremaine. À ses caresses. À sa bouche sur sa poitrine.

Les reins cambrés, elle gémit en l'imaginant là, avec elle. Environné de vapeur. Nu. En érection.

Elle s'adossa contre la paroi, les jambes écartées, et entreprit de caresser son clitoris palpitant d'une main et de titiller son mamelon de l'autre main, imaginant les lèvres de Tremaine contre son cou, son sexe enfoui en elle.

Ces images érotiques l'excitaient au point de susciter un besoin impérieux en elle.

Un besoin impossible à nier.

À quoi bon faire semblant ? Pourquoi ne pourrais-je pas satisfaire mon désir avec Tremaine ?

Sans plus réfléchir, elle sortit de la salle de bains, dégoulinante, et se précipita dans la chambre pour récupérer un paquet de préservatifs dans le tiroir de sa table de chevet. Puis elle se dirigea en hâte vers l'autre aile, refusant de réfléchir aux conséquences.

Arrivée sans bruit devant la porte ouverte de la chambre de Tremaine, elle le vit assis au bord du lit, balayant l'écran de sa tablette avec son doigt. Ce simple geste faisait ressortir les muscles de son bras… et pulser le cœur de son intimité.

Maintenant, Alisha.

Elle pénétra dans la chambre, le cœur battant.

Il leva la tête, et ses yeux s'arrondirent de surprise avant de s'assombrir de désir quand il remarqua sa nudité et les préservatifs dans sa main. Aussitôt, son sexe se durcit et tendit le tissu de son pantalon de pyjama.

— Alisha…

Elle posa son index sur la bouche de Tremaine et s'installa à califourchon sur ses genoux.

— Donne-moi du plaisir, murmura-t-elle, se penchant pour capturer sa bouche.

Avec un grognement sourd, il s'empara d'un préservatif, l'enfila sur son membre et s'enfouit en elle en gémissant de satisfaction.

Les reins cambrés, elle s'agrippa à ses épaules musclées et savoura la sensation divine de le sentir en elle. Profondément. Chaque pulsation de son sexe s'accordait avec les battements désordonnés de son cœur. Il ne leur restait plus qu'à entamer leur chevauchée vers la jouissance libératrice. Intriguée par l'immobilité de Tremaine, elle se dit qu'il tâchait peut-être de se maîtriser afin de faire passer son plaisir à elle avant le sien. Mais son désir était si exacerbé qu'il en devenait douloureux. Elle avait besoin de l'assouvir très vite.

— Tu es si dur, murmura-t-elle, commençant à le chevaucher sur un rythme soutenu.

Tremaine poussa un grognement rauque et resserra sa prise sur ses hanches.

— Attends un peu, supplia-t-il. Je ne suis pas prêt.

Alisha s'arrêta et lui souleva le menton pour plonger son regard dans le sien.

— Tu ferais bien de saisir l'occasion qui se présente, sinon je me passerai de toi, le prévint-elle avant de lui lécher la bouche avec gourmandise.

À cet instant, elle se sentait capable de toutes les audaces pour assouvir son désir.

Revenu de sa surprise, Tremaine lui agrippa les fesses pendant qu'elle se soulevait et s'abaissait à nouveau sur lui, perdue dans la sensation exquise que lui procurait la friction de son érection en elle.

— J'en ai besoin, gémit-elle, la tête rejetée en arrière, tout en accélérant la cadence. Oh ! oui, j'en ai vraiment besoin.

— Besoin de quoi ? demanda-t-il d'une voix rauque.

Elle plongea son regard dans le sien. La passion qu'elle y perçut fit courir un frisson d'excitation le long de son dos.

— De plaisir charnel, admit-elle.

— Tu veux que je te fasse jouir ?

Les mains posées sur ses épaules, elle s'arrêta de le chevaucher, son intimité moite et brûlante pulsant contre l'extrémité de son sexe érigé. Puis elle acquiesça d'un signe de tête, incapable de trouver les mots pour exprimer son envie folle d'obtenir tout ce qu'il avait à lui offrir. L'alchimie. L'attraction magnétique. La passion charnelle.

Sans la quitter des yeux, Tremaine promena les mains le long de son dos. Elle rejeta la tête en arrière, toute chavirée, tandis que des picotements de plaisir couraient sur sa peau.

— Prête ?

— Oui !

Il commença à propulser ses hanches en avant tout en la soulevant et en l'abaissant sur lui. Enfin !

Elle poussait des petits cris de volupté chaque fois que la base de son sexe martelait son clitoris enflé et palpitant.

— Oh ! Tremaine, gémissait-elle à chacun de ses assauts.

— Jouis pour moi, implora-t-il, scrutant son visage, comme s'il voulait s'assurer qu'il lui procurait du plaisir.

Soudain, l'explosion qu'elle avait sentie monter en elle à chacun de ses puissants coups de reins se produisit avec une intensité inouïe. Les vagues de la jouissance déferlaient sur elle, la laissant euphorique et éblouie.

Alors qu'elle savourait chaque seconde de son orgasme, elle gardait les yeux ouverts, le regard rivé sur celui de Tremaine pour qu'il se rende compte du plaisir qu'il lui procurait. Il méritait de savoir qu'il avait tenu sa promesse : la faire jouir.

À son tour, il poussa un grognement guttural et la rejoignit dans l'extase. Leurs cris d'exultation se mêlèrent, et ils s'accrochèrent l'un à l'autre, épuisés mais comblés.

Tremaine se réveilla juste au moment où Alisha se libérait doucement de son étreinte et se levait.

— Tu t'en vas ? s'enquit-il d'une voix ensommeillée.

— Je vais me doucher, répondit-elle, les cheveux ébouriffés.

Il contempla sa nudité, et son corps réagit aussitôt.

— Reste, implora-t-il, tapotant la place vide à côté de lui.

— À une condition. J'aimerais que tu me goûtes… ici, dit-elle presque timidement.

Tremaine se redressa, stupéfait.

— Vraiment ? demanda-t-il, tout émoustillé à l'idée d'enfouir sa tête entre les cuisses d'Alisha.

— Oui. Je reviens.

Elle pivota sur ses talons, et il la suivit des yeux, contemplant les deux fossettes au-dessus de ses fesses rondes.

Elle s'arrêta sur le seuil et tourna la tête vers lui, un sourire mutin aux lèvres.

— Ou tu pourrais venir te doucher avec moi.

Il sauta à bas du lit avec enthousiasme et la rejoignit dans le couloir.

— À ton service, dit-il.

Elle rit.

Il la souleva dans ses bras, comme la veille au soir.

— Je ne veux pas que tu gaspilles ta belle énergie.

Elle lui caressa le cou et déposa un baiser sur son épaule.

Aussitôt, son bas-ventre se contracta.

Elle avait le don de provoquer en lui les mêmes réactions et sensations qu'il suscitait chez elle. Elle était sensible à ses caresses et à ses baisers. Il en voulait pour preuve les frissons qui la parcouraient tout entière, la senteur grisante de son désir, sa façon de cambrer les reins, d'écarter les jambes, de se mouvoir en parfaite harmonie avec ses va-et-vient.

Comme par instinct. Comme s'ils étaient connectés l'un à l'autre, et pas seulement sur le plan physique.

Qu'est-ce qui nous arrive ?

La ligne de démarcation matérialisée entre eux par la querelle entre les Del Rio et les Winters était censée empêcher ce genre de rapprochement. Les doutes et les scrupules le submergèrent.

Mais, à cet instant, Alisha traça des cercles sur son épaule avec la langue, et ce fut à son tour d'avoir la chair de poule.

Alors, il oublia tout, excepté la perspective grisante de goûter sa saveur intime pendant qu'il lui procurerait un orgasme. Ou deux.

— Tu aimes qu'on te lèche à cet endroit ? demanda-t-il.

Alisha releva la tête, soudain embarrassée.

— On ne m'a jamais...

Elle hésita un instant avant de demander timidement :

— Ça te plairait de faire ça ?

— Bien sûr ! J'en meurs d'envie.

Elle émit un petit rire.

— On dirait que la professeure a des choses à apprendre.

Alisha était épuisée, mais d'une délicieuse façon.

Levant les bras au-dessus de sa tête, elle s'étira dans le lit et remua les orteils en bâillant. Jamais elle ne s'était sentie aussi languissante et comblée.

Jamais elle n'avait eu autant d'orgasmes.

Elle roula sur le côté. Tremaine était allongé près d'elle, dans toute la splendeur de son corps dénudé. Un coin du drap était coincé entre ses cuisses, le laissant exposé à sa vue et à sa curiosité. Après un coup d'œil furtif à son visage pour s'assurer qu'il dormait, Alisha s'assit en tailleur et se pencha, subjuguée, pour l'examiner. Son sexe épais, à l'extrémité lisse, était plus sombre que le reste de son corps.

Et sa saveur était si exquise.

Elle lutta contre l'envie de le caresser jusqu'à ce qu'il durcisse et s'allonge, comme quand il lui avait procuré un orgasme grâce à ses va-et-vient puissants. Cela ne faisait que quelques heures qu'elle était allée le rejoindre, nue et espérant qu'il lui dispenserait du plaisir. Et elle n'avait pas été déçue, tant s'en fallait. Il lui avait procuré plus de jouissance charnelle qu'elle n'en avait expérimenté au cours des dernières années. Pour cela, elle n'avait aucun regret ni scrupule.

Pourtant...

Elle redoutait que ses parents apprennent qu'elle couchait avec l'homme chargé d'enquêter sur eux.

Et mes frères ? Que diraient-ils ? Que feraient-ils ?

Elle couvrit ses joues brûlantes avec les mains. Pendant que Tremaine la faisait jouir grâce à sa langue experte, à ses caresses grisantes et à ses coups de reins puissants, elle n'avait pas réfléchi une seule seconde aux conséquences de ses actes. Elle ne s'était pas non plus souciée du fait que Tremaine était un quasi-inconnu.

Tout lui avait semblé si... juste. Et pas seulement le sexe. Une complicité s'était créée entre eux tout naturellement.

Soudain, elle s'aperçut qu'il l'observait. La lueur des flammes dansant dans la cheminée se reflétait dans ses yeux. Elle lui sourit, acceptant momentanément le fait qu'il n'y avait rien de mal dans leur relation.

— Je suis tellement occupée à prendre soin des autres – même quand ils ne le veulent pas – que je pense rarement à *me* faire plaisir, admit-elle.

Tremaine se redressa et déposa un baiser sur son épaule avant de blottir son visage contre son cou, déclenchant des petits frissons dans tout son corps.

Puis il récupéra un des préservatifs sur la table de chevet et lui prit les mains pour qu'ils l'enfilent ensemble sur son érection tout en s'embrassant avec passion, ranimant en eux la flamme du désir.

— Viens ici, dit-il, les faisant basculer sur le lit de façon qu'elle se retrouve allongée sous lui.

Alisha s'agrippa à ses bras musclés tandis qu'il la pénétrait d'un mouvement souple.

— Oui ! haleta-t-elle, nouant les jambes autour de ses fesses pour lui permettre de s'enfouir plus profondément en elle.

Elle sourit en l'entendant jurer et lui prit le menton pour lécher goulûment sa bouche. Ne voulant pas être en reste, il captura sa langue avec ardeur. Elle adorait ses caresses. Ses baisers. La sensation de son corps sur le sien. Ses bras autour d'elle. Leur connexion. Absolument tout.

Pendant que Tremaine les propulsait vers un autre orgasme explosif, elle se fichait éperdument du collier des Del Rio, de la querelle ancestrale ou de l'opinion des deux familles.

Allongé sur le côté, Tremaine traçait du bout du doigt le contour du pubis d'Alisha, puis remontait le long de son ventre avant d'encercler ses seins d'une rondeur exquise. Il sourit en remarquant la chair de poule sur ses bras et le léger tremblement de son corps. Quand il titilla un mamelon, puis l'autre, elle cambra les reins et pressa la tête contre son cou en gémissant.

— Nous venons juste de faire l'amour, murmura-t-elle.

Il rit et déposa des petits baisers sur son épaule.

— C'était histoire de relâcher la pression, dit-il, se sentant durcir à nouveau.

Alisha releva la tête et plongea son regard dans le sien.

— Et c'est tout ? demanda-t-elle doucement.

Surpris par l'élan de tendresse qu'il ressentait pour elle, il l'embrassa lentement, se délectant de la saveur de sa bouche et de sa langue. Appréciant leur merveilleuse entente. Son corps tout entier débordait d'une vitalité incroyable. Et, en même temps, sa présence dans ce lit avec Alisha lui procurait un agréable sentiment d'apaisement. Il devait le lui dire.

— Non. C'est davantage qu'un simple relâchement de pression.

Le regard d'Alisha s'adoucit, et elle réprima un sourire.

— Davantage ?

— Oui, beaucoup plus, assura-t-il, l'embrassant à nouveau.

C'était si délicieux que son cœur cognait dans sa poitrine. Son corps était comme électrisé, et ses baisers réchauffaient son âme.

Ils affronteraient les conséquences le lendemain mais, pour le reste de la nuit, il profiterait pleinement de la relation la plus extraordinaire qu'il ait jamais connue. Elle lui procurait non seulement du plaisir, mais aussi de la joie. De l'exaltation. De l'émerveillement.

Il goûta sans modération la saveur de son corps, se délectant de son odeur de savon, jouissant de la douceur de son cou, de ses épaules et de ses seins à la rondeur exquise, avant de lécher et de sucer ses mamelons durcis.

— Oh ! oui, continue ! murmura-t-elle, enserrant sa nuque.

Désireux de la satisfaire, il titilla chaque téton du bout de la langue. Ses caresses légères comme une plume lui tirèrent des gémissements extasiés et des frissons sur tout le corps.

Délaissant ses seins à regret, il s'attarda plus bas, semant des baisers sur son nombril, la courbe de ses hanches et son pubis affriolant.

Avec un grognement guttural, il pressa son visage contre son sexe, inhalant sa senteur exquise avant d'y frotter sa barbe - des chatouilles qui firent rire Alisha.

Ainsi encouragé, il s'allongea à plat ventre entre ses cuisses écartées et lécha délicatement ses lèvres et son clitoris enflé.

Le regard lourd de passion, Alisha se redressa sur les oreillers.

— Continue, s'il te plaît, implora-t-elle, écartant davantage les jambes.

Tremaine sourit avant de satisfaire son désir, et le sien aussi, car il ne parvenait pas à se rassasier de sa saveur à la fois fraîche et douce. Sans la quitter des yeux, il suça délicatement son clitoris si sensible. À sa grande satisfaction, Alisha s'agrippa à ses cheveux et cambra les reins en émettant des gémissements de pure volupté.

Il perdit à nouveau la notion du temps tant il était désireux de la faire jouir. Il y réussit à deux reprises, se délectant de ses cris et de ses contorsions de plaisir. Avec sa saveur encore dans la bouche, il s'allongea sur elle, leurs courbes s'épousant à la perfection. Cette fois, ils prirent tout leur temps, ondulant lentement l'un contre l'autre, faisant durer leur plaisir, le savourant pleinement, comme s'ils voulaient graver ce moment unique dans leurs mémoires.

Alisha contemplait le visage de Tremaine, beau et intense, tandis qu'il la pénétrait lentement. Elle haletait à chacun de ses assauts, l'enserrant entre ses jambes pour mieux l'accueillir en elle. À en juger par la crispation de sa mâchoire, il s'efforçait de se contrôler et de modérer ses coups de reins. Pour ne pas lui faire mal.

Pour ne pas jouir tout de suite.

Le regard rivé l'un à l'autre, ils commencèrent à se mouvoir à l'unisson. Comme unis par un lien invisible. Échangeant des baisers tantôt profonds, tantôt tendres.

Quand Tremaine lui avoua les choses intimes qu'il aimait chez elle, elle trouva l'audace d'en faire autant, ce qui les amusa.

Émue par leur complicité, elle posa une main sur la joue de Tremaine, un geste tendre réservé aux amoureux, mais c'était plus fort qu'elle. Ses lents va-et-vient trouvaient un écho dans son âme et lui procuraient non seulement du plaisir mais aussi des émotions. Quand il tourna la tête pour déposer un baiser sur sa paume, elle ferma les yeux pour retenir ses larmes et ne pas lui révéler que ce qui avait débuté comme un simple acte physique avait pris une signification beaucoup plus profonde pour elle.

Elle n'avait aucune idée de ce qui se passerait ensuite, mais pour l'instant elle avait le sentiment qu'un lien aussi inexplicable qu'indéniable s'était tissé entre eux. Un peu comme si elle connaissait Tremaine depuis toujours. Et, tandis qu'il les menait vers un orgasme libérateur, elle se demandait si elle serait un jour capable de l'oublier.

6

Tremaine inspirait à pleins poumons l'air vif et frais pendant qu'il courait à vive allure le long de la rue principale de Royal. À cette heure matinale, le soleil commençait tout juste à chasser l'obscurité de la nuit. L'intérieur des magasins fermés était sombre. Seules les guirlandes lumineuses éclairaient les devantures. Un sapin en pot ornait chaque coin de rue. Courant sur place, Tremaine se pencha sur l'un d'eux et inhala sa bonne odeur de résineux. Puis il fit demi-tour pour remonter la rue en sifflotant un air de cantique.

Il était content d'avoir trouvé l'énergie d'accomplir son rituel matinal. Durant presque tout son parcours, il avait laissé affluer à sa mémoire les souvenirs torrides de sa nuit avec Alisha. Elle lui avait inspiré une telle passion qu'il avait été capable de lui faire l'amour plusieurs fois – une première. Comme il savait qu'il n'aurait plus jamais l'occasion de céder à son attirance pour elle, il avait voulu en profiter pleinement.

Restait à espérer qu'elle n'était pas trop fatiguée car elle avait un emploi du temps chargé. Dieu merci, grâce à sa jeunesse et à son excellente forme physique, il avait pu assouvir leurs désirs réciproques la nuit dernière. Et aussi ce matin à l'aube.

Il avait quitté à regret le lit d'Alisha après un dernier baiser au coin de sa bouche pendant qu'elle dormait. Puis il avait pris une douche et s'était octroyé un petit somme bien mérité avant de s'obliger à se lever pour son running matinal.

Il n'arrêtait pas de penser à elle et aux nombreuses facettes de sa personnalité attachante.

Il aimait la contempler quand elle riait ou souriait.

Quand elle était sérieuse.

Quand elle réfléchissait ou travaillait.

Quand il lui faisait l'amour.

Avec ses cheveux ébouriffés, son regard lourd de désir, sa peau soyeuse et chaude, et ses lèvres gonflées à force d'être embrassées.

Tout chez elle le fascinait.

— Bon sang ! marmonna-t-il, sentant un crépitement électrique familier parcourir son corps.

La nuit dernière ne lui avait pas suffi.

Il avait la professeure Alisha Winters dans la peau.

Cette affaire du collier était à la fois une bénédiction et une malédiction pour lui. Sans son amitié pour Preston et son souhait de développer sa société, il aurait tenté de poursuivre l'aventure avec Alisha.

Et pas seulement sur le plan sexuel. Il l'aurait courtisée pour mieux la connaître, approfondir leur relation et établir des liens durables.

La vie était injuste ! Il venait de rencontrer une femme merveilleuse avec qui il partageait une alchimie hors du commun, mais il ne pouvait pas nouer de relation sérieuse avec elle à cause d'un vol commis cent ans plus tôt !

La vibration de son téléphone interrompit le fil de ses pensées. Il le sortit de la poche de son blouson chauffant.

— Golden ? Vous êtes déjà levée ? demanda-t-il, surpris.

— Pas par choix, répondit son assistante d'une voix ensommeillée. Madame Knowles est inquiète parce que vous ne l'avez pas rappelée hier soir. Alors, elle m'a appelée.

Maman.

Pendant qu'il faisait l'amour à Alisha dans sa suite personnelle, il avait laissé son téléphone dans sa chambre et manqué plusieurs appels et messages de sa mère.

— Hier soir, j'étais... occupé, déclara-t-il, réprimant un sourire. Mais j'avais prévu de la rappeler à une heure raisonnable.

Golden eut un petit rire sarcastique.

— Je regrette que ma mère vous ait contactée si tôt. Je vais la rappeler tout de suite puisqu'elle est réveillée.

— Oh ! elle est tout à fait réveillée. Et moi aussi.

Il rit.

— Mais ce qui m'intrigue, c'est que vous soyez en train de courir de bon matin après avoir été tellement « occupé » la nuit dernière, dit Golden avec ironie.

Le sourire de Tremaine chavira. Il avait du mal à accepter l'idée que Golden avait un don pour deviner certaines choses. Son intuition ne la trompait jamais. Elle pourrait même en faire son gagne-pain. Selon elle, si elle savait des choses, c'était grâce à la sagesse dont avaient fait preuve les nombreuses vies antérieures de son âme ainsi qu'aux conseils de ses anges gardiens, de ses ancêtres et de ses guides spirituels.

— Nous sommes des âmes dans un corps ayant une expérience humaine, aimait-elle à lui rappeler avant de se lancer dans un de ses longs discours sur les âmes sœurs.

Ce matin, il aurait presque pu lui donner raison à cause de la merveilleuse alchimie qu'il avait constatée entre Alisha et lui. Jamais il n'avait fait preuve d'une telle endurance en l'espace d'une nuit. Il avait fait un festin de son corps, et pourtant il n'était pas rassasié...

Il voulait davantage d'elle.

Il ralentit, le cœur battant à tout rompre. Mais l'épuisement n'était pas la cause de son malaise soudain. C'était la certitude ô combien déprimante qu'il ne pourrait pas obtenir davantage d'Alisha.

— Essayez de vous rendormir, Golden.

— Vous aussi, cow-boy, répondit-elle avec un rire moqueur.

Il mit fin à la communication, puis appela sa mère. Elle décrocha à la première sonnerie, et il se prépara à subir ses foudres.

— Tremaine Lamont Knowles ! s'exclama sa mère, visiblement soulagée.

Il réprima un sourire.

— J'ai droit à mon nom complet ?

— Je préfère le prononcer plutôt que d'avoir à le lire sur ton certificat de décès après la découverte de ton corps dans un fossé à la suite d'un accident, répliqua Nora.

— Je ne suis pas dans un fossé et je ne suis pas mort, maman, dit-il, reprenant son running vers l'autre extrémité de la ville.

— J'aurais préféré l'avoir su cette nuit !

— Maman, j'ai vingt-huit ans, et...

— Je sais quel âge tu as. Ta naissance m'a valu neuf points de suture !

Tremaine grimaça.

— Oui, tu me l'as déjà dit. Mais ils ont guéri, depuis. Du moins, je l'espère.

À son grand soulagement, sa remarque fit rire sa mère.

— Écoute, tu dois arrêter de te faire du mauvais sang et avoir confiance dans ma capacité à prendre soin de moi. Je ne suis pas toujours en mesure de répondre au téléphone chaque fois que tu m'appelles, mais cela ne veut pas dire pour autant que je suis mort dans un fossé ou ailleurs.

— Dois-je en conclure que cette nuit, tu t'occupais d'une de tes affaires ou... que tu batifolais dans le lit d'une femme ?

Les deux.

— Maman, tu dépasses les bornes !

— Et est-ce que ces... bornes te permettront de te joindre à la famille pour le dîner de Thanksgiving, cette année ? demanda Nora avec une douceur dangereuse.

Tremaine s'arrêta et rejeta la tête en arrière en riant aux éclats. Une fois, alors qu'il était étudiant, il avait passé Thanksgiving avec Preston et les Del Rio. Il n'avait dérogé qu'une seule fois à la tradition familiale des Knowles, et cela remontait à dix ans. Mais sa mère ne manquait pas de lui rappeler sa défection chaque année.

— Si Dieu le veut, répondit-il.

Une formule souvent utilisée par son père.

Le silence régna brusquement sur la ligne.

— Maman ?

— Mon Ernie me manque, dit-elle d'une voix émue.

Il eut un pincement au cœur.

— À moi aussi.

Son père était décédé d'un cancer de la prostate quelques années auparavant. Leur chagrin était toujours présent, mais il s'estompait un peu au fil du temps.

— Je sais au fond de mon cœur que nous nous retrouverons un jour, ajouta Nora.

Tremaine sourit.

— En attendant ce jour, le plus lointain possible, je l'espère, nous nous reverrons, toi et moi, pour Thanksgiving, promit-il.

— Dans ce cas, je mettrai deux tartes aux patates douces de côté rien que pour toi.

Comme tous les ans. Y compris la seule fois où je n'ai pas fêté Thanksgiving en famille.

— Maman, je t'aime très fort, reprit-il, atteignant le dernier réverbère qui lui servait de point de repère avant de faire demi-tour. Je finis mon running. Je t'appellerai plus tard.

— Moi aussi, je t'aime très fort, dit Nora avant de raccrocher.

Tremaine rangea le téléphone dans sa poche et repartit vers l'autre extrémité de la ville. Cette fois, il était déterminé à mettre deux fois moins de temps qu'à l'aller. En l'absence de distraction, il fut en mesure de réussir son pari.

Arrivé à proximité d'Odds & Ends, il remarqua plusieurs véhicules garés devant le magasin d'antiquités, y compris la Porsche voyante d'Alisha. Le soleil était maintenant haut dans le ciel, mais il était encore trop tôt pour l'ouverture des commerces.

La présence de ces voitures l'intriguait et l'inquiétait un peu. Alisha avait-elle un problème ?

Renonçant à son projet de prendre le petit déjeuner au Royal Diner, il se dirigea vers Odds & Ends et ouvrit la porte, faisant tinter une clochette. Quand il pénétra à l'intérieur, l'activité et les conversations cessèrent, et les trois frères Winters, qui tenaient des décorations de Noël dans les mains, le dévisagèrent avec hostilité.

— Qu'est-ce que vous voulez encore ? lança Trey.

Tremaine se raidit, se demandant s'il allait devoir se battre avec les trois frères. Ils ne lui faisaient pas peur.

— J'ai vu que c'était allumé et je voulais m'assurer qu'Alisha allait bien, dit-il, regrettant de devoir s'expliquer alors qu'il lui avait fait l'amour la nuit dernière.

Marcus laissa tomber la guirlande lumineuse qu'il tenait.

— Quel besoin avez-vous de harceler notre sœur ?

— Harceler ? rétorqua Tremaine. Pourquoi viendrais-je la harceler dans son magasin alors que je loge dans sa maison ?

— Quoi ? s'exclamèrent en chœur les trois hommes.

— Oh ! vous ne le saviez pas ?

Mince ! Il venait de commettre une bourde.

— Non, ils l'ignoraient.

Alisha apparut entre Marcus et Jericho, les breloques de son bracelet cliquetant tandis qu'elle croisait les bras sur sa poitrine et lui décochait un regard lourd de reproches.

Il réfréna un sourire. Comme elle était belle malgré sa moue agacée !

— Qu'est-ce qui t'a pris, Lish ? demanda Jericho.

Après un dernier coup d'œil furieux dans sa direction, elle se tourna vers ses frères, arborant un sourire forcé.

— M. Knowles fait partie des clients qui ont dû quitter Rose Hill en raison d'une fuite de gaz, et je lui ai généreusement proposé de l'héberger dans une des chambres de l'aile des invités pendant son bref séjour à Royal.

Les trois hommes échangèrent des regards incrédules.

— Il est hors de question qu'il reste plus longtemps chez toi ! s'exclama Trey.

— As-tu perdu l'esprit ? s'écria Marcus.

— Pourquoi ne nous l'as-tu pas dit ? demanda Jericho.

— Attendez une minute ! protesta Alisha, levant les mains, exaspérée.

Oh ! les frères vont passer un mauvais quart d'heure, songea Tremaine, amusé.

— D'abord, je suis chez moi et j'héberge qui je veux, répliqua-t-elle d'un ton cinglant.

— Alisha...

— Ensuite, je vous le répète au cas où vous l'auriez oublié, mon père biologique est Lionel Jeffries et mon père adoptif Joseph Winters. Or, vous n'êtes ni l'un ni l'autre. Je n'ai donc aucun compte à vous rendre !

— Déclare la petite sœur autoritaire, lâcha Jericho avec ironie.

— Il n'empêche que j'ai le plus souvent raison.

— Vraiment ? s'exclama Marcus, moqueur.

Tremaine observait, stupéfait, la passe d'armes et les rapports entre les trois frères, blancs, et Alisha, afro-américaine. Entre eux quatre, il était question d'amour fraternel, de taquineries, de protection et d'entraide.

Il s'en réjouissait pour elle et admirait sa capacité à leur tenir tête.

— Oui. Et, quoi que vous en pensiez, j'ai eu raison d'héberger M. Knowles, assura-t-elle, lui jetant un coup d'œil par-dessus son épaule. Je l'ai fait en toute bonne foi, pour prouver que les Winters n'ont rien à cacher, surtout moi, puisque je vis dans la demeure où le collier a été déposé.

Son bref regard embrasa tous ses sens. Sans la présence de ses frères, il l'aurait fait pivoter dans ses bras et l'aurait embrassée avec passion, les mains glissées dans ses boucles pour lui masser le crâne, le genre de caresses qu'elle adorait.

— Nos parents sont au courant ? demanda Marcus.

Tremaine remarqua qu'elle se raidissait. Elle leva la tête, humant ostensiblement l'air.

— Est-ce l'odeur nauséabonde de la délation que je sens ? Sommes-nous retombés en enfance ? s'enquit-elle, sarcastique. Ce que nos parents savent, c'est que cette maison m'a été léguée par *notre* grand-mère et qu'elle est désormais à *moi*. Par ailleurs, je connais suffisamment de secrets sur chacun de vous pour provoquer des réunions familiales très houleuses.

— Tu n'oserais pas ! protesta Trey.

— Et vous non plus ! Je vous préviens, si vous voulez la guerre, vous l'aurez.

Tremaine baissa la tête pour qu'on ne remarque pas qu'il s'amusait beaucoup de voir Alisha mener ses frères par le bout du nez.

— Bien. Ce chapitre étant clos, je vous remercie de m'aider à décorer le magasin, dit-elle à ses frères, tapant dans ses mains pour les encourager à reprendre leur travail.

Puis elle se tourna vers Tremaine.

— Je vous remercie de vous soucier de moi. Tout va bien. Comme vous le constatez, mes frères sont *très* protecteurs. Je vous souhaite une bonne journée, monsieur Knowles.

Monsieur Knowles ? Vraiment ?

Conscient du regard méfiant de ses frères rivé sur lui, il hocha la tête et se dirigea vers la porte.

— Laissez notre sœur tranquille, Knowles, lança un des frères.

Trop tard.

Il sortit du magasin sans un regard en arrière.

— Monsieur Knowles, vraiment ?

Allongée sur un transat à deux places, Alisha leva les yeux des documents qu'elle étudiait. Tremaine était adossé contre le chambranle, toujours vêtu de son blouson en cuir sur un pull rouge et un jean sombre. Elle ôta ses lunettes et pivota sur son siège pour mieux l'observer.

— Oui, dit-elle, mutine. J'ai pensé que c'était plus approprié que de te présenter comme mon *amant*.

Il se redressa et pénétra dans la pièce.

— J'aime bien le terme « amant », mais l'emploi de mon prénom aurait suffi, remarqua-t-il en riant.

Il s'arrêta au milieu de la pièce et leva les yeux vers la verrière. Alisha suivit son regard et fut surprise de voir les rayons de la pleine lune filtrer à travers le feuillage d'un des imposants chênes verts qui poussaient sur son terrain. C'était ce genre de vue magique qui lui faisait aimer ce solarium. Grâce aux rénovations qu'elle projetait, il serait encore plus beau.

— Tu as froid ? demanda-t-il, remarquant le gros pull qu'elle portait sur un T-shirt à manches longues, un jean large et des chaussettes confortables.

— Je n'arrive jamais à allumer le feu dans cette cheminée, admit-elle. C'est sur ma liste des choses à faire.

Tremaine ôta son blouson et traversa la pièce en direction de la cheminée. Elle le suivit des yeux, se remémorant avec délice les ondulations de son corps sur le sien la nuit précédente. Aussitôt, des picotements de plaisir la parcoururent de la tête aux pieds.

Bientôt, le crépitement des flammes rompit le silence, et leur chaude lueur dansante éclaira la pièce.

Tremaine demeurait immobile, fixant le feu.

Elle ressentit le besoin urgent de le rejoindre et de lui ôter ses vêtements.

Mais on ne peut plus continuer ainsi, songea-t-elle avec un pincement de regret.

À cet instant, il se tourna vers elle, le reflet des flammes aiguisant ses traits virils.

Une émotion puissante lui serra la poitrine.

— Nous devons arrêter, dit-elle doucement.

Il avait passé la journée à enquêter sur sa famille au sujet du vol du collier et, malgré son attitude bravache le matin avec ses frères, Alisha savait qu'ils considéreraient son aventure avec Tremaine comme une trahison.

Mais, à cet instant, il s'avança vers elle.

Elle l'observait, comme hypnotisée, le cœur battant de plus en plus vite à mesure qu'il se rapprochait d'elle. Il s'agenouilla à ses côtés et posa les mains sur ses hanches. Elle se pencha vers lui, subjuguée, pour enserrer son beau visage entre ses paumes. Sans se quitter des yeux, ils se rapprochèrent l'un de l'autre. Leurs bouches étaient sur le point de se toucher quand...

La sonnette de la porte d'entrée retentit.

Tremaine se releva, et Alisha bondit sur ses pieds, à la fois consternée par cette intrusion et traversée par une pointe de culpabilité. Elle s'empara fébrilement de son téléphone posé sur ses papiers et ouvrit l'application la reliant à son système de vidéosurveillance. Elle reconnut sa jeune sœur Tiffany avec un mélange de plaisir et de regret.

— Excuse-moi, c'est ma sœur, dit-elle, lui touchant l'épaule en passant devant lui.

Il lui saisit la main, la stoppant dans son élan. Son contact était chaud. Électrisant. Addictif.

— Je monte dans ma chambre, dit-il, lui caressant le dos de la main avec son pouce. L'arrivée de ta sœur est peut-être une bonne chose.

— Peut-être, murmura-t-elle.

Ils quittèrent le solarium, leurs doigts légèrement entrelacés. Une fois dans le vestibule, Tremaine déposa un baiser sur sa paume avant de grimper l'escalier menant à l'aile des invités. Alisha le suivit des yeux en caressant l'endroit qu'il avait embrassé. Il continuait de la picoter, et elle lutta contre l'envie d'y presser ses lèvres.

Se ressaisissant, elle se hâta vers la porte d'entrée. Elle sourit à sa sœur, une beauté brune aux yeux marron et à la silhouette athlétique, puis elle fronça les sourcils en remarquant son petit sac de voyage.

— Salut, Tiff. Tout va bien ?

Tiffany pénétra dans le vestibule et laissa tomber son sac par terre.

— Non. Nos frères sont dans tous leurs états au sujet de ton hôte.

— Ils n'ont aucune raison de s'inquiéter, assura Alisha, refermant la porte.

— Menteuse !

Alisha tressaillit, et sa sœur eut un rire moqueur.

— Si j'étais arrivée cinq minutes plus tard, je parie que je vous aurais surpris tous les deux au beau milieu d'ébats torrides. Vous ai-je interrompus en train de vous embrasser ?

Alisha lui jeta un regard sévère, puis lui saisit le poignet et l'entraîna vers la cuisine.

— Eh ! Tu me fais mal ! protesta Tiffany.

— As-tu vu comme il est séduisant ? demanda Alisha, relâchant sa sœur.

— Oui. Il est irrésistible, n'est-ce pas ?

— Et, crois-moi, il est encore plus formidable au lit !

Tiffany la contempla, médusée.

— Oh ! Je te crois sur parole, mais épargne-moi les détails.

Alisha se mit à arpenter la pièce. Il fallait qu'elle le dise à sa sœur. Qu'elle le dise à quelqu'un. Jamais elle n'avait connu de rapports charnels aussi phénoménaux. Tout lui plaisait chez Tremaine. Ses baisers. Ses caresses. Leur merveilleuse entente au lit.

— C'était divin, murmura-t-elle, toute chavirée.

— Lish.

Elle reporta son attention sur sa sœur.

— Oui ?

— Je ne trahirai pas ton secret. Mais il faut que tu saches que votre histoire finira mal.

— Si tu ne nous avais pas interrompus, ça se serait *très bien* terminé, riposta sèchement Alisha.

Tiffany rit.

— Je suis mal placée pour te juger. Crois-moi...

Sa sœur s'interrompit, comme si elle en avait trop dit. Cela suffit à piquer la curiosité d'Alisha.

— Que veux-tu dire ? demanda-t-elle, observant sa sœur qui sortait une bouteille d'eau du réfrigérateur.

— Oh ! rien.

De plus en plus intriguée, Alisha ne la quittait pas du regard. Voyant que sa sœur rougissait et détournait les yeux, elle vint se poster devant elle.

— Tiff, dit-elle doucement. Pourquoi n'es-tu pas en position de me juger ?

Devant le mutisme de sa sœur, elle adopta le ton de la taquinerie.

— Quelqu'un a un secret.

— Oui. Toi, riposta Tiffany. Tremaine et toi jouez avec le feu !

Des souvenirs torrides affluèrent à la mémoire d'Alisha.

— C'était de l'amusement et du plaisir, rien de plus.

Mais c'était un mensonge, elle le savait.

Le matin même, dans son magasin, elle avait ressenti le besoin impérieux de défendre Tremaine face à ses frères qui l'accusaient de harcèlement, et c'était à contrecœur qu'elle avait prétendu qu'il n'y avait rien entre eux, sinon de la cordialité. En réalité, Tremaine ne lui avait pas uniquement procuré de l'amusement et du plaisir charnel. Il y avait leur alchimie incroyable. Leur complicité. Leurs conversations. Son obsession pour lui. Les regards songeurs de Tremaine posés sur elle et les frôlements de mains quand il la croisait. Tous ces indices lui permettaient de penser qu'il n'était pas uniquement attiré par elle en raison de leurs rapports sexuels époustouflants.

Leur aventure impromptue et insouciante semblait prendre une autre tournure.

En fait, Alisha commençait à s'attacher à lui.

Leur complicité était si fabuleuse. Si addictive.

Même à cet instant, elle se languissait de ses baisers, de ses caresses et de ses coups de reins puissants. Elle trouvait aussi du plaisir à rester allongée près de lui quand ils étaient tous deux épuisés et comblés.

— Rien de bon ne peut sortir de ta liaison avec Tremaine. Crois-moi, assura Tiffany, croisant enfin le regard d'Alisha. Si jamais notre famille l'apprend, elle se sentira trahie. Cela en vaut-il la peine ?

Alisha la toisa, narquoise.

— Et si jamais notre famille apprend *ton* secret, se sentira-t-elle trahie ? Parlons-en, petite sœur.

Tiffany but une longue gorgée d'eau et demeura silencieuse un moment. Puis elle hocha la tête.

— D'accord. Mais, d'abord, mettons-nous en pyjama. J'ai apporté du chocolat.

— Excellente idée. Je ne connais rien de tel qu'une soirée pyjama avec ma petite sœur, approuva Alisha, l'entraînant, bras dessus bras dessous, dans le vestibule pour récupérer son sac de voyage.

— Pas même avec ton *amant* ? demanda Tiffany d'un ton moqueur, en grimpant l'escalier menant à la suite d'Alisha.

— Bonsoir, mesdames.

Elles sursautèrent en apercevant Tremaine en haut de l'autre escalier.

— Oh ! Seigneur ! murmura Tiffany, admirative.

Le cœur d'Alisha tressauta dans sa poitrine. Le jean et le pull que portait Tremaine soulignaient sa carrure puissante, et elle ne put s'empêcher de l'imaginer dans sa glorieuse nudité.

— Je vais me préparer un sandwich, expliqua-t-il en descendant.

Mange-moi à la place, songea Alisha, ralentissant pour le suivre des yeux, comme hypnotisée.

Tremaine s'arrêta à leur hauteur.

— Tiffany, je suis content de vous rencontrer. Vous savez sans doute que je suis en ville pour enquêter sur la réapparition du collier des Del Rio. Je souhaiterais vous appeler pour que nous en discutions.

— Bien sûr. Mais je ne suis au courant de rien, dit-elle.

Tremaine afficha un grand sourire contagieux censé mettre ses interlocuteurs à l'aise. Puis il haussa une épaule avec détachement avant de poursuivre sa descente.

— Alisha, voulez-vous que j'éteigne le feu dans le solarium ? demanda-t-il, au pied de l'escalier.

— Oh ! mon Dieu, oui ! J'avais oublié. Merci, Tremaine, répondit-elle, reconnaissante.

— Ne vous inquiétez pas. Je m'en charge, lui assura-t-il en souriant, son regard rivé au sien.

Tous ses sens en émoi, elle se perdit dans ce regard intense et ce sourire charmeur.

— Bonne nuit, monsieur Knowles, intervint Tiffany avant de tirer le bras d'Alisha, rompant le charme entre eux.

Une fois que Tremain eut disparu, elle se tourna vers elle en écarquillant les yeux.

— Ma parole, tu es amoureuse de lui ! Comme je le suis de... son meilleur ami.

Alisha sursauta, interloquée.

— Preston ? Oh ! non ! C'est un Del Rio !

Elle se remémora Preston, qui était beau, très ambitieux et réputé impitoyable en affaires.

— C'est donc lui ton petit secret ?

Tiffany eut un sourire penaud.

— Oui. Lui... et notre bébé à venir, dit-elle, une main posée sur son ventre.

— Quoi ?

Alisha fixa sa sœur, atterrée.

— Nous avons beaucoup de choses à nous dire, admit Tiffany alors qu'elles parvenaient en haut de l'escalier.

— Oh ! oui ! acquiesça Alisha en l'entraînant dans sa suite.

7

Debout devant la cheminée de sa chambre, Tremaine examinait la photo d'Eliza Boudreaux qu'il tenait entre ses doigts. Cette femme d'une grande beauté avait capturé le cœur de deux hommes puissants, déclenchant une querelle centenaire.

Il reporta son regard sur le premier. Fernando Del Rio.

Puis sur le second. Teddy Winters.

Apparemment, Eliza était fiancée à Fernando au moment du vol du bijou à Paris.

En tant qu'enquêteur, il était logique qu'il se focalise sur les événements actuels, mais il devait aussi se pencher sur ceux du passé. Trouverait-il un lien entre le vol du collier et la relation amoureuse d'Eliza avec Fernando, puis avec Teddy ? Il n'était pas prêt à renoncer à cette possibilité.

Le vol et la restitution du collier cent ans plus tard n'avaient rien de logique. Tremaine s'avança vers son tableau de bord pour y punaiser la photo en noir et blanc d'Eliza du côté des Winters, entre les photos de Fernando et de Teddy, les patriarches respectifs des deux clans.

Toc-toc.

— Tremaine ? Tu es réveillé ?

Alisha. Il se dirigea en souriant vers la porte avant de se raviser et de rouler son tableau. Au moment de lui ouvrir, il ressentit un mélange familier de désir et de mauvaise conscience. Ce fut son désir qui l'emporta encore une fois.

Elle se tenait sur le seuil, splendide, les yeux brillants, les cheveux relevés en une queue-de-cheval bouclée et vêtue d'un pyjama avec des motifs d'ours en peluche.

— C'est mignon, dit-il, remarquant que sa tenue de nuit ne dissimulait aucune de ses courbes sensuelles.

Alisha lui fit une petite courbette.

Il s'adossa contre le chambranle avec un grand sourire.

— Est-ce que je t'ai réveillé ? demanda-t-elle.

— Non. Ta sœur est partie ?

Alisha secoua la tête.

— Elle dort.

Leurs regards se soudèrent, et le désir crépita entre eux.

— Je lui ai dit pour nous deux, avoua Alisha.

Cet aveu rompit le sortilège qu'elle exerçait sur lui sans même essayer.

— Ça n'a pas dû être facile.

— Non, admit-elle, pénétrant dans la chambre. Mais c'est plus fort que moi, je te désire toujours autant.

Tremaine referma la porte.

— Je suis très heureux de l'apprendre, mais je ne pense pas que ce soit la raison de ta présence ici.

Elle croisa les bras sur sa poitrine, comme pour se protéger.

— Nous devons mettre un terme à notre relation, dit-elle.

Comble de l'ironie, ce qui les séparait était matérialisé par son tableau de bord dissimulé derrière elle.

— Je sais.

— Nous avons tellement à perdre l'un et l'autre, ajouta-t-elle sans grande conviction, comme si c'était plutôt elle-même et non lui qu'elle essayait de persuader.

Il traversa la pièce et s'assit au bord du lit.

— Tu as raison. Le succès de Knowles Threat Solutions me tient à cœur. L'informatique a toujours été ma passion. Je me suis adonné au codage dès l'adolescence. Quand mes parents m'ont encouragé à faire des études universitaires, j'ai su que ce serait dans ce domaine.

Alisha l'écoutait avec stupéfaction.

— Même à l'époque où je luttais contre la cybercriminalité en tant que policier, je continuais de coder durant mon temps libre. C'est ainsi que j'ai conçu un logiciel qui m'a rapporté beaucoup d'argent. Mais la clause de non-concurrence que j'ai dû signer m'a laissé sur ma faim et donné l'envie d'un nouveau défi.

— Je suis bluffée ! s'exclama-t-elle, s'asseyant à côté de lui. Tu as travaillé dans la construction, le codage, la lutte contre la cybercriminalité, et maintenant tu es enquêteur privé ?

— Oui. Ma société propose tous ces services où je suis très bon – la cybersécurité, la sécurité des personnes et les enquêtes privées. Je veux que ma société prospère, et la résolution de cette affaire y contribuera.

Alisha parut songeuse.

— Tu as déjà réussi tellement de choses à ton âge ! Je suppose que tu as une bonne situation financière. Alors, pourquoi la réussite de ta société te tient tellement à cœur ?

Tremaine haussa une épaule avec nonchalance.

— Je n'ai jamais échoué auparavant.

Alisha parut perplexe.

— Un échec n'est pas la fin du monde. Tu serais en mesure de le surmonter, j'en suis sûre.

— Peut-être. Mais jusqu'à présent j'ai toujours bien fait les choses, dit-il simplement.

— Je vois. Mais il est difficile de se maintenir sur le chemin de la perfection. Et cette volonté révèle quelque chose de plus profond, assura-t-elle.

— Vraiment ?

— Oui.

— N'essaierais-tu pas de me faire lâcher cette affaire ?

Elle posa une main sur son cœur avec une feinte indignation.

— Oh ! quel toupet !

Il éclata de rire.

Puis ils retombèrent dans un silence confortable.

— Il faut que je parte, dit-elle doucement.

Elle baissa les yeux avant de croiser à nouveau son regard.

— Mais je n'en ai pas envie.

— Moi non plus, je ne veux pas que tu partes.

Un nouveau silence s'établit entre eux, et il ferma les yeux, déçu et frustré.

Nous devons mettre un terme à notre relation.

C'était ce qu'elle avait dit, et il en avait convenu. Mais sa proximité embrasait tous ses sens.

Le lit grinça un peu tandis qu'elle se rapprochait de lui, faisant naître des frissons d'anticipation dans tout son corps. La sensation de ses lèvres douces sur sa joue fit battre son cœur plus vite.

Non, il ne faut pas.

Mais alors même que cette pensée lui traversait l'esprit, il tourna la tête vers elle pour unir leurs lèvres. L'embrasser. La savourer. La posséder.

Ne sentant plus que de l'air sur sa bouche, il rouvrit les yeux au moment où Alisha quittait la pièce, le laissant seul. Il bondit sur ses pieds pour la rattraper, puis il s'arrêta net dans son élan.

Qu'il le veuille ou non, c'était la décision la plus raisonnable. Il n'empêche qu'il avait le cœur lourd de regrets.

En pénétrant dans sa chambre, Alisha trouva sa sœur assise dans le lit, tout à fait réveillée.

— Je croyais que tu dormais, dit-elle, la rejoignant.

Tiffany secoua la tête, une lueur malicieuse dans les yeux.

— Vilaine fille ! Tu as profité de mon sommeil pour rejoindre ton amant.

Si seulement...

Alisha écarta la couverture pour se glisser dans le lit.

— Douche-toi d'abord, s'il te plaît, demanda Tiffany.

— Nous n'avons pas couché ensemble.

Tiffany haussa les sourcils, incrédule.

Furieuse, Alisha lui décocha un regard cinglant avant de grimper dans le lit et de lui tourner le dos.

— Oh ! murmura Tiffany.

À l'heure actuelle, je devrais être embrassée et caressée par Tremaine.

Les yeux clos, Alisha sourit en se remémorant la fois où il lui avait murmuré à l'oreille qu'il adorait être enfoui profondément en elle quand il lui faisait l'amour.

Il pourrait l'être à cet instant si...

Tiffany lui tapa sur l'épaule.

— Mais où étais-tu passée pendant tout ce temps ?

Alisha ouvrit un œil, furieuse contre sa sœur. Sans sa soudaine apparition, Tremaine lui aurait déjà procuré un deuxième, voire un troisième orgasme.

— J'ai mis un terme à notre aventure, maugréa-t-elle.

— Oh ! répéta Tiffany.

Alisha se blottit sous la couverture et sourit à la vision de Tremaine s'avançant vers elle, nu et en érection.

— C'était la meilleure chose à faire, ajouta Tiffany.

Avec un ricanement de dérision, Alisha lui jeta un regard noir par-dessus son épaule.

— Fais-en autant avec ton amant !

Tiffany parut piquée au vif.

— Bonne nuit, dit-elle, avant de se rallonger et de tourner le dos à Alisha.

Hélas, longtemps après que sa sœur se fut rendormie, Alisha demeura éveillée, regrettant encore une fois que la situation les empêche, Tremaine et elle, de poursuivre leur aventure torride.

Il ne s'agissait pas seulement de sexe entre eux. Elle appréciait sincèrement Tremaine. La nuit dernière, entre deux rapports époustouflants, ils avaient ri ensemble. Ils s'étaient douchés ensemble. Ils avaient partagé un en-cas, nus dans la cuisine. Ils s'étaient endormis, le bras de Tremaine autour de sa taille.

Bien sûr, elle aimait Tiffany, mais sa venue avait fait éclater la bulle d'isolement qu'ils avaient créée. Une bulle qu'Alisha n'était pas prête à quitter. Toutefois, sa sœur lui avait rappelé à juste titre qu'elle devait mettre un terme à leur relation, aussi exaltante soit-elle.

Elle tiendrait donc compte de son avis et de celui de Marcus qui redoutait la perspicacité de Tremaine.

Elle continuerait aussi de protéger la réputation d'Eliza malgré l'acte délictueux qu'elle avait commis.

Dans la famille, on doit toujours se serrer les coudes.

Elle avait encore ce mantra en tête quand, le lendemain matin, elle dit au revoir à sa sœur en la serrant tendrement dans ses bras.

Elle se le répétait en regardant Tremaine descendre l'escalier en tenue de sport pour son running matinal.

Toujours aussi beau.

— Bonjour, dit-il avec un large sourire. Déjà debout !

— Ma sœur vient de partir. Elle aime être tranquille dans sa boutique pour préparer ses chocolats. Par ailleurs, j'ai eu du mal à trouver le sommeil.

— Tu devrais peut-être te recoucher.

Elle se mordit la lèvre pour s'empêcher de dire : « Pas sans toi. »

Il secoua la tête, comme s'il lisait dans ses pensées.

— Si tu continues de me regarder comme ça, nous allons au-devant des ennuis, annonça-t-il. Essayons d'éviter les tentations si nous voulons nous en tenir à notre décision d'hier soir.

— Je ne veux pas t'éviter pendant tout le reste de ton séjour, Tremaine, protesta Alisha, percevant l'énergie virile qui se dégageait de lui.

— Veux-tu que je parte ?

— Oh ! non ! Ce ne sera pas nécessaire, dit-elle, s'efforçant de maîtriser son affolement.

— Alors, que suggères-tu ?

— Tâchons d'évacuer notre désir une fois pour toutes.

— Vraiment ?

Un sourire aux lèvres, il abaissa la fermeture Éclair de sa veste matelassée. Voyant qu'il se méprenait, elle l'arrêta d'un geste de la main, confuse.

— Non ! Je voulais dire... passons du temps ensemble en tout bien tout honneur et tâchons de nous habituer l'un à l'autre de *cette* façon.

— Oh.

Alisha pouvait lire autant la compréhension que le regret sur le visage de Tremaine.

Elle laissa retomber sa main pendant qu'il se rajustait.

— Je pourrais peut-être courir avec toi.

Sa suggestion le fit rire aux éclats.

Elle lui donna une tape sur le bras, un peu vexée.

— Tu te moques de moi ? Tu ne me crois pas capable de suivre ton rythme ?

— Je ne me moque pas de toi ! assura-t-il, une lueur d'hilarité au fond des yeux. Il est vrai que je cours tous les jours pour me maintenir en forme...

— Il n'empêche que, l'autre nuit, tu t'es endormi le premier, monsieur Muscles, rétorqua-t-elle avec un sourire narquois. Tu ronflais comme un sonneur alors que j'étais prête pour un deuxième round.

Le regard de Tremaine s'assombrit de désir.

— Sauf erreur de ma part, il y a eu trois rounds et aucune plainte de ta part.

Ce souvenir grisant embrasa tous ses sens.

— Aucune ? rétorqua-t-elle, désireuse de mettre de la légèreté dans leur échange un peu trop torride.

— Je voulais t'impressionner, professeure, dit-il, amusé.

Alisha lécha ses lèvres desséchées.

— Et tu y as parfaitement réussi. Je conserve une impression inoubliable de notre nuit.

Les yeux de Tremaine s'arrondirent de surprise, puis il leva les bras en l'air, exaspéré, et marcha de long en large dans le vestibule avant de se poster devant elle.

— Tu ne peux pas continuer de flirter avec moi, de m'aguicher, et me dire ensuite qu'il n'est plus question de nous accorder du bon temps !

Surprise par ses reproches, Alisha recula d'un pas et se retrouva adossée contre la porte d'entrée.

— Je ne flirtais pas...

— Vraiment ? ironisa Tremaine.

Le cœur d'Alisha battait si fort qu'elle en était presque assourdie.

— Non, je ne flirtais pas, insista-t-elle, sachant pertinemment qu'elle mentait.

Tremaine se pencha vers elle, caressant sa bouche du regard avant de la fixer droit dans les yeux.

— Tu ne flirtais pas avec moi ? redemanda-t-il doucement.

Leurs respirations étaient saccadées, si révélatrices du désir qu'ils combattaient.

— C'est à toi de décider, Alisha. Courir ou poursuivre ce que nous avons commencé.

Le second choix.

Alisha ferma les yeux et prit une profonde inspiration.

Dans la famille, on doit toujours se serrer les coudes.

— Courir, dit-elle, résignée.

Alisha rouvrit les yeux juste au moment où Tremaine déposait un baiser léger sur son front, la faisant frissonner.

— Entendu, dit-il à regret.

Elle croisa les bras sur sa poitrine pour dissimuler ses mamelons durcis qui pointaient sous son fin T-shirt.

— Tu ferais mieux de t'habiller en conséquence, ajouta-t-il avant de s'écarter.

Tandis qu'elle montait les marches, elle ne cessait de se répéter son mantra :

Dans la famille, on doit toujours se serrer les coudes.

Tremaine pénétra dans le Royal Diner et souffla dans ses mains glacées avant d'ôter son blouson en cuir pour l'accrocher à la patère. Il s'arrêta net, surpris par le silence soudain des conversations.

Se retournant, il remarqua tous les regards braqués sur lui, où se lisaient la curiosité et les conjectures. Il se força à sourire et salua brièvement les clients tout en foulant le lino à motif de damiers inspiré des années 1950 avant de s'installer dans une alcôve en similicuir rouge.

— Bonsoir, monsieur Knowles.

Amanda Battle le rejoignit, une cafetière dans une main et un menu dans l'autre. Elle était la femme du shérif et la propriétaire du petit restaurant.

— Bonsoir, Amanda, répondit-il en souriant.

Il prit le menu pendant qu'elle remplissait la tasse posée devant lui.

— Ne faites pas attention aux regards fixés sur vous, conseilla Amanda. Tout le monde ici sait qui vous êtes et connaît la raison de votre présence en ville. Rien ne leur échappe. À croire qu'ils ont des antennes !

Il balaya la salle du regard et se rendit compte qu'il attirait toujours autant l'attention des clients.

Amanda rit.

— Qu'est-ce que je vous disais ! Buvez votre café tant qu'il est chaud. Je reviendrai prendre votre commande.

Elle s'éloigna pour remplir les tasses des autres clients.

— Pssst !

Intrigué, Tremaine tourna la tête et aperçut un homme d'un certain âge, barbu, les cheveux roux, qui le fixait par-dessus le bord de ses lunettes.

— Oui ?

— Les Winters sont une famille respectable et respectée à Royal, déclara l'homme.

— Merci pour l'information.

À peine Tremaine s'était-il calé contre le dossier de son siège qu'il entendit à nouveau :

— Pssst.

Il ferma les yeux, agacé, puis se tourna de biais vers l'homme attablé devant une assiette de chili.

— Oui ? répéta-t-il poliment.

— Sur qui enquêtez-vous… à part les Winters ?

— Vous avez une information à me transmettre ? s'enquit Tremaine. Parce que je n'en ai aucune à vous fournir.

L'inconnu s'essuya la bouche en riant.

— Vous êtes un petit malin !

— Je suis honnête, c'est tout.

Sa déclaration fut accueillie par un ricanement.

Tremaine pivota sur son siège au moment où Amanda s'avançait vers sa table.

— Je prendrai deux hamburgers garnis de poitrine de bœuf et des frites avec du chili, dit-il, lui rendant le menu.

— Deux ? demanda l'inconnu derrière lui. Vous vous êtes fait des amis, ici ?

Amanda lui jeta un regard sévère.

— Mêlez-vous de vos affaires, Earl !

— Ce sera pour emporter, précisa Tremaine en sucrant sa deuxième tasse de café.

Amanda lui sourit.

— Bien sûr.

Entre la curiosité d'Earl et les regards insistants braqués sur lui, Tremaine n'avait aucune envie de s'attarder ici.

— Pssst.

Oh ! non !

— Pssst.

Il sirota son café comme si de rien n'était.

Earl s'éclaircit la gorge à deux reprises.

Imperturbable, Tremaine vida sa tasse, se leva et traversa la salle en direction du comptoir.

— Pssst.

Quel pot de colle !

Prenant sur lui, Tremaine pivota et se retrouva face à Earl.

— Vous êtes du genre têtu, n'est-ce pas, Earl ?

— Il faut poser des questions si on veut des réponses, remarqua Earl, prenant place sur un tabouret.

Tremaine sortit sa carte de crédit et la tendit à Amanda.

— Le scandale du collier a placé Royal sous le feu des projecteurs, poursuivit Earl.

Sans se donner la peine de répondre, Tremaine récupéra sa carte et le sac en papier tandis qu'Amanda lui souhaitait bon appétit. Puis il attrapa son blouson de sa main libre et ouvrit la porte battante avec son dos en lançant :

— Au revoir, Earl !

Exhalant un lourd soupir, il sortit du restaurant et faillit bousculer Alisha. Aussitôt, le besoin impérieux de l'embrasser l'assaillit, mais il se maîtrisa à temps.

— Bonsoir, professeure Winters, dit-il d'une voix neutre.

Sa politesse guindée la déconcerta, puis une lueur de compréhension traversa son regard.

— Bonsoir, monsieur Knowles.

Alors qu'il se reculait pour lui ouvrir la porte, il lui chuchota :

— Je t'ai pris un hamburger et des frites.

— Merci. J'apporterai le dessert.

— Laissez cette dame tranquille ! lança une voix familière.

Earl !

Plusieurs clients se joignirent à lui :

— Oui, laissez-la tranquille !

Alisha pénétra à reculons dans le restaurant en faisant un client d'œil espiègle à Tremaine.

— Oui ! Laissez-moi manger en paix, monsieur Knowles !

Tandis qu'il retournait à son pick-up, Tremaine se consola en imaginant Alisha à califourchon sur ses genoux, le chevauchant telle une fière amazone.

Bam ! Bam ! Bam !

Réveillée en sursaut par un claquement sonore, Alisha se redressa dans son lit, alarmée. *Est-ce que je rêve ?* se demanda-t-elle, le cœur cognant dans sa poitrine.

Bam ! Bam ! Bam !

Apparemment non. Elle repoussa la couverture et se leva, nullement rassurée.

Et si c'était un intrus ? Que faire ? Prendre la carabine et partir à sa recherche ? Appeler la police en restant armée ? Attendre et guetter l'intrus avec la carabine ?

Le bruit persistant et l'obscurité de la nuit mettaient ses nerfs à vif. D'autant qu'elle vivait seule.

Mais je ne suis pas seule… Il y a Tremaine…

N'osant pas allumer, elle traversa à tâtons la chambre et le salon pour atteindre le couloir. L'idée lui traversa l'esprit que, dans les films d'horreur, se précipiter au-devant du danger était précisément la chose à ne pas faire. Mais elle avait impérativement besoin de Tremaine.

Elle ouvrait la porte de sa suite quand elle aperçut une haute silhouette menaçante à contrejour.

Elle poussa un hurlement de panique.

— Alisha, c'est moi !

Tremaine l'attira contre lui, et elle noua les bras autour de sa taille, tremblant de tous ses membres.

— Tout va bien, dit-il d'une voix apaisante.

— C'est quoi ce bruit ? demanda-t-elle d'une voix mal assurée.

Elle n'était pas vraiment une damoiselle en détresse, mais elle était soulagée de bénéficier de la protection de Tremaine. Par chance, il avait bien pris la petite comédie qu'elle lui avait jouée au Royal Diner. Ils avaient ri tout en dégustant les hamburgers et la tarte au babeurre qu'elle avait apportée.

— Un volet s'est ouvert, et le vent le faisait claquer. Mais je viens de l'attacher. Il devrait tenir cette nuit. Je le réparerai demain matin, expliqua-t-il, lui frottant doucement le dos.

C'était si bon qu'elle se mordit la lèvre inférieure pour ne pas ronronner de plaisir. Puis, se rendant compte qu'elle l'étreignait et se pressait contre son corps ferme, elle laissa retomber ses bras à regret avant de se détacher de lui. Et de son attrait magnétique.

— Va te recoucher, dit-il, se reculant dans le couloir.

— Oui, merci.

— Bonne nuit, ajouta-t-il avant de s'éloigner.

Elle le suivit des yeux avec un murmure de pure appréciation, puis referma la porte et s'adossa contre le battant, toute chavirée par leur étreinte chaste.

Elle se languissait de lui.

Les souvenirs de la nuit qu'ils avaient passée ensemble s'imposèrent à elle. Jamais elle n'avait vécu une expérience aussi exaltante.

Et je n'en connaîtrai peut-être plus jamais de pareille.

— Mais je ne peux pas poursuivre cette aventure, dit-elle à voix haute, s'efforçant de s'en convaincre.

Dans la famille, on doit toujours se serrer les coudes.

Tandis que son sexe palpitait et qu'un crépitement électrique parcourait son corps, son mantra perdait sa force de persuasion alors que son désir pour Tremaine grimpait en flèche.

Juste une autre fois.

Elle avait toujours fait passer sa famille en premier, n'hésitant pas à s'ingérer dans la vie de ses frères et de sa sœur parce qu'elle voulait le meilleur pour eux.

— Et maintenant, je veux le meilleur pour *moi*, dit-elle à voix haute, récupérant en hâte un préservatif avant de s'élancer à la poursuite de Tremaine.

Elle le rattrapa dans le couloir qui menait à sa chambre.

— Faisons-le encore une fois, dit-elle, se sentant pleine d'audace.

Il la contempla, perplexe.

— As-tu songé à ta famille ? À ma société ? Non, Alisha, nous ne pouvons pas faire ça.

Un sourire mutin aux lèvres, elle ôta sa chemise de nuit.

— Oh ! Alisha, gémit-il, une note de désespoir dans la voix, tout en dévorant des yeux son corps dénudé.

— Si, nous en avons besoin tous les deux.

Elle s'avança vers lui, pressant le préservatif contre son torse nu.

— Une dernière fois, insista-t-elle, câline.

Tremaine secoua la tête, visiblement au supplice.

— Nous avons déjà dit ça l'autre nuit !

— Mais, ce soir, nous assouvirons notre désir une fois pour toutes, assura-t-elle, posant sa main libre sur son sexe en érection.

Ils haletèrent ensemble.

Jurant entre ses dents, Tremaine la souleva et la plaqua contre le mur. Galvanisée, elle noua les jambes autour de sa taille et l'embrassa avec passion tandis qu'il abaissait son pantalon de pyjama pour enfiler le préservatif.

Elle cria et enfouit son visage dans le cou de Tremaine quand il la pénétra d'un puissant coup de reins. L'emplissant totalement. La faisant frissonner d'excitation.

Elle s'agrippa à lui, savourant ses assauts puissants. Ses déhanchements érotiques. Ses pauses tandis qu'il s'efforçait de ne pas jouir avant elle. Ses baisers ardents. Ses tendres mordillements. Sa façon d'embrasser son cou.

— Alisha, oh, Alisha, gémissait-il d'une voix à la fois passionnée et torturée.

Elle le comprenait d'autant mieux qu'elle ressentait la même chose.

Mais, alors qu'ils atteignaient ensemble le paroxysme du plaisir, elle se concentra sur le bonheur que lui procurait cet instant magique, ignorant sciemment le constat déprimant qu'il n'y aurait pas d'autres fois et qu'il ne résulterait rien de réel ni de durable de leur fabuleuse alchimie.

8

— J'attendais davantage de résultats à ce stade, Knowles.

Tremaine sirota une gorgée de scotch tout en observant Fernando Del Rio III, assis en face de lui au RCW Steakhouse. L'homme de soixante ans, la barbe et les cheveux bruns striés de gris, était aussi sévère, voire plus, en personne qu'au téléphone. Il avait la réputation d'être un homme d'affaires redoutable et combatif. À cet instant, son regard perspicace le scrutait attentivement.

— Moi aussi, monsieur Del Rio, admit-il. Cette affaire est déroutante. Les Winters n'avaient rien à gagner en rendant un bijou de valeur qu'ils auraient volé ou caché. En fait, ils sont traînés dans la boue par les médias et connaissent des difficultés dans leurs affaires. Ainsi, l'application de rencontres k !smet, qui avait connu un succès fulgurant, est en très nette perte de vitesse depuis l'éclatement du scandale. Trey Winters et Misha Law ont même dû renoncer à l'introduction en Bourse de leur application.

Fernando détourna le regard, s'attardant sur le décor composé de meubles en bois foncé et de lourdes tentures.

À l'évidence, il réfléchissait à ce qu'il allait dire.

— Je dois admettre que la trêve entre nos deux familles servait mieux mes intérêts commerciaux que la poursuite de notre querelle. Les éventuels partenaires d'affaires que Winters et moi avions sollicités déclinent nos offres.

— Oui, je suis au courant. Ils sont sans doute découragés par les accusations et les invectives que Joseph Winters et vous vous lancez par médias interposés.

— Pour que les choses reprennent un cours normal, il faut que vous élucidiez le mystère entourant la réapparition du collier, répliqua sèchement Fernando. Selon les termes de notre contrat, il ne vous reste qu'une semaine pour me fournir la clé de l'énigme.

Tremaine acquiesça, la mâchoire crispée.

— Vous comprenez, j'en suis sûr, que l'avenir de Knowles Threat Solutions dépend du succès de votre mission et de ma recommandation, ajouta Fernando, d'un ton aussi implacable que son regard.

Tremaine ne cilla pas, bien décidé à ne pas plier devant cet homme. Au fil des ans, il avait appris beaucoup de choses sur lui grâce aux confidences de Preston. Il n'avait pas été un père très présent dans la vie de ses enfants, et même l'amour que lui portait son épouse ne diminuait pas sa froideur. Toutefois, en prenant de l'âge, Preston pensait qu'il s'adoucissait. Si c'était le cas, auparavant il devait être aussi glacial qu'un iceberg ! *Comme à cet instant*, songea Tremaine.

Il n'en était que plus reconnaissant envers son père qui lui avait prodigué beaucoup plus d'amour et de conseils que d'argent.

— Monsieur Del Rio, je n'échoue jamais, dit-il.

Fernando lui décocha un regard signifiant que c'était préférable pour lui.

— Mon épouse est en rendez-vous, mais elle devrait nous rejoindre pour le dessert et le café, dit-il, portant son verre de scotch à ses lèvres.

— Il se trouve que j'ai une piste que je souhaite vérifier. Par ailleurs, après cet excellent chateaubriand et le gruau au fromage de chèvre, je n'ai plus de place pour le dessert, déclara Tremaine en se tapotant le ventre.

Il prit son portefeuille dans la poche de son blazer noir qu'il portait sur une chemise en soie assortie, et en retira deux billets de cent dollars qu'il posa sur la table. Puis il récupéra son Stetson noir sur le siège vide à côté de lui.

— Vous êtes mon invité, Knowles, protesta Fernando.

— Merci, monsieur, mais je paie toujours ma part.

— Ne discute pas, Fernando, parce que tu ferais la même chose, intervint une voix féminine.

Quelle ne fut pas la surprise de Tremaine en voyant le visage de Fernando s'adoucir un peu à l'arrivée de sa femme.

Apparemment, l'amour avait le pouvoir de réchauffer les cœurs les plus froids.

— Je suis heureux de vous revoir, madame Del Rio.

Il s'inclina pour déposer une bise polie sur la joue de la femme brune, de taille moyenne, qui ressemblait un peu à l'actrice Sandra Bullock.

— Je vous laisse déguster votre dessert, ajouta-t-il. Mais je doute qu'il soit aussi délicieux que le gâteau colibri que vous aviez préparé l'année où je suis venu chez vous avec Preston à l'occasion de Thanksgiving.

Gayle Del Rio lui adressa un grand sourire qui fit pétiller ses prunelles sombres.

— Il sera aussi au menu cette année, Tremaine, dit-elle, se penchant pour déposer un baiser sur la tempe grisonnante de son mari avant de s'asseoir à ses côtés.

— Vous joindrez-vous à nous ? Vous êtes le bienvenu, ajouta-t-elle.

— Avec un peu de chance, il ne sera plus en ville car son enquête sera terminée. N'est-ce pas, Knowles ? demanda Fernando en tendant le menu relié en cuir à sa femme.

Tremaine esquissa un sourire forcé.

— Bonne dégustation, dit-il.

Puis il pivota sur ses talons et se fraya un chemin entre les tables des autres clients occupés à savourer les pièces de viande en provenance directe du ranch de la famille du propriétaire,

Rafe Cortes-Williams. Une fois dehors, il mit son Stetson et fourra les mains dans les poches de son blazer.

En face de lui, trois jeunes femmes s'avançaient sur le trottoir, et leurs rires résonnaient dans l'air froid.

Il les salua en portant la main à son chapeau.

— Bonne soirée, mesdames.

— Eh, cow-boy ! répondirent-elles d'un ton un peu provocant.

La plus proche de lui passa ses ongles sur son torse et lui décocha une œillade aguicheuse en le croisant, déclenchant une nouvelle salve de rires.

Il se contenta de leur adresser un grand sourire avant de remonter la rue. Il était loin d'être un cow-boy, mais son Stetson et ses bottes noires bien cirées indiquaient qu'il était un Texan pur jus. Il rejoignit son pick-up, puis marqua une pause pour admirer la longue rue brillamment décorée. Une rafale glacée le fit frissonner, et il monta dans son véhicule, se dépêchant d'allumer le chauffage.

Pendant qu'il se réchauffait, il observa les habitants et les visiteurs de passage qui faisaient du shopping nocturne dans les boutiques encore ouvertes. Ici, le rythme de vie était plus détendu et plus agréable qu'à Dallas ou à Austin. Les gens s'attardaient autour d'une tasse de café ou de chocolat chaud. Ils se connaissaient et prenaient des nouvelles les uns des autres. Ce n'était pas un monde parfait, mais tout y était plus paisible.

Il songea à Alisha.

Elle dégageait une sorte d'aura – comme aurait dit Golden – qui avait un effet calmant sur lui.

La voir, être dans la même pièce qu'elle ou la croiser dans l'escalier lui faisait du bien, le rendait plus léger, plus heureux, moins stressé.

Elle était sa dose de sérotonine.

Même maintenant, tandis qu'il roulait en direction de sa maison, son corps vibrait d'impatience. Hélas, dans une semaine, il reprendrait le cours de sa vie à Austin, qu'il ait résolu ou non l'affaire du collier. Et si jamais il avait la preuve que les Winters étaient complices du vol, c'en serait terminé pour toujours de sa relation avec Alisha, car il ne dissimulerait pas la vérité, quelle que soit la personne impliquée. Y compris Alisha.

Il contempla pensivement sa maison éclairée au loin. Leur aventure nuisait à son travail. Dans d'autres circonstances, il aurait consulté discrètement les fichiers de son ordinateur, qu'elle laissait traîner dans la maison, mais il ne pouvait pas se résoudre à violer ainsi son intimité et trahir sa confiance. Au départ, il avait accepté son hospitalité pour pouvoir enquêter plus facilement sur elle. Mais il avait passé plus de temps dans son lit qu'à approfondir ses recherches la concernant alors même qu'il savait qu'elle lui cachait quelque chose.

Peut-être est-il temps que j'exige d'elle la vérité.

Tremaine fronça les sourcils, surpris par le sentiment d'angoisse qui s'empara de lui à l'idée que la vérité les sépare pour toujours.

Mais ils ne formaient pas un couple. Il n'y avait aucun avenir pour eux deux.

Je ne sais même pas si nous referons l'amour un jour !

Il savait qu'Alisha était intriguée par lui comme il l'était par elle. Il savait aussi qu'elle avait un cœur tendre. Il ne voulait surtout pas qu'elle soit malheureuse à cause de leur aventure.

Mais il ne supportait pas qu'on doute de son intégrité et il refusait de mettre en péril sa jeune entreprise.

Une équation compliquée, songea-t-il en soupirant.

Il se gara à côté de la Porsche d'Alisha. Les pièces étaient éclairées, dispensant une ambiance chaleureuse. Il regarda en direction du solarium et sentit son cœur battre la chamade en apercevant Alisha assise dans son transat et penchée sur l'écran de son ordinateur. Ses cheveux étaient relevés en un chignon improvisé maintenu par un crayon. Elle portait un gros pull et d'épaisses chaussettes ornées d'oreilles de lapin. Ses lèvres remuaient, comme si elle lisait quelque chose. Soudain, elle bondit sur son transat, un grand sourire aux lèvres, et brandit le poing en signe de victoire.

L'espace d'un instant, il s'autorisa à imaginer qu'il la rejoignait cette nuit, comme les nuits précédentes. Aussitôt, son sang s'embrasa dans ses veines. Il se voyait allongé sur le transat à côté d'elle, l'observant pendant qu'elle préparait ses cours ou qu'elle effectuait des recherches pour son magasin. Une fois qu'elle aurait terminé, il se lèverait, déferait son chignon et plongerait les doigts dans ses boucles pour lui masser le crâne avant de s'allonger sur elle et de l'embrasser passionnément.

Soudain, Alisha regarda dans sa direction et aperçut son pick-up. Son visage s'éclaira, et elle agita la main en souriant. Elle était heureuse de le voir, et le cœur de Tremaine bondit dans sa poitrine.

Oh ! non !

Il sortit du véhicule et la salua à son tour avant de se diriger vers l'entrée du solarium. Il savait qu'il devait briser l'ascendant sensuel qu'elle exerçait sur lui et se concentrer sur son travail mais, hélas, sa résolution s'amenuisait à mesure que ses pas le rapprochaient d'elle.

— Bonsoir, professeure Winters.

Alisha sourit au dernier étudiant qui quittait le magasin après leur séance de séminaire. La prochaine fois, elle dirait adieu à son groupe de doctorants qu'elle avait pris plaisir à guider dans la préparation de leur thèse. La recherche était essentielle dans leur future carrière, et elle se sentait honorée de jouer un rôle dans leur parcours universitaire et professionnel. Désormais, elle devrait se concentrer sur le nouveau cours qu'elle proposerait au doyen.

Elle songea à sa propre thèse qui traitait du rôle de la recherche dans l'étude des cultures antiques de l'Afrique précoloniale. Les murs en briques de son magasin étaient ornés de magnifiques photos de vestiges des anciens empires africains et d'exemples d'art rupestre. Il y avait aussi des sculptures, des poteries, des masques, des armes et des outils. Elle rêvait d'acquérir d'autres objets pour constituer sa collection personnelle. Mais, pour l'instant, elle consacrait la plus grande partie de ses finances à son magasin et à la rénovation de sa maison.

Un jour, peut-être.

Il était temps de fermer boutique. Elle éteignit les lumières, vérifia que la porte de derrière était verrouillée, activa l'alarme et sortit du magasin. Elle s'installait derrière le volant de sa Porsche quand l'écran de son téléphone s'éclaira. Elle sourit en voyant la photo de Marcus.

Elle décrocha et mit le haut-parleur.

— Salut, petit frère !

— Eh, nous n'avons que deux ans d'écart, lui rappela-t-il.

— Exact. Deux ans d'expérience et de sagesse.

Elle entendit Marcus bougonner.

— Mais ce n'est pas pour ça que tu m'appelles.

— Non, c'est plus important, reconnut-il d'un ton grave.

Alisha se redressa, sur le qui-vive.

— Je pense qu'il est temps de dire la vérité au sujet d'Eliza et du collier, Lish.

Elle inclina la tête sur l'appuie-tête en soupirant.

— Marcus...

— Non, écoute-moi ! Cette affaire est en train d'échapper à tout contrôle. Ce sont la réputation de notre famille et nos intérêts commerciaux qui en pâtissent pendant que nous protégeons l'une des nôtres... qui est aussi une voleuse.

Bien sûr, sa remarque était pleine de bon sens. Mais...

— Et si la révélation de la vérité ne faisait qu'empirer les choses ? demanda-t-elle, tapotant le volant avec ses ongles.

— Et si le détective privé qui loge chez toi découvrait l'existence de la lettre ? rétorqua Marcus. Je l'ai bien cachée, mais on ne sait jamais.

Tremaine.

Hier soir dans le solarium, oubliant le vol du collier, la fameuse lettre et la querelle centenaire, elle s'était assise à califourchon sur ses genoux et lui avait ôté son Stetson. Puis il avait posé les mains sur ses fesses, et ils s'étaient embrassés éperdument avant de faire l'amour. Leur rapport sexuel fabuleux et leur merveilleuse complicité avaient pris le pas sur tout le reste.

— Alisha, tu es là ?

Le souvenir de sa folle chevauchée sur Tremaine s'effaça.

— Oui. Marcus, il faut que tu m'apportes cette lettre.

— Je l'ai enterrée dans la tombe d'Eliza.

— Quoi ?

— Ne t'inquiète pas. Je l'ai glissée dans un sac en plastique. J'irai la récupérer cette nuit. Mais si jamais Knowles la trouve ?

— Il ne fouille pas dans mes affaires, Marcus. Mais je la rangerai dans le coffre de mon magasin.

Marcus demeura silencieux un long moment.

— Tu es toujours là ? demanda-t-elle, sortant du parking en marche arrière.

— Pourquoi fais-tu autant confiance à un homme que tu ne connais que depuis une semaine ?

— À cause de mon système de vidéosurveillance, répondit-elle, ne révélant que la moitié de la vérité.

Pour tout dire, elle faisait entièrement confiance à Tremaine. Dans l'histoire, c'était elle la cachottière.

— Tu dois lui demander de partir, insista Marcus. Et ne me répète pas que tu es chez toi et que tu héberges qui tu veux. Je suis impliqué jusqu'au cou dans ce scandale parce que c'est moi qui ai trouvé la lettre et qui l'ai dissimulée à nos parents.

Il a raison, songea Alisha en longeant la rue principale superbement illuminée. Le lendemain de Thanksgiving, l'installation du sapin de Noël sur la grand-place donnerait le coup d'envoi de la période des fêtes. Il y aurait de la joie, des cantiques, des réunions familiales et amicales, des repas délicieux et les cris de bonheur des enfants quand ils découvriraient leurs cadeaux. Elle ne put s'empêcher de sourire à cette évocation de la magie de Noël.

— Fernando Del Rio a engagé Trem... M. Knowles pour deux semaines. Après quoi, il retournera à Austin. Il ne lui reste donc plus qu'une semaine, dit-elle, tandis que son sourire s'effaçait.

L'idée de ne plus jamais le revoir lui pesait lourdement.

Dans quoi me suis-je lancée ?

C'était de la pure folie de faire passer son propre plaisir avant sa loyauté envers sa famille et d'éprouver des sentiments pour Tremaine.

— Je dois raccrocher, Marcus. Apporte-moi la lettre demain matin au magasin.

— Alisha...

— Ne changeons rien pour l'instant, s'il te plaît, insista-t-elle avant de mettre fin à la communication.

Durant le trajet jusqu'à son domicile, Alisha s'efforça de se convaincre qu'elle devait rompre une bonne fois pour toutes avec Tremaine et tirer un trait sur leurs ébats torrides et leur belle entente. *Quel dommage !* pensa-t-elle tristement. Mais il le fallait. Leur relation devenait trop compliquée.

— Du moins, pour moi, dit-elle à voix haute, le cœur serré.

Puis, dans un sursaut de volonté, elle se ressaisit.

— C'est décidé. Je mets les choses au clair en arrivant.

Mais le sexe ?

— Aucune importance.

Et les fous rires que nous partagions ?

— Tant pis.

Et les conversations que nous avions quand nous flottions dans un état de bien-être après un orgasme époustouflant ?

— En l'absence de sexe, pas d'orgasme, donc pas de sensation de bien-être et pas de conversation. La question est résolue, décréta-t-elle, empruntant la rue menant à sa maison.

Elle gara sa voiture à côté du pick-up de Tremaine, surprise qu'il soit de retour à la maison avant elle.

Non, pas « à la maison ». Il n'est pas chez lui, ici.

Elle récupéra son sac à main et son porte-documents avant de mettre pied à terre. Elle traversait la cour quand les lumières du vestibule s'éteignirent. Elle s'arrêta net, saisie d'inquiétude.

Puis la porte d'entrée s'ouvrit, et Tremaine s'avança sous le porche.

Il était splendide dans son jean foncé, son pull noir à col roulé et son bonnet enfoncé sur le front. Il sourit, ses dents blanches ressortant sur sa peau sombre.

— Tout va bien ? s'enquit-elle, s'avançant vers lui.

— Oui, ne t'inquiète pas. Je te trouve très en beauté, aujourd'hui, remarqua-t-il, détaillant sa robe évasée en similicuir, ses bas fins à motifs et ses bottines à hauts talons.

— Merci, dit-elle avec une petite courbette.

Il descendit les marches du porche, lui prit ses sacs et se posta derrière elle.

— Et maintenant, ferme les yeux avant que je les couvre avec ma main.

Elle obtempéra en toute confiance.

— Que se passe-t-il ? demanda-t-elle, intriguée, se laissant guider.

— Je te réserve une surprise.

Elle sourit, heureuse.

— Attention à la marche. Encore une. Et une autre.

L'odeur de son eau de toilette sur son poignet l'émoustillait et lui donnait l'envie folle de l'embrasser.

— Maintenant, tu peux ouvrir les yeux.

Elle poussa un petit cri de surprise et de joie à la vue du sapin imposant, magnifiquement décoré, qui se dressait dans la cage du double escalier. Les ampoules blanches étincelaient comme des étoiles dans l'obscurité du vestibule. Elle pressa les mains l'une contre l'autre, émerveillée.

— Il est splendide ! s'exclama-t-elle, admirant les ornements élaborés, les jolis rubans et l'ange doré trônant à son sommet.

Des guirlandes lumineuses étaient disposées autour de chaque rampe d'escalier, et une énorme couronne était suspendue à la balustrade du palier à l'étage. Jamais elle n'aurait imaginé un plus beau spectacle pour son premier vrai Noël dans sa maison.

— J'ai fait appel au pépiniériste chez qui j'achète mon sapin chaque année à Austin. Il a bien voulu me livrer ce superbe pin de Virginie, et c'est sa femme qui l'a décoré, expliqua Tremaine. Je sais que tu adores Noël, mais j'ai pensé qu'étant très occupée tu n'aurais peut-être pas le temps de décorer ta maison comme tu le souhaiterais, c'est pourquoi j'ai pris cette initiative. Est-ce que le résultat te plaît ?

Il est tellement prévenant ! Voilà pourquoi j'ai autant de mal à mettre un terme à notre relation.

— Oh ! oui, répondit-elle, émue aux larmes. Et pour rendre cette nuit encore plus magique, je me vois bien regarder un film de Noël en buvant un chocolat chaud.

— La magie ne s'arrête pas dans le vestibule. Des sapins plus petits ornent le solarium et ta chambre.

— Oh ! vraiment ?

— Oui, répondit-il avec un large sourire.

Bouleversée par tant d'attentions, elle baissa les yeux et noua les bras autour d'elle pour s'empêcher de se jeter à son cou.

— Merci beaucoup. Ce sera mon premier Noël ici.

— Il n'en sera que meilleur.

Dire qu'au début elle avait pris cet homme pour un ennemi !

Elle se risqua à lever les yeux vers lui.

Grave erreur.

Elle fut aussitôt subjuguée par son regard pétillant et son grand sourire.

N'y tenant plus, elle se dressa sur la pointe des pieds, noua les bras autour de son cou et l'embrassa passionnément. Bientôt, les mains de Tremaine se posèrent sur sa taille, et il la souleva contre lui en exhalant un gémissement de pur plaisir.

Elle interrompit leur baiser à regret et appuya son front contre le sien.

— Nous ne pouvons pas continuer ainsi, Tremaine, murmura-t-elle alors même qu'elle se languissait de la saveur de sa bouche.

— Je sais.

Elle hocha plusieurs fois la tête, tâchant de se convaincre qu'ils avaient raison et que leur désir mutuel était inapproprié. Les obligations d'Alisha envers sa famille et l'avenir de la société de Tremaine passaient avant tout le reste.

— Mais ce n'est pas facile, reconnut-elle, scrutant Tremaine pour voir s'il était aussi déchiré qu'elle.

Il déposa un baiser chaste sur sa joue.

— Pour moi non plus, Alisha.

Ils demeurèrent là, enlacés, tandis que les guirlandes lumineuses trouaient l'obscurité du vestibule. Elle n'avait aucune envie de rompre leur étreinte, mais il la reposa par terre, et ils s'écartèrent l'un de l'autre à contrecœur.

Il se dirigea vers l'escalier, puis s'arrêta, la tête basse.

Elle se raidit, consciente qu'il s'apprêtait à dire quelque chose qu'il estimait *de son devoir* de mentionner. Car la vérité au sujet de la réapparition du collier demeurait en suspens entre eux, les éloignant l'un de l'autre.

— Alisha, mon instinct me dicte que tu ne m'as pas tout dit au sujet du collier, déclara-t-il sans la regarder.

C'était la première fois depuis son installation chez elle qu'il faisait allusion à la découverte du bijou. Le mensonge qu'elle lui avait servi lors de leur première rencontre ressemblait fort à une trahison aujourd'hui. Tout avait changé entre eux en l'espace d'une semaine. Elle se détourna et regarda par la fenêtre à côté de la porte d'entrée.

Cette affaire est en train d'échapper à tout contrôle. Ce sont la réputation de notre famille et nos intérêts commerciaux qui en pâtissent pendant que nous protégeons l'une des nôtres... qui est aussi une voleuse.

En repensant aux paroles de Marcus, elle fut tentée de suivre son conseil. Dire la vérité.

Mais, à ce stade, elle n'aurait fait qu'aggraver les choses.

— Alisha ?

— Non, tu te trompes, répondit-elle sans se retourner.

— J'aimerais tant pouvoir te croire.

Elle continua de fixer la cour, faisant taire sa mauvaise conscience. Quand elle se retourna, il se tenait au même endroit, attendant qu'elle lui dise la vérité.

Elle se mordit la lèvre inférieure pour s'empêcher de tout lui avouer. Puis elle traversa rapidement le vestibule et gravit l'autre escalier en direction de sa suite. Une fois la porte refermée, elle s'adossa contre le battant, se couvrant le visage avec les mains.

Tout son univers était sens dessus dessous.

Démoralisée, elle se traîna jusqu'à sa chambre et s'affala à plat ventre au milieu du lit. D'une certaine façon, l'homme idéal avait fait irruption dans sa vie au pire moment.

Oh ! Seigneur, qu'ai-je fait ? se lamenta-t-elle, le cœur meurtri, laissant couler ses larmes de tristesse et de regret.

Tremaine s'agrippa à la rampe pour s'empêcher de suivre Alisha. Il était déchiré entre son envie de la réconforter et son besoin de la pousser dans ses retranchements pour obtenir la vérité. Ce soir, la dérobade d'Alisha lui confirmait qu'elle lui cachait quelque chose.

Il se sentait désemparé à l'idée qu'elle lui mente. Cela ne correspondait pas à l'image qu'il se faisait d'elle. Surtout après la semaine qu'ils avaient passée ensemble. Leur merveilleuse entente au lit. Leur complicité.

Soudain, il se souvint d'avoir posé le porte-documents d'Alisha sur la console du vestibule. Son ordinateur devait s'y trouver.

Dans toute autre affaire, en tant que détective et ancien policier, il aurait vérifié tous les appareils électroniques des personnes impliquées dans le scandale du collier. Il devait l'admettre, à cause de sa liaison avec Alisha et de son attirance pour elle, il avait commis une grave erreur de jugement. Il avait même fait preuve d'un manque d'intégrité professionnelle. Et il s'en voulait beaucoup.

Les Del Rio l'avaient engagé et payé pour qu'il enquête et non pour qu'il tombe amoureux d'Alisha Winters. Ils lui faisaient confiance. Son ami Preston l'avait recommandé à son père en raison de ses compétences et de sa probité. Mais Alisha ?

Elle était son point faible. Au cours de cette semaine, il lui avait montré plus d'égards qu'à ses clients.

Tout en pestant contre lui-même, il continuait de fixer le porte-documents.

Qui dois-je choisir ?

Les Del Rio ou Alisha ?

À qui va ma loyauté ?

À mes clients ou à mon bon plaisir ?

L'heure de vérité avait sonné.

9

Alisha roula sur son lit et ouvrit les yeux. À cet instant, son regard tomba sur le sapin illuminé près de la cheminée éteinte. Elle songea à Tremaine et fut aussitôt assaillie de nombreux regrets.

La lettre que Marcus avait cachée. Le mensonge qu'elle avait proféré. Le secret qu'elle ne dévoilerait pas. Et surtout, la fin de sa relation avec cet homme qui avait pris de plus en plus d'importance dans sa vie.

Il faisait simplement le travail pour lequel il avait été engagé.

C'était elle qui lui mentait pour couvrir un membre de sa famille, une voleuse en l'occurrence.

Elle appréciait sincèrement Tremaine. Elle aimait son rire communicatif, son sourire éblouissant, son sens de l'humour. La senteur de son eau de toilette. Sa perspicacité. Son charme. Son intelligence. Son sex-appeal.

Rien chez lui ne lui déplaisait, excepté son rôle d'enquêteur dans la soudaine réapparition du collier des Del Rio. Et uniquement parce que cela les empêchait de…

De quoi ?

Même sans la querelle entre les Del Rio et les Winters, qu'est-ce qui lui permettait de penser qu'ils auraient eu un avenir ensemble ?

Tremaine vivait à Austin. Il n'avait peut-être aucune envie de nouer une relation sérieuse avec elle ou avec une autre femme.

Alisha se leva et tira les rideaux qui masquaient la fenêtre. Le sol était recouvert de gelée blanche, mais le soleil de l'après-midi la ferait fondre. Elle jeta un coup d'œil dans la cour et aperçut le pick-up de Tremaine.

Qu'est-ce que je souhaiterais dans un monde parfait ?

Elle s'appuya contre le cadre de la fenêtre, les bras noués autour d'elle.

Fonder ma propre famille avec un homme qui m'aimerait et que j'aimerais.

Elle n'avait jamais rejeté l'idée de tomber amoureuse. Elle devait simplement rencontrer l'homme qui serait sur la même longueur d'onde qu'elle. Qui la ferait rire. Qui la serrerait dans ses bras quand elle pleurerait. Qui la comprendrait quand elle serait très occupée par ses cours ou par la gestion de son magasin. Qui la protégerait quand elle aurait peur. Qui saurait lui tenir tête le cas échéant. Qui la comblerait sur le plan sexuel.

Comme Tremaine.

Ce constat la bouleversa. En l'espace d'une semaine, et contre toute attente, elle en était venue à éprouver des sentiments profonds pour lui.

Il réunissait toutes les qualités qu'elle recherchait chez un homme. Et surtout, elle se sentait plus vivante que jamais en sa compagnie. Comme s'il était l'élément manquant qui lui permettait de se sentir pleinement elle-même.

— Oh ! Seigneur, soupira-t-elle, le front appuyé contre la vitre, les yeux clos, tandis qu'un flot d'émotions contradictoires gonflait son cœur.

La joie d'avoir rencontré Tremaine et vécu une semaine magique avec lui. Mais aussi la tristesse de devoir le laisser partir.

Elle aurait pu fonder une famille avec lui. Elle se voyait berçant un beau bébé à la peau sombre et aux yeux semblables à ceux de Tremaine. À cet instant, tout lui paraissait possible.

Elle n'en revenait pas d'imaginer une vie – une famille – avec un homme qu'elle connaissait depuis si peu de temps. Mais il était le premier à avoir franchi la barrière qu'elle avait érigée autour d'elle pour filtrer les prétendants et trouver...

Le claquement de la porte d'entrée tira Alisha de ses réflexions. Elle aperçut Tremaine qui se dirigeait vers son pick-up.

— L'homme idéal, murmura-t-elle, pressant une main contre la vitre, comme si c'était lui qu'elle touchait.

Il était si grand. Si fort. Si beau.

Tout simplement parfait.

Mais tout était fini entre eux.

« - Alisha, mon instinct me dicte que tu ne m'as pas tout dit au sujet du collier.

— Non, tu te trompes.

— J'aimerais tant pouvoir te croire. »

Elle le regarda ouvrir sa portière, le cœur meurtri. Comment réagirait-il s'il découvrait qu'elle lui cachait la vérité depuis le premier jour ?

Elle s'était bien rendu compte qu'il passait de longues heures sur son enquête. Par ailleurs, il lui avait expliqué que sa résolution était très importante pour lui et l'avenir de sa jeune société. Pourtant, elle n'avait rien dit.

Au moment de monter dans son pick-up, Tremaine marqua une pause et leva les yeux en direction de sa fenêtre. Le soleil d'automne éclairait son visage, mettant en valeur sa peau sombre et ses yeux lumineux.

Il était beau. Physiquement et moralement.

Il lui adressa un bref salut qu'elle lui rendit, avant de grimper dans son véhicule et de s'éloigner.

Alisha s'écarta de la fenêtre et referma les rideaux.

Quel gâchis, songea-t-elle en soupirant.

La veille au soir, elle ne s'était pas donné la peine de se changer. Elle avait même dormi avec ses bottines, et ses vêtements étaient tout fripés. Avec un haussement d'épaules fataliste, elle s'affala à nouveau au milieu du lit, les bras en croix.

— Un énorme gâchis, marmonna-t-elle, le visage contre la couverture.

Comment aurait-elle pu imaginer qu'en protégeant son arrière-grand-mère elle perdrait le seul homme qui lui ait inspiré de tendres sentiments ? Elle tourna la tête sur le côté et ferma les yeux, submergée par la tristesse, la culpabilité et la peur de voir la vérité éclater au grand jour.

J'ai besoin d'aide, pensa-t-elle, désespérée.

Levant la tête, elle chercha son téléphone des yeux, puis se souvint de l'avoir laissé avec ses autres affaires dans le vestibule. Elle se leva et se servit du téléphone fixe du salon pour appeler la seule personne à qui elle pouvait dire toute la vérité et qui saurait la réconforter.

Deux sonneries suffirent.

— Maman, j'ai besoin de toi, dit-elle d'une voix enrouée par l'émotion.

— J'arrive ! promit aussitôt Camille.

Après avoir raccroché, elle demeura assise là, le regard perdu dans le vague, repassant dans sa tête les événements des derniers jours.

L'entrée en scène de Tremaine avait tout changé, y compris les règles qu'elle s'était fixées à elle-même.

Le tintement de la sonnette de la porte d'entrée lui fit prendre conscience de l'état d'hébétude dans lequel elle était plongée depuis un bon moment. Elle bondit sur ses pieds et quitta sa suite. L'imposant sapin était aussi lumineux que le soleil matinal, et sa senteur embaumait l'air. Pendant qu'elle descendait les marches, elle songeait, le cœur serré, que la belle surprise de Tremaine n'avait pas réussi à effacer le clivage préexistant entre eux, car leurs obligations respectives étaient trop divergentes. Et leur discussion qui avait tourné court n'avait fait que les éloigner un peu plus l'un de l'autre.

Dire que nous aurions dû faire l'amour par terre, simplement éclairés par les lumières du sapin, songea-t-elle tristement.

À peine Alisha avait-elle ouvert la porte d'entrée que Camille pénétrait à l'intérieur et la prenait dans ses bras.

— Que se passe-t-il, ma chérie ? demanda-t-elle, inquiète.

Pendant un moment, Alisha se raccrocha à sa mère, regrettant l'époque où elle était encore une enfant insouciante. Puis elle s'écarta et alla s'asseoir sur une marche, la tête appuyée contre la rampe et le regard fixé sur le sapin. Lentement, elle raconta à sa mère sa liaison avec Tremaine. Camille prit place à côté d'elle et pressa une main sur son genou dans un geste de réconfort.

— Je n'aurais jamais cru pouvoir éprouver des sentiments aussi profonds et aussi soudains pour un homme, avoua-t-elle.

— Oh ! Alisha.

— Et je ne crois pas me tromper en disant qu'il ressent la même chose pour moi, ajouta-t-elle, les yeux noyés de larmes.

Camille lui frotta doucement le dos.

— Mais il y a autre chose. Sinon, tu ne serais pas aussi malheureuse, n'est-ce pas ?

— Oui. C'est au sujet du collier et de la lettre d'Eliza.

Elle avoua à sa mère que Marcus et Jessica avaient trouvé le collier et la lettre dans une pièce secrète à la cave, et qu'ils avaient ensuite discuté tous les trois de ce qu'ils devaient faire de cette découverte.

— Je pensais que nous agissions pour le mieux dans l'intérêt de notre famille, comme je le fais toujours.

— Et comme je te le dis toujours, ma chérie, tu dois cesser de porter le fardeau de notre famille sur tes épaules.

Camille lui souleva le menton pour l'obliger à croiser son regard.

— Tu n'as pas à te sacrifier pour les autres, mon enfant.

Alisha se sentit penaude.

— En l'occurrence, ce n'était pas à toi de résoudre ce problème, poursuivit Camille. Encore moins avec un mensonge. Cette histoire est trop grave. Je ne peux pas la dissimuler à ton père.

Alisha bondit sur ses pieds, alarmée.

— Oh ! non !

— Calme-toi, assura Camille, la tirant par le poignet pour l'obliger à se rasseoir. Je ne lui parlerai pas de ta liaison avec Tremaine. Elle ne regarde que toi. Mais je dois l'informer de l'existence de la lettre d'Eliza. C'est trop important et je refuse de mentir à ton père.

— Je le comprends, maintenant, dit Alisha d'une voix éteinte. Le mensonge est un poison qui finit par miner une relation.

Camille la contempla, mi-amusée, mi-consternée.

— Oh ! ma chérie, nous ne sommes pas dans un mélodrame !

Alisha ne put s'empêcher de rire un peu.

— Ton père voudra voir la lettre.

— Bien sûr.

Elles demeurèrent silencieuses un instant, plongées dans leurs pensées.

— Tremaine Knowles est un très bel homme, remarqua Camille, rompant le silence.

— Oh ! oui. Mais, indirectement, un ennemi de la famille, précisa Alisha, en guise de rappel.

— Nous ne devrions pas nous considérer comme ennemis. Franchement, poursuivre une querelle centenaire parce qu'une femme a choisi d'aimer un homme plutôt qu'un autre est le comble de l'amour-propre masculin.

— L'envie d'être avec quelqu'un nous pousse parfois à commettre des choses insensées, remarqua tristement Alisha, faisant allusion à son attirance pour Tremaine et à l'amour que deux hommes avaient jadis éprouvé pour son arrière-grand-mère Eliza.

Camille se leva et alla se poster devant le sapin, la tête renversée en arrière pour l'admirer en entier.

— Tu adores Noël. Cet arbre est peut-être un des plus beaux cadeaux jamais faits par un homme attentionné à une femme.

Alisha rejoignit sa mère.

— J'aurais tellement aimé le rencontrer dans d'autres circonstances !

— Le destin en a décidé autrement.

— Que m'arrive-t-il ?

— Tu es tombée amoureuse, répondit sa mère, la prenant dans ses bras et déposant un baiser sur ses boucles.

Alisha contempla son bracelet et effleura chaque breloque en forme de cœur symbolisant les amours de sa vie. Sa mère. Son beau-père. Son père biologique. Et la dernière, laissée vide pour l'homme à qui elle offrirait son cœur... et qui, espérait-elle, l'aimerait en retour.

Est-ce que j'aime Tremaine ? Je l'apprécie beaucoup, mais s'agit-il d'amour ?

Curieusement, elle songea à la chanson *Could You Be Loved* interprétée par Bob Marley et les Wailers.

Tremaine, pourrait-il m'aimer ?

— Ma chérie, monte te rafraîchir. Pendant ce temps je te préparerai la fameuse brioche au miel de ma grand-mère, intervint Camille.

— Dans cette tenue ? demanda Alisha, contemplant le trench-coat orné de boutons dorés que portait sa mère par-dessus un tailleur-pantalon en laine d'un grand couturier.

Camille posa une main sur sa poitrine dans un geste théâtral, lançant mille feux avec le diamant étincelant de sa bague.

— Une mère est une mère, quelle que soit sa tenue vestimentaire ! Mais, rassure-toi, je mettrai un tablier.

— Bien sûr, Majesté, dit Alisha en riant et en faisant une petite courbette.

Puis elle récupéra son sac à main et son porte-documents sur la console du vestibule, surprise de les avoir laissés à cet endroit la veille. Elle s'arrêta, en proie à un affreux soupçon. Dans sa quête de la vérité, Tremaine avait-il été tenté de fouiller dans son ordinateur ? Elle secoua la tête, refusant cette hypothèse.

Il ne violerait pas mon intimité. Pas après tout ce que nous avons partagé !

— Et nous continuerons à parler d'Eliza, de ses deux amoureux, du collier et de cette lettre dont Marcus et toi avez omis de nous révéler l'existence, ajouta sa mère.

— Pour cette délicieuse brioche, je te révélerai *tous* mes secrets, plaisanta Alisha, grimpant les marches tandis que sa mère prenait le chemin de la cuisine en riant.

Partagé entre sa mauvaise conscience et son besoin de connaître la vérité, Tremaine avait cédé à l'envie de fuir. Fuir Alisha. Sa maison. Les familles Winters et Del Rio. La ville de Royal. Avec un peu de chance, le trajet de trois heures jusqu'à Austin lui permettrait de trouver le courage de visionner les fichiers d'Alisha et de découvrir si elle lui avait menti, comme il le pressentait.

Je n'ai pas envie d'avoir raison. Pas cette fois-ci.

Il fixa la clé USB au creux de sa main gauche pendant qu'il manœuvrait le volant avec la droite.

Quelles conclusions tirerait-il s'il découvrait qu'Alisha s'était jouée de lui durant tout ce temps ? Qu'elle l'avait invité à demeurer chez elle pour le séduire et faire capoter son enquête ?

— Non, impossible, dit-il à voix haute.

La passion entre eux avait été bien réelle.

Vraiment ?

Resserrant sa prise sur la clé USB, il fut presque tenté de la casser en deux et de jeter les débris par la vitre. Mais il ne pouvait pas faire une chose pareille. Les Del Rio venaient de lui verser ses honoraires hebdomadaires pour son travail. Or, accéder aux fichiers d'Alisha en faisait partie.

— Bon sang, marmonna-t-il, jetant la clé sur le siège du passager d'un geste rageur et appuyant sur l'accélérateur.

Il activa l'assistant vocal sur son téléphone et ordonna :

— Contacte le bureau.

Plusieurs sonneries retentirent.

— Knowles Threat Solutions, répondit enfin Golden. En quoi puis-je vous aider ?

— En décrochant rapidement, Golden.

Elle rit.

— Ce qui doit arriver arrivera. Inutile de forcer le destin. Rappelez-vous, il faut...

— Prendre les choses comme elles viennent, je sais, dit-il avec une pointe de sarcasme.

— Bravo ! Vous avez tout compris !

— Si vous vous retrouviez au chômage, vous seriez toujours aussi zen ?

— Vous êtes dur, patron. Mais ça n'arrivera pas. Je me suis tiré les cartes, et elles ne me prédisent aucun changement dans le domaine du travail.

— Est-ce qu'elles vous ont prédit que je suis en route pour le bureau ? demanda-t-il.

Le silence régna sur la ligne.

— Ainsi, l'avertissement avait un rapport avec vous.

Tremaine secoua la tête, sceptique.

— Je serai là dans une heure environ.

— Oh... très bien, dit Golden avant de raccrocher.

Il en était sûr, elle profiterait de ce laps de temps pour remettre de l'ordre au bureau. Le simple fait qu'il la prévienne de son arrivée prouvait qu'il était loyal envers elle. Peut-être un peu trop.

Mais sa loyauté envers sa société et son ami Preston pourrait très bien ne pas suffire à lui faire renoncer à Alisha. Il était littéralement subjugué par elle.

Ses sourires lui manquaient déjà. De même que ses baisers et ses soupirs de plaisir quand il lui faisait l'amour.

Mais pas seulement.

Il aimait sa sagesse. Son esprit combatif. Sa nature protectrice. L'amour qu'elle portait à sa famille. Son sens de l'honneur et le respect qu'elle avait pour ses deux pères. Son amour des livres et de l'histoire. Son besoin d'apprendre. De régler les problèmes et d'améliorer la situation des personnes de son entourage.

Alisha Winters, la superbe professeure au sourire rayonnant, semblait réunir toutes les qualités qu'il recherchait chez une femme. Celles qui lui donnaient envie de s'établir.

La femme de sa vie.

Ses yeux se posèrent sur la clé USB, et une certitude s'imposa à lui.

De la même manière que son instinct lui dictait qu'Alisha lui cachait quelque chose, il l'avertissait aussi que le lien qui les unissait était bien réel. Comme était-ce possible ? Il n'aurait jamais imaginé avoir une relation avec une femme impliquée dans un vol. Ou qui lui mentait, et pas seulement la première fois qu'ils s'étaient rencontrés, mais aussi après tout ce qu'ils avaient partagé.

Il ne s'agissait que de simples rapports sexuels, lui souffla la voix de la raison. Mais il savait que c'était faux.

Il y avait eu beaucoup plus que du sexe entre eux.

Et je veux approfondir notre relation.

Mais comment pourraient-ils faire l'impasse sur leurs obligations respectives ? S'il entamait une véritable relation avec Alisha, cela ôterait toute légitimité à son enquête. Sans oublier la fureur de Fernando Del Rio, lequel pourrait détruire sa société avant même qu'elle ait pris son envol.

Et qu'est-ce qui me dit qu'Alisha a envie de développer notre relation ?

Les nerfs à vif, il se força à se concentrer sur la circulation pendant le reste du trajet.

Il se sentit soulagé en se garant enfin dans le parking bondé devant un imposant complexe de bureaux de trois étages dans le centre-ville d'Austin. Il sortit de sa voiture et étira ses muscles raides. Puis il ouvrit la portière du passager et récupéra la clé USB et sa sacoche. Il pénétra dans le bâtiment qui abritait des bureaux, des espaces de travail partagés et des commerces de détail. Arrivé au premier étage où se situaient les bureaux de

Knowles Threat Solutions, il entra dans l'appartement composé de trois pièces au décor moderne et élégant. Par chance, il ne trouva ni diffuseur d'encens, ni chandelle, ni boule de cristal que son assistante avait sûrement dû laisser traîner pendant son absence.

Golden se leva aussitôt.

— Bienvenue, patron, dit-elle. Je vous ai commandé une salade de fruits avec des baies d'açaï et un smoothie vert, comme vous les aimez.

Son estomac émit un gargouillement tandis qu'il s'emparait des deux contenants.

— Merci, Golden. Je dois admettre que je n'ai pas mangé aussi sainement quand j'étais à Royal, dit-il, passant devant le bureau surchargé de son assistante pour pénétrer dans son espace.

— Avez-vous besoin de quelque chose ? demanda Golden depuis le seuil.

D'Alisha.

— Non, et je ne veux pas être dérangé. Ne me passez aucun coup de fil. Faites comme si j'étais encore à Royal.

Il posa ses affaires sur son grand bureau en ébène avant de se caler contre le dossier de son fauteuil.

Même à cet instant, alors qu'il se trouvait à des kilomètres de Royal, Alisha lui manquait.

Il sourit en se remémorant son rire joyeux.

Bzzzzz. Bzzzzz. Bzzzzz.

Il se redressa et sortit son téléphone de sa sacoche. L'écran montrait la photo de Preston.

Il mit l'appareil en mode silencieux et le posa sur son bureau. Il voulait d'abord visionner la clé USB avant de parler à Preston.

Exhalant un profond soupir, il inséra la clé dans le port USB de son ordinateur. Il se sentait très nerveux en téléchargeant les fichiers – un sentiment auquel il n'était pas habitué. Mais l'enjeu n'avait jamais été aussi élevé.

Lentement, méthodiquement, il passa en revue chaque fichier.

La plupart concernaient le travail d'Alisha. Arrivé au bout de ses recherches, il dut se rendre à l'évidence. Il n'avait découvert aucun élément suspect. Un sentiment de honte l'assaillit. Il avait trahi la confiance d'Alisha pour rien.

Levant les yeux de l'écran, il fut surpris de voir Golden sur le seuil de son bureau. Elle fixait sur lui un regard triste.

— Que se passe-t-il ? s'enquit-il, intrigué.

— Je m'assure que vous allez bien.

Sa gaieté habituelle s'était envolée, remplacée par un air de gravité.

— Je suis là si vous avez besoin de moi.

Alors, il comprit que quelque chose clochait. Quelque chose de suffisamment préoccupant pour que son assistante intuitive s'inquiète pour lui. Son cœur s'affola, et une peur glacée l'envahit. Golden *savait* des choses, que cela lui plaise ou non.

— Pouvez-vous m'apporter une tasse de café ? demanda-t-il, reportant son attention sur l'écran de son ordinateur.

— Patron…

— Merci, Golden, dit-il, plus sèchement que nécessaire.

Il eut un peu honte en voyant qu'elle se faisait vraiment du souci pour lui. Son assistante croyait dur comme fer que la rancune et autres sentiments négatifs empêchaient les gens d'être heureux et de progresser dans la vie. Après un dernier regard chargé d'inquiétude, elle fit demi-tour.

Le ventre noué par l'anxiété, il éplucha à nouveau les fichiers et tomba sur un dossier contenant des relevés de comptes. Il les examina un par un, mois par mois.

— Bon sang ! marmonna-t-il en découvrant un virement d'un montant considérable, dont la date coïncidait avec la découverte du collier.

Un élément accablant.

Tremaine se leva et se posta devant la fenêtre, indifférent à la vue du centre-ville d'Austin, le cœur au bord des lèvres. Les mains fourrées dans les poches de son blouson qu'il n'avait pas pris la peine d'ôter, il s'efforçait d'assembler cette nouvelle pièce dans le puzzle que constituait le scandale du collier.

À quoi était destiné cet argent ?

Les Winters jouissaient d'une grande fortune, et il ressortait des relevés de comptes d'Alisha qu'elle disposait de gros moyens financiers, mais les transactions d'un montant aussi élevé étaient inhabituelles dans sa comptabilité. Qui plus est, la date du virement coïncidait avec la découverte du collier.

Avait-elle acheté le bijou, comme il l'avait envisagé au début ?

Mais dans quel but ?

Pour le revendre par l'entremise de son magasin et en tirer un bénéfice substantiel ?

Dans ce cas, pourquoi l'avoir restitué aux Del Rio ?

Désemparé, il sortit son tableau de bord de sa sacoche et le déroula sur son bureau. Les mains appuyées de chaque côté du document, il se pencha pour examiner la distribution des acteurs dans ce mystère du bijou volé.

— Donne-moi la clé du puzzle, murmura-t-il, passant d'un personnage à l'autre avant de s'arrêter sur Alisha.

Tous les indices convergeaient vers elle.

Sa maison.

Le virement.

Son magasin d'antiquités.

Ses mensonges ?

À la pensée qu'elle s'était jouée de lui, il se sentit profondément blessé.

Il se servit d'une statuette en bronze et d'une photo de ses parents pour maintenir les côtés de son tableau de bord. Puis il se recula et se cala contre l'appui de fenêtre, examinant tour à tour son tableau et le relevé de comptes toujours affiché sur l'écran de son ordinateur. Il reporta son attention sur Alisha, son frère Marcus et son amie Jessica.

D'après leurs dires, Marcus était arrivé chez Alisha et avait trouvé un paquet glissé dans la boîte aux lettres. À l'époque, il n'y avait pas de système de vidéosurveillance dans la propriété. Comme c'était commode !

Marcus avait-il trouvé par hasard le paquet destiné à Alisha ? Puis Alisha l'avait-elle convaincu de mentir pour elle ? Le frère protégeait-il la sœur ?

Peut-être Alisha avait-elle simplement voulu posséder le bijou si étroitement lié à l'histoire de sa famille.

Dans chaque scénario qu'il élaborait, Alisha faisait figure d'instigatrice.

« - Alisha, mon instinct me dicte que tu ne m'as pas tout dit au sujet du collier.

— Non, tu te trompes.

— J'aimerais tant pouvoir te croire. »

Et si Alisha lui avait menti sur tout, y compris son désir pour lui ? L'avait-elle séduit pour le détourner de son enquête ?

De fait, sa manœuvre avait réussi. Il avait été tellement obsédé par elle qu'il avait raté un indice essentiel, sous son nez depuis le début.

Faut-il que je sois stupide !

Au cours de sa vie, on s'était joué de lui, et parfois c'était lui qui se jouait des gens pour découvrir la vérité dans une affaire. Sa mère avait l'habitude de lui dire qu'on appréciait les sots et les naïfs parce qu'on pouvait les manipuler.

« Ne sois la dupe de personne, mon fils. »

— Trop tard, marmonna-t-il.

Il devait parler à Alisha et informer les Del Rio de sa découverte.

Mais, d'abord, il devait se libérer de toute cette énergie négative, faite de frustration, de colère, de doutes et d'indécision, qui s'était accumulée en lui.

Il sortit de son bureau et passa devant Golden.

— Je rentre chez moi pour me changer, puis j'irai courir, dit-il par-dessus son épaule, la main sur la poignée de la porte.

— Attendez, que se passe-t-il ? J'ai le sentiment que quelque chose cloche.

Il ricana, tellement perdu dans ses émotions négatives que même l'aura chargée de positivité de Golden ne réussit pas à modifier son humeur sombre.

— Vos anges ne vous ont donc rien dit ? demanda-t-il d'une voix pleine de sarcasme avant de claquer la porte derrière lui.

10

Le lendemain soir, après une longue journée de travail et un bon bain moussant, Alisha se trouvait dans sa cuisine où elle se préparait une boisson réconfortante en faisant fondre des morceaux d'un chocolat concocté par sa sœur dans du lait entier, auxquels elle ajouta du sucre, de la vanille, de l'extrait d'amande amère, de la cannelle et une bonne dose d'amaretto. Puis elle remplit une tasse de ce mélange savoureux et s'adossa contre le comptoir pour le déguster tandis que la question qui l'avait tourmentée la veille continuait de la tarauder :

Suis-je amoureuse de Tremaine ?

Plus de vingt-quatre heures s'étaient écoulées, et elle hésitait encore à attribuer ce qualificatif à ses sentiments.

L'amour ne fonctionne pas comme ça !

Elle songea à Tremaine, et une onde de chaleur se diffusa dans tout son corps, telle une couverture chaude destinée à la protéger des rigueurs de l'hiver.

La pensée de ne plus le revoir la remplit de tristesse.

Et pas seulement à cause de leurs rapports sexuels torrides. La veille au soir, incapable de se concentrer sur son travail, elle avait passé son temps à regarder par la fenêtre de sa chambre pour voir si son pick-up était garé à côté de sa Porsche. Elle avait mal dormi, craignant qu'il n'ait eu un accident. Et toute la journée, elle s'était fait du souci pour lui pendant qu'elle travaillait dans son magasin.

Depuis son installation chez elle, c'était la première fois qu'il s'absentait plus de vingt-quatre heures.

Il n'est pas obligé de me tenir au courant de ses allées et venues. Il est mon hôte, et non...

— Qu'est-il pour moi ? murmura-t-elle avant de siroter une autre gorgée de son breuvage.

Le bruit d'un claquement de portière lui parvint.

Le cœur battant, elle posa sa tasse sur le comptoir et se précipita vers la fenêtre. Le pick-up de Tremaine était garé dans la cour. *Dieu merci,* songea-t-elle, soulagée.

Maintenant qu'elle était rassurée sur son sort, elle était curieuse de connaître les raisons de son absence.

Elle resserra les pans de sa robe de chambre noire brodée de fleurs qu'elle portait sur une chemise de nuit noire. En sortant de la cuisine, elle ôta le bonnet en satin qui protégeait ses boucles pendant son sommeil et fit gonfler sa chevelure. Pendant qu'elle grimpait les marches et s'engageait dans le couloir bâché, son rythme cardiaque s'était un peu ralenti.

Elle avait hâte de le voir. Elle se languissait de son large sourire.

Mais elle avait ressenti de la tension entre eux la dernière fois qu'ils s'étaient vus.

Où en sommes-nous, maintenant ?

Alisha s'arrêta devant la porte ouverte de sa chambre et constata avec stupéfaction qu'il faisait ses bagages.

— Oh ! dit-elle, s'appuyant contre le chambranle.

Il tourna la tête vers elle, et la froideur de son regard la glaça.

— Tu t'en vas ?

— Oui. Tout bien considéré, je pense que c'est préférable, dit-il sèchement.

— Qu'entends-tu par « tout bien considéré » ? demanda-t-elle, pénétrant dans la chambre et se postant au pied du lit.

Il rangea dans son sac les vêtements pliés qu'il tenait à la main avant de pivoter vers elle. Ses yeux lançaient des éclairs.

— Es-tu impliquée dans la réapparition du collier ? Malgré ce que tu m'as toujours affirmé ?

Oui.

Elle se força à soutenir son regard, à ne pas paraître aussi coupable qu'elle se sentait.

— Peut-être vaut-il mieux que tu partes si c'est pour passer ton temps à me questionner.

— Tu as le chic pour éviter mes questions, remarqua-t-il, visiblement agacé, en continuant de ranger ses vêtements.

Alisha l'observa, perplexe. Un changement s'était produit en lui. L'homme qui se tenait devant elle n'était pas curieux mais en colère.

— Si tu me disais ce qui se passe, Tremaine ?

Il jeta la pile qu'il tenait sur le lit et se mit à arpenter la pièce en se frottant la barbe d'un geste nerveux.

— Je ne veux plus que tu me mentes, Alisha, répondit-il, se postant devant elle et la fixant avec intensité. Si jamais tu t'avises de me mentir à nouveau, j'en conclurai que tout ce que nous avons partagé n'était que mensonge.

Cette fois, elle détourna le regard l'espace d'un instant, un réflexe révélateur qu'elle regretta aussitôt.

Il s'écarta d'elle en jurant et se remit à faire les cent pas. Quand il s'arrêta à nouveau devant elle, ses yeux étaient remplis d'une émotion qu'elle ne put décrypter, jusqu'à ce qu'il parle.

— Est-ce que tout ce qui s'est passé entre nous n'était pour toi qu'un moyen de me détourner de mon enquête ? demanda-t-il sans dissimuler sa déception et son dégoût.

Oh ! Seigneur !

— Mon corps n'est pas à vendre ! riposta-t-elle, furieuse.

Il s'écarta d'elle avec un ricanement.

Elle l'agrippa par le bras, l'obligeant à lui faire face.

— Quel est ton problème ? lança-t-elle, ulcérée.

Il scruta son visage, visiblement désemparé.

— Bon sang, qu'est-ce qui cloche chez moi ? À cet instant, je n'ai qu'une envie, t'embrasser, alors que je t'ai trahie.

Elle le fixa, déconcertée.

— Tu m'as trahie ? Comment ?

— J'ai consulté les fichiers de ton ordinateur, admit-il.

Un froid glacial envahit Alisha.

— Pourquoi ? demanda-t-elle d'une voix blanche.

— Parce que je sais que tu me mens.

— Mais tu étais mon invité ! Tu as trahi la confiance que j'avais placée en toi !

— Et toi, tu m'observais tranquillement pendant que je cherchais les coupables alors que tu en savais beaucoup plus que ce que tu disais !

Ils s'affrontaient du regard, et leurs poitrines se soulevaient au rythme de leurs respirations saccadées. L'atmosphère autour d'eux était chargée d'électricité, mais aussi de tristesse.

Dire qu'un peu plus tôt je me demandais si je l'aimais ! Quelle idiote je suis !

— Tu m'accuses de m'être vendue à toi pour te détourner de ton enquête. Mais tu t'es servi de moi, pas seulement pour coucher avec moi, mais pour avoir accès à ma maison. À mes affaires. À mon intimité. Quel hypocrite tu fais !

Elle détourna le regard, incapable de le voir sous ce nouveau jour, et refusant de lui montrer à quel point ses accusations la blessaient.

— Je ne me suis jamais servi de toi, Alisha, dit-il. Je ne t'ai jamais caché la raison de ma présence à Royal. Et je te faisais passer – je *nous* faisais passer – avant l'affaire pour laquelle j'ai été engagé. Mais je refuse d'ignorer plus longtemps ce que mon instinct me dicte, à savoir que tu me caches quelque chose.

— Il n'y a pas de *nous*. Il n'y en a jamais eu, rétorqua-t-elle, les bras croisés sur sa poitrine dans une tentative de réconfort tandis que son cœur se brisait lentement.

Et il n'y en aura jamais.

Dans un sursaut de colère, elle se dirigea vers la porte de la chambre.

— Mais ton instinct avait raison sur un point : tu dois dégager de chez moi !

Oh ! comme elle s'en voulait de souffrir autant à cause de lui !

— Alisha.

Elle se raidit quand il la retint par le bras.

— En ce qui me concerne, tout ce que nous avons partagé était sincère et réel. Bien plus réel que tout ce que j'aie jamais éprouvé, dit-il.

Elle ferma les yeux pour essayer d'endiguer la vague de douleur qui menaçait de la faire chanceler. Dire qu'elle s'était crue amoureuse de lui ! Rassemblant son courage, elle tourna la tête vers lui.

Dans ses yeux, elle perçut le doute qu'il avait sur sa sincérité. Elle aussi doutait de lui.

— Je dois informer les Del Rio de ma découverte, dit-il.

— Vraiment ? Quelle découverte ? demanda-t-elle avec hauteur.

— Le virement considérable que tu as effectué juste avant la découverte du collier.

Elle secoua la tête, incrédule.

— C'est donc de ça qu'il s'agit ?

Elle le toisa avec mépris.

— Je te croyais intelligent, mais je me suis lourdement trompée sur ton compte.

— Alisha, à quoi correspond ce virement ?

Une colère froide s'empara d'elle.

— Je ne te dois rien. Je n'ai pas à répondre à tes questions, et tu n'as rien à faire chez moi. Alors sors d'ici et n'y remets jamais les pieds ! Et prie pour que je ne charge pas ma carabine trop rapidement pour t'envoyer au diable !

Tremaine lui prit la main dans les siennes.

Elles étaient chaudes, et elle s'en voulut de frissonner à leur contact.

— Alisha, je ne voulais pas porter atteinte à ta vie privée, mais je savais – je *sais* – que tu me mens. Dis-moi la vérité. Laisse-moi t'aider si je le peux.

Elle retira sa main d'un geste brusque.

— Tu n'as pas entendu ce que j'ai dit ? Va-t'en. Tout de suite !

Ils s'affrontaient du regard. Murée dans sa colère et son chagrin, elle refusait de capituler. Et elle refusait de croire à la souffrance qu'elle percevait dans la profondeur de ses yeux.

C'en était bel et bien fini de la passion. Désormais, leur défiance mutuelle avait instauré une distance émotionnelle presque infranchissable entre eux.

La mine sombre, il se détourna et finit de ranger ses affaires. Puis elle l'accompagna jusque dans le vestibule.

— Alisha…

Elle l'ignora et ouvrit la porte.

— Tu sais que je suis venu à Royal pour découvrir la vérité, dit-il en lui tendant les clés de la maison.

Elle eut un petit rire amer.

— C'est entre mes cuisses que tu comptais la découvrir ?

Il franchit le seuil et se tourna vers elle.

— C'est entre les miennes que tu t'es appliquée à dissimuler tes mensonges !

Elle le foudroya du regard.

— Ton ego est surdimensionné ! Nous avons pris du plaisir tous les deux, et maintenant c'est terminé.

— Oh ! oui. C'est terminé.

Sa remarque désinvolte la blessa cruellement. Elle ne chercha même pas à ravaler ses larmes.

— Comment ai-je pu me tromper à ce point sur ton compte !

Il tressaillit, visiblement touché au vif.

— Et moi, j'aurais tellement voulu avoir tort de douter de toi, dit-il, la mâchoire crispée.

— Pourtant, tu as tort, insista-t-elle.

— Prouve-le-moi, Alisha. S'il te plaît.

— Je n'ai rien à prouver. Ni à toi ni à ces maudits Del Rio, riposta-t-elle, mortifiée par sa trahison.

Quelle idiote j'ai été !

— Va au diable ! lança-t-elle, lui claquant la porte aux nez.

Elle s'adossa contre le battant, ses larmes lui brouillant la vue du sapin illuminé. Une main plaquée sur sa bouche, elle se laissa glisser sur le sol, ramena les genoux contre sa poitrine et posa le front sur ce coussin improvisé, laissant couler ses larmes tandis que la douleur déferlait sur elle par vagues brûlantes. Jamais elle n'avait éprouvé un tel regret et un sentiment de perte aussi intense.

Tremaine lui avait fait connaître des premières expériences merveilleuses, comme la passion charnelle, mais aussi, hélas, la trahison et le chagrin.

Debout derrière la porte d'entrée, Tremaine percevait les sanglots d'Alisha, et chacun d'eux lui déchirait le cœur. Malgré sa colère et sa déception de la voir s'enferrer dans le mensonge, il ressentait le besoin impérieux de fracasser la porte pour prendre Alisha dans ses bras, la bercer, l'embrasser et lui jurer de tout arranger.

— Bon sang, ressaisis-toi ! marmonna-t-il, se forçant à rejoindre son pick-up.

Ses sentiments étaient fondés sur une illusion, et il refusait de se fourvoyer à nouveau.

Il n'empêche...

Même si elle s'était jouée de lui, ses sentiments envers elle étaient sincères et profonds, bien que précipités.

Mais elle avait refusé de s'expliquer sur ce virement. Il ne pouvait plus lui faire confiance.

Arrivé à sa voiture, il jeta son sac sur le siège du passager avant de démarrer et d'allumer le chauffage. Tandis qu'il s'éloignait de la maison d'Alisha, il s'abstint de regarder en arrière. À quoi bon ?

La veille au soir, assis avec un verre de scotch sur le balcon de son appartement surplombant le centre-ville d'Austin, il n'avait pas eu besoin de l'alcool et du brasero pour lui tenir chaud. Sa colère avait suffi.

Après avoir travaillé une bonne partie de la journée dans son bureau, il était retourné à Royal, se raccrochant à l'espoir qu'Alisha lui fournirait une explication satisfaisante sur ce virement et qu'elle lui dirait la vérité.

Tout ce qu'il voulait, c'était dissiper les soupçons qu'il nourrissait à son encontre et s'assurer qu'elle ne s'était pas jouée de lui. Qu'il n'avait pas imaginé la passion charnelle et la complicité partagées durant près de deux semaines.

Conscient de ne plus pouvoir différer l'inévitable, il prit son téléphone et appela Preston. Il avait voulu interroger Alisha et l'informer de ses intentions avant de contacter les Del Rio au sujet de sa découverte. Mais l'heure n'était plus aux tergiversations.

Sa probité professionnelle était en jeu.

La sonnerie résonna plusieurs fois avant que Preston réponde.

— Bonsoir, Bourreau des cœurs.

Tremaine grimaça.

— Crois-moi, cette époque est désormais loin derrière moi.

— Pareil pour moi, et encore plus que tu ne penses, remarqua Preston. Alors, où en est ton enquête ?

Il s'arrêta à un feu rouge.

— C'est la raison de mon appel. J'ai un élément nouveau dont je veux te faire part.

— Je suis en route pour le RCW. Rejoins-moi là-bas, nous dînerons ensemble, proposa Preston.

— Entendu, j'arrive.

Il raccrocha et se dirigea vers le restaurant. Une fois garé, il hésita à sortir du véhicule car il savait qu'il allait livrer Alisha sur un plateau aux Del Rio. Et il n'était pas du tout pressé de le faire.

Alors même qu'il pénétrait dans le restaurant et qu'il était conduit à la table de Preston, il regrettait que les choses ne soient pas différentes.

— Qu'as-tu découvert ? s'enquit Preston.

À cet instant, leur serveuse, Penny, vint noter leurs commandes de boissons et d'amuse-bouche.

— Je prendrai un double scotch on the rocks, l'informa Tremaine.

— La même chose que toi, renchérit Preston.

— Êtes-vous prêts à commander votre plat principal ? demanda Penny.

Les deux hommes choisirent des chateaubriands à point et leurs accompagnements.

Une fois la serveuse partie, Preston se cala sur son siège.

— Et maintenant, raconte-moi tout.

— Ce n'est pas une découverte décisive, commença Tremaine, mais juste avant la réapparition du collier, un membre des Winters a effectué un très gros virement bancaire. J'ai demandé à un juricomptable de suivre la piste de l'argent. Il devrait me rappeler demain.

Preston garda le silence, l'air pensif.

— Il se peut que l'un d'eux, au moins, ait décidé d'acheter le collier, suggéra-t-il. Mais alors, pourquoi révéler ensuite qu'il était en leur possession ?

— Ce n'est pas logique, j'en conviens, mais je voulais te faire part de cette information, expliqua Tremaine.

Les deux hommes interrompirent leur conversation pendant que la serveuse déposait leurs boissons devant eux.

— À l'évidence, tu ne la partages pas de gaieté de cœur, remarqua Preston.

S'abstenant de répondre, Tremaine but une gorgée de son scotch. L'entrechoquement des glaçons dans son verre lui rappela le tintement du bracelet à breloques d'Alisha. Si seulement il avait pu oublier la senteur de sa peau, sa saveur...

— De quel Winters s'agit-il ?

Levant les yeux de son verre, il croisa le regard pénétrant de Preston. Il s'éclaircit la gorge avant de répondre :

— Alisha.

Il vida son verre avant de faire signe à la serveuse de lui en apporter un autre.

— Ah ! remarqua Preston d'un air entendu. La belle antiquaire et professeure qui t'a hébergé.

Et plus encore.

— C'est ce qui m'a permis de faire cette découverte.

— Écoute, Tremaine, nous sommes amis depuis l'université. Mais si je t'ai recommandé à mon père, c'est parce que je connais ton intégrité et ta redoutable efficacité.

— Merci.

— J'espère simplement que tu n'as pas changé entre-temps.

Les deux hommes se dévisagèrent dans un silence glacial.

— Nous sommes amis, et tu es mon client, mais ne t'avise pas de mettre en doute mon intégrité, Preston, répliqua-t-il d'un ton cassant.

Preston lui adressa un sourire forcé avant de siroter une gorgée de son scotch.

— Entendu. Mais ne t'avise pas de mettre en doute mon intelligence.

Ils se détendirent un peu et trinquèrent ensemble.

— Je me suis investi autant que toi dans cette affaire, Tremaine. Ce n'est un secret pour personne, je souhaite prendre les rênes du groupe Del Rio le jour où mon père décidera de quitter ses fonctions. Comme il n'est pas adepte du népotisme, je dois constamment faire mes preuves. Je n'ai donc aucune envie de voir cette affaire capoter parce que tu te serais laissé embobiner par une jolie fille.

En réalité, nous avons vécu une folle passion charnelle.

Mais Tremaine jugea préférable de garder le silence. L'époque où il se vantait de ses exploits sexuels était loin derrière lui.

Par ailleurs, ce qui s'était passé entre Alisha et lui ne regardait qu'eux deux.

Penny et un autre serveur déposèrent les assiettes fumantes devant eux, et ils se concentrèrent sur le repas.

Au bout de quelques minutes, Preston reprit la parole.

— Écoute, Tremaine, laissons l'affaire de côté un instant. Je me rends bien compte que quelque chose, ou quelqu'un, te préoccupe.

— Je réfléchissais à l'affaire, dit-il, délibérément évasif.

Nouer une relation charnelle avec Alisha était un manque flagrant de professionnalisme. Découvrir qu'elle s'était jouée de lui était humiliant et il n'avait aucune envie de l'avouer à qui que ce soit. Ni à lui-même.

— Je comprends ton attirance pour une Winters, insista Preston.

Intrigué, Tremaine observa son ami, puis songea à Tiffany, la sœur d'Alisha. Toutes deux étaient très belles.

— La cadette de la famille aurait-elle attiré ton regard concupiscent ? s'enquit-il pour plaisanter.

Preston émit un grognement de dérision.

— Tu ne crois pas si bien dire. Je ne pense qu'à elle depuis que nous avons couché ensemble lors de la fête de fiançailles de ma sœur.

— Tu as une liaison avec une Winters ? demanda Tremaine, incrédule, sachant que les deux familles étaient à couteaux tirés depuis près d'un siècle.

— Eh oui. Je peux donc comprendre que tu aies baissé la garde. Les femmes sont notre talon d'Achille.

Je suis bien placé pour le savoir !

Comble de l'ironie, son meilleur ami et lui luttaient contre leurs désirs pour deux sœurs.

— Mais mon avenir à la tête du groupe Del Rio est directement lié à la réussite de cette affaire. Alors, soit tu te concentres à nouveau sur ton travail, soit tu déclares forfait, ajouta Preston, le fixant de son regard impitoyable.

— Je sais, et je tirerai cette affaire au clair. Sa réussite est aussi importante pour moi que pour toi.

Et même encore plus pour moi.

Si Alisha Winters l'avait séduit pour l'empêcher de découvrir la vérité, elle avait manqué son but. Car il était plus déterminé que jamais à élucider l'énigme du collier.

11

— Professeure Winters ! Professeure Winters !

Alisha fit un effort pour concentrer à nouveau son attention sur son étudiante Olivia qui la fixait nerveusement.

— C'est très bien, Olivia, dit-elle.

À vrai dire, elle avait manqué une partie de la présentation de sa thèse, mais ses étudiants lui avaient envoyé leurs travaux avant le cours pour qu'elle les étudie, la présentation en classe étant surtout destinée à être commentée par chaque condisciple.

Elle but une gorgée de son matcha latte et observa les douze doctorants assis à l'arrière de son magasin.

— Avez-vous des suggestions à faire sur le travail d'Olivia ? demanda-t-elle.

Tous émirent des éloges.

— Je suis d'accord, confirma-t-elle. En fait, je suis fière de tout ce que vous avez accompli en vue de la rédaction de votre thèse. Lisez attentivement le mail que j'ai envoyé à chacun de vous. Sachez que mes remarques portent sur des détails et que je n'ai relevé aucune erreur grave dans vos travaux. Ce qui est une chance étant donné qu'il s'agit de notre dernière séance.

Des rires accueillirent ses propos.

— Je suis heureuse d'avoir pu vous accompagner avant l'étape majeure de la soutenance de votre thèse, ajouta-t-elle en souriant. Je vous souhaite avec un peu d'avance de passer une excellente fête de Thanksgiving. N'hésitez pas à me contacter en cas de besoin.

Tandis que ses étudiants se levaient et récupéraient leurs affaires, Alisha commença à rassembler les tasses de chocolat chaud et les assiettes de pâtisseries qu'elle leur avait offertes. Puis ils la saluèrent avant de partir, la laissant seule. Elle retourna l'écriteau sur sa porte pour signaler que le magasin était ouvert au public et contempla la rue. Il bruinait, et le temps morose s'accordait avec son humeur.

Elle était à la fois furieuse contre Tremaine parce qu'il avait violé son intimité, et triste de s'être trompée sur son compte.

Elle n'avait jamais pensé que leur relation durerait éternellement, mais elle était blessée à l'idée que ce qu'ils avaient partagé n'avait été qu'une imposture.

Qu'il aille au diable !

Elle retourna dans son bureau d'un pas rageur. À peine venait-elle de s'asseoir que la clochette au-dessus de la porte d'entrée tintait, signalant l'arrivée d'un client.

— J'arrive ! cria-t-elle, buvant une gorgée de chocolat chaud.

Elle s'arrêta net sur le seuil de son bureau en apercevant ses parents dont la mine était éloquente. Camille semblait désolée ; elle avait donc parlé de la lettre d'Eliza à son mari. Quant à Joseph, il avait sa tête des mauvais jours.

Elle n'avait vraiment pas besoin de cette confrontation avec ses parents alors qu'elle continuait de ressasser son entrevue houleuse de la veille avec Tremaine.

N'ayant pas d'autre choix que de faire face, elle mit son chagrin de côté et retourna dans son bureau où se trouvait son coffre-fort professionnel dissimulé derrière les étagères de sa bibliothèque de style victorien. Elle le déverrouilla et en retira la lettre posée sur des objets de valeur qu'elle conservait à l'abri. Puis elle rejoignit ses parents.

— Alisha, ta mère m'a dit que tu étais en mesure d'expliquer le mystère entourant la réapparition du maudit collier des Del

Rio. Il s'agirait d'une lettre que tu aurais trouvée. Puis-je la voir ? demanda Joseph, sortant les mains des poches de son pardessus gris en cachemire qu'il portait sur un pull et un pantalon assortis, une couleur qui faisait ressortir sa chevelure et sa barbe blondes striées de gris.

Elle comprenait pourquoi sa mère était tombée éperdument amoureuse de lui. Il ressemblait un peu à Brad Pitt. Il avait un charme fou et il adorait sa mère.

C'était ce qu'Alisha avait imaginé pour elle-même : rencontrer un homme bon et aimant, qui saurait protéger sa famille et faire fructifier son héritage. Un homme qui ne la décevrait pas et qu'elle s'efforcerait de ne pas décevoir.

Tout le contraire de moi et Tremaine, pensa-t-elle amèrement.

— Bien sûr, papa. Il s'agit d'une lettre écrite par ta grand-mère Eliza, dans laquelle elle confesse avoir volé le collier alors qu'il était exposé dans un musée parisien. J'ai fait authentifier la lettre par une personne de confiance. Le certificat est dans l'enveloppe avec la lettre.

Il tendit la main, et elle lui remit les documents. Camille lui adressa un sourire de remerciement tout en frottant doucement l'épaule de son mari pendant qu'il décachetait l'enveloppe et lisait la lettre, la mine sombre.

Joseph secoua la tête, atterré, puis reporta son attention sur Alisha.

— J'aurais préféré que tu me la remettes tout de suite après sa découverte.

— J'en suis consciente, dit-elle, penaude.

— Qui d'autre est au courant de cette lettre ? s'enquit Joseph en la replaçant dans l'enveloppe.

Alisha ouvrit la bouche, mais ne put se résoudre à dénoncer Marcus et à lui faire subir les foudres de Joseph.

— Ma chérie, intervint sa mère. Comme je te l'ai dit l'autre jour, tu dois arrêter de te sacrifier pour les autres.

Elle exhala un soupir tremblant avant de passer aux aveux :

— Marcus et Jessica. Ils ont découvert le collier et la lettre dans une pièce cachée à la cave alors qu'ils cherchaient les archives familiales.

— Quoi ? s'exclama Joseph d'une voix plus forte que nécessaire. Marcus sait depuis le début que le collier se trouvait à la cave, et il a inventé de toutes pièces cette histoire de livraison par la poste ?

— Oui, dit-elle, n'en menant pas large.

Elle jeta un coup d'œil à Camille tout en faisant tourner nerveusement son bracelet autour de son poignet.

— C'est moi qui ai eu l'idée de cacher la lettre. Je pensais que cette révélation ne ferait qu'empirer la situation. Je voulais protéger la famille d'un scandale.

Joseph garda le silence un long moment, puis hocha la tête.

— Je comprends, mais cette précaution a été inutile.

Il lui tendit la lettre.

— Dois-je la conserver au coffre ? demanda-t-elle, surprise.

Camille et Joseph firent un signe de dénégation.

— Non. Il est temps de mettre un terme à ce fiasco, déclara Joseph. Je refuse que notre famille continue d'être traînée dans la boue à cause d'un acte irresponsable commis cent ans auparavant.

Il prit une main de Camille dans les siennes avant d'ajouter :

— Grand-mère Eliza ne voudrait pas que son geste porte un tel préjudice à notre héritage familial. Qui plus est, ce détective engagé par les Del Rio n'en finit pas d'enquêter sur notre famille, ce qui alimente les pires rumeurs sur notre compte. Voilà pourquoi il faut qu'on en finisse une bonne fois pour toutes avec cette affaire.

— Avec un peu de chance, la querelle entre nos deux familles s'éteindra à nouveau, intervint Camille. Ce serait une bonne chose pour tout le monde, notamment pour Jericho et Maggie.

Et Tiffany, songea Alisha, se demandant comment ses parents allaient réagir quand sa sœur leur annoncerait sa grossesse et le nom du géniteur.

— Ce serait aussi une bonne chose pour le business, ajouta Camille, soucieuse de réconforter son mari qui affichait une mine maussade.

De fait, les Del Rio menaçaient de dénoncer les contrats d'un montant considérable qu'ils avaient passés avec Winters Industries lors de la trêve entre les deux familles.

Joseph se contenta d'émettre un grognement.

Camille se dressa sur la pointe des pieds et déposa un baiser sur le coin de sa bouche, ce qui dérida un peu Joseph.

Dénouer les tensions. Tel est le pouvoir du véritable amour.

— Il est temps que nous partions, Alisha, déclara Camille. Ton père et moi sommes attendus au ranch de Trey. Dez veut nous faire tourner dans une nouvelle vidéo qu'il réalise pour TikTok.

Son neveu de huit ans rêvait de devenir réalisateur de films, et elle devait admettre qu'il était très doué.

— J'ai hâte de voir ce qu'il a publié sur mon fil d'actualité, remarqua Alisha en souriant. Ma curiosité est piquée.

— La mienne aussi, admit Joseph en déposant un baiser sur sa tempe. Je te fais confiance pour te charger de cette lettre ?

— Bien sûr, promit Alisha.

Il ouvrit la porte d'entrée, faisant tinter la clochette.

— Je te rejoins dans une minute, lui lança Camille. J'ai quelque chose à demander à notre fille.

Joseph acquiesça et referma la porte derrière lui.

— Comment te sens-tu ? demanda Camille, l'attirant près d'elle.

Alisha posa la tête sur l'épaule de sa mère, inhalant son parfum familier.

— Mal, avoua-t-elle d'une voix tremblante.

Elle lui raconta qu'elle avait rompu avec Tremaine parce qu'il s'était ingéré dans ses affaires privées, persuadé qu'elle lui mentait.

— Je suis furieuse contre lui. En même temps, je suis soulagée de lui apporter la preuve qu'il m'accusait à tort.

— Parfois, on confond colère et chagrin, Alisha, remarqua Camille. Ne la laisse pas te consumer.

Comme pour confirmer les propos de sa mère, une émotion puissante lui étreignit la poitrine.

— À moins que ce ne soit l'amour, dit-elle d'une voix altérée.

— Oh ! non, soupira Camille, resserrant son étreinte.

Alisha ferma les yeux pour refouler ses larmes.

— Je me sens tellement ridicule, avoua-t-elle, se raccrochant à sa mère.

— Voici le meilleur conseil qu'une mère puisse donner à son enfant qui souffre : les choses arrivent rarement par hasard. Soit cette expérience te permettra d'aller de l'avant car tu auras su en tirer les leçons, soit elle te détruira. À toi de faire le bon choix. Rien ne pourra te détruire, sauf si tu le permets. Dis-toi aussi que le temps guérit les blessures.

Alisha hocha la tête sans grande conviction.

— Veux-tu que je demande à ton père d'anéantir sa société ? suggéra Camille.

Alisha s'écarta de sa mère, horrifiée.

— Oh ! non !

Camille eut un sourire entendu.

— Bien. Je voulais être sûre que tu avais compris le sens de mon message.

Alisha lui rendit son sourire.

— Oui. Aller de l'avant, et le temps guérira mes blessures.

— Bravo. Maintenant, rassemble toutes les preuves en ta possession pour répondre aux questions de ce détective fourbe, mais très sexy. Veux-tu que je t'accompagne ?

— Non, c'est inutile.

— Et si tu venais dormir à la maison ? proposa Camille en enfilant ses gants en cuir gris. Je serais très heureuse d'organiser une grande réunion familiale dès ce soir au lieu d'attendre les vacances.

L'idée de ne pas retourner seule dans sa demeure lui plaisait beaucoup.

— Tu n'es pas obligée de faire ça, protesta-t-elle mollement.

— Bien sûr que si, répondit Camille en lui caressant le menton. La famille, ça sert à ça.

— C'est vrai. Et Dez sera ravi, admit Alisha en souriant.

Camille lui adressa un baiser aérien avant de quitter le magasin.

Alisha retourna dans son bureau et but une gorgée de son chocolat désormais froid mais toujours aussi délicieux, le regard rivé sur l'enveloppe posée sur le livre de comptes.

Hier, elle avait banni Tremaine de sa vie. Les bribes de sentiments qu'elle avait encore pour lui – et qu'elle envisageait d'éradiquer dès que possible – la rendaient nerveuse. Rassemblant son courage, elle prit son téléphone et l'appela.

Le temps guérit les blessures, se rappela-t-elle.

Elle ferma les yeux tandis que la sonnerie semblait résonner dans sa tête.

— Alisha.

— Nous devons nous voir, dit-elle sèchement. Il est temps que la vérité soit révélée.

Un silence se fit.

— Enfin !

Elle leva les yeux au ciel.

— Retrouvons-nous au Texas Cattleman's Club. Il dispose de salons privés où nous pourrons parler. Car il est hors de question que tu remettes les pieds chez moi.

Autre silence.

— C'est toi qui décides. Comme toujours.

— À ce soir, 19 heures, dit-elle avant de raccrocher.

Tremaine se tenait devant la fenêtre d'un salon privé du Texas Cattleman's Club, un établissement masculin à l'origine, dont les murs lambrissés étaient ornés de trophées de chasse et d'artefacts historiques.

Le regard fixé sur les cours de tennis, il se demandait quelle vérité Alisha allait lui fournir.

Reconnaître qu'elle m'a menti et manipulé ? Sûrement pas.

Mais, puisqu'il ne lui restait que quelques jours pour boucler l'affaire, il était résolu à obtenir la vérité, coûte que coûte. Et à quitter cette maudite ville.

Il consulta l'heure sur son téléphone. La professeure était en retard.

— Je suis là.

Levant les yeux, il aperçut son reflet dans la vitre alors qu'elle se tenait sur le seuil, vêtue d'un tailleur-pantalon en cuir noir, les cheveux plaqués en un chignon bas, et arborant un maquillage sombre.

Il se retourna et, pendant qu'il la regardait fermer la porte et s'avancer dans la pièce, il eut le sentiment que le choix de sa tenue et de sa coiffure n'était pas anodin. Cette apparence sévère lui servait-elle d'armure ? Ou était-ce une façon de lui révéler, comme dans les films, qu'elle tenait le rôle de la méchante depuis le début ?

Une chose était sûre, Alisha Winters était splendide, même quand elle était en colère.

Son regard se porta sur l'enveloppe et les documents qu'elle tenait dans sa main.

— Allons droit au but, dit-elle, lui tendant les papiers. Je l'admets, ce virement peut paraître suspect, mais c'est mon frère Jericho qui m'a emprunté cet argent pour acheter un grand terrain à la périphérie de Royal pour l'offrir à Maggie.

Il examina le reçu bancaire accompagné de la copie d'un dépôt de chèque, puis reporta son attention sur Alisha.

— Comme il voulait lui faire la surprise, il a payé avec mon argent et rédigé un chèque à mon ordre le jour même du transfert – chèque que je n'ai déposé à l'encaissement qu'aujourd'hui, je l'admets.

Elle lui décocha un regard dur avant d'ajouter :

— Je n'avais aucune raison de le déposer plus tôt puisque je savais qu'il était provisionné. Et surtout, je ne pensais pas que j'aurais à me justifier un jour auprès d'une personne que j'hébergeais en toute confiance.

Oh ! non !

Cette remarque perfide réveilla sa mauvaise conscience.

À moins qu'il ne s'agisse d'une ruse pour dissimuler la vérité ?

Alisha eut un rire sarcastique.

— Manifestement, tu refuses toujours de me croire.

Elle lui tendit une enveloppe froissée et jaunie, dont l'encre semblait décolorée par les années.

Le cœur cognant dans sa poitrine, Tremaine l'ouvrit fébrilement. Allait-il enfin connaître le fin mot de l'histoire ?

— Cette lettre a été découverte avec le collier, expliqua Alisha.

La perplexité de Tremaine grandissait à mesure qu'il déchiffrait la lettre manuscrite. Il s'agissait d'une confession.

— C'est mon arrière-grand-mère Eliza qui a commis un geste audacieux et stupide en volant le collier cent ans plus tôt.

— Eliza ? demanda Tremaine, abasourdi.

Il songea à la photo de la jeune femme et aux soupçons qu'il avait conçus à son sujet. Son instinct ne l'avait donc pas trompé.

Et il ne l'avait pas trompé non plus au sujet d'Alisha : elle lui avait bel et bien caché des informations capitales.

— Ainsi, tu détenais déjà cette lettre pendant que tu me regardais passer des heures à essayer de trouver des réponses, remarqua-t-il avec amertume.

— Si je te la montre, c'est uniquement pour laver ma famille et moi-même de tout soupçon dans cette affaire, répliqua-t-elle. Au cas où tu penserais qu'il s'agit d'un faux, j'ai aussi apporté le certificat d'authenticité.

— Je te crois.

Elle lui raconta alors comment Marcus et Jessica avaient découvert le collier et la lettre. Quand elle eut fini, elle marqua une pause avant d'ajouter :

— Et, non, je n'ai pas couché avec toi à cause de ce maudit collier et de la lettre.

Son regard lourd de reproches et son ton accusateur le bouleversèrent.

— C'est vrai, j'ai dissimulé la vérité pour protéger ma famille. Si c'était à refaire, j'agirais de la même façon, parce que la famille est sacrée.

— Même quand un de ses membres commet un acte délictueux ? demanda Tremaine.

— Ce vol remonte à cent ans ! Et Eliza l'a regretté tout le reste de sa vie. Elle a exprimé sa honte et sa culpabilité dans la lettre. Mais aucun des Winters actuels n'est coupable de quoi que ce soit.

— Si ce n'est d'avoir couvert l'acte délictueux de leur aïeule.

Alisha ricana.

— Tu as du toupet de t'indigner de la sorte alors que tu as fouillé dans mes fichiers privés, trahissant la confiance que j'avais en toi !

Elle avait raison.

— Je le regrette, Alisha.

Elle garda le silence avant de murmurer :

— Moi aussi.

Puis elle lui reprit les documents des mains.

— Je t'en enverrai une copie par mail. Je suis sûre que tu feras part de tout ceci à tes clients. Au revoir, Tremaine.

Il la suivit des yeux pendant qu'elle se dirigeait vers la porte. C'était peut-être la dernière fois qu'il la voyait, sa dernière chance de mettre les choses au clair.

— Alisha !

Elle s'arrêta à contrecœur, sans se retourner.

— Tout ce que nous avons partagé était bien réel pour moi, dit-il. J'ai pris beaucoup de risques durant ces quelques jours merveilleux passés avec toi. Si c'était à refaire, je prendrais encore le risque. Tu peux au moins me croire sur ce point.

— Si seulement je le pouvais, répondit-elle avant de sortir sans un regard en arrière.

Tremaine se posta à nouveau à la fenêtre, réfléchissant à tout ce qu'il venait d'apprendre.

Quelques minutes plus tard, son téléphone vibra, lui annonçant la réception d'un mail.

C'était Alisha qui lui envoyait la copie des documents – sans doute depuis le parking.

Son enquête était terminée. Il avait réussi sa mission.

Et peut-être perdu beaucoup plus dans le même temps.

Il fixa son téléphone, hésitant à contacter tout de suite Fernando. Il avait hâte de rentrer chez lui, aussi composa-t-il son numéro.

— Fernando Del Rio.

— Bonsoir, monsieur. C'est Knowles. L'enquête est terminée, annonça-t-il, sortant du salon.

— Attendez, je vous mets sur haut-parleur. Ma femme et mes enfants sont là.

Tremaine avait déjà quitté le bâtiment en pierre sombre et en bois, et se dirigeait vers le parking.

— Continue, Tremaine, dit Preston.

Mais, tandis qu'il déverrouillait les portières et grimpait dans son pick-up, il hésita à révéler toute la vérité.

— Apparemment, c'est Eliza Winters, la grand-mère de Joseph, qui a volé le collier à Paris.

— Quoi ? s'exclamèrent Maggie et Gayle.

Fernando proféra un juron.

— Quand cette femme cessera-t-elle de pourrir la vie de notre famille ? rugit-il.

Tremaine éloigna le téléphone de son oreille et mit le haut-parleur avant de démarrer.

— Calme-toi, Fernando, l'implora Gayle.

— Continue, Tremaine, répéta Preston.

— Dans une lettre, Eliza avoue avoir caché le collier dans la propriété des Winters. Durant tout ce temps, il était dissimulé dans une pièce secrète à la cave jusqu'à ce que les Winters actuels le découvrent. Marcus a menti en prétendant l'avoir trouvé dans la boîte aux lettres. Je suppose qu'il craignait que personne ne le croie tant que la lettre ne serait pas authentifiée. Mais il était pressé de restituer le collier à votre famille, expliqua Tremaine, sortant du parking. Je retourne à Austin pour rédiger mon rapport. Vous l'aurez demain avec les pièces justificatives.

— Attends une minute, intervint Preston. Joseph Winters est en train d'appeler mon père.

— Qu'il prenne cet appel, conseilla Tremaine en entendant le patriarche fulminer en arrière-plan. Mais souvenez-vous tous d'une chose, les Winters se sont conduits honorablement en révélant la vérité.

— Entendu, Tremaine. Merci pour tout. Sois prudent sur la route. Je te rappelle demain.

Tout en raccrochant, il pria pour que Gayle et les enfants réussissent à calmer Fernando avant qu'il prenne l'appel.

Pendant le trajet de retour, il écouta des chants de Noël et s'efforça de se convaincre que tout se passerait bien. Mais rien n'était moins sûr.

Avec un ouf de soulagement, il se gara sur sa place de parking réservée, récupéra ses affaires et s'engouffra dans l'ascenseur. Il était tard. Il se sentait épuisé, physiquement et nerveusement. Il n'avait qu'une envie : se doucher et dormir.

Demain, il reprendrait le cours normal de sa vie. Il se concentrerait sur son travail, profiterait de la vie nocturne animée à Austin. Peut-être appellerait-il une amie pour partager des rires et de bons moments avec elle.

J'oublierai Alisha en un rien de temps.

Les portes de l'ascenseur s'ouvrirent, et une jolie femme aux longues tresses fines pénétra dans la cabine à côté de lui. Il l'avait déjà aperçue dans l'immeuble. Avec deux étages dédiés aux services collectifs, notamment un centre de remise en forme, une cave à vins, un bar, une piscine chauffée à débordement, un salon extérieur, un cinéma, une épicerie et même une salle de jeux pour les enfants et un salon de toilettage pour chiens, ce bâtiment constituait un univers à lui seul. Tous deux s'étaient déjà croisés et avaient échangé le genre de regards insistants qui témoignaient de leur intérêt réciproque.

— Bonsoir, bel inconnu, dit-elle d'une voix rauque et sexy. Ça faisait longtemps que je ne vous avais pas vu dans les parages. Je pensais que vous nous aviez abandonnés.

Il lui sourit.

— Non ! Je me plais trop ici. Je me suis absenté de la ville pendant les deux dernières semaines pour mon travail.

— Nous ne nous sommes jamais présentés, dit-elle, lui tendant la main. Ginger Kaplan.

Il la prit dans la sienne.

— Tremaine Knowles. Au cas où vous me poseriez la question, je ne suis apparenté ni à Beyoncé ni à Solange.

Aussitôt, il songea à Alisha et à la façon dont elle le taquinerait à ce sujet.

— Tant pis pour elles, répondit Ginger avec un regard appréciateur tout en caressant sa main entre les siennes.

Le contact de sa peau était doux et chaud, mais il ne déclenchait aucun crépitement électrique le long de son bras. Pas même un frisson.

Contrairement à Alisha.

Quand il se trouvait dans la même pièce qu'elle, il se sentait plus vivant que jamais. Son regard l'excitait, son contact l'électrisait.

Et quand ils faisaient l'amour, tous ses sens s'embrasaient, dans un feu d'artifice de sensations exquises.

— Dommage, marmonna-t-il.

Ginger l'observa, perplexe, puis elle comprit.

— Oh ! je vois. Il s'agit d'une peine de cœur, dit-elle, lui pressant la main avant de la relâcher. Vous, les hommes, êtes incorrigibles. Soit vous essayez de conquérir toutes les femmes que vous repérez dans un rayon de quinze kilomètres, soit vous vous repliez sur vous-mêmes pour rabibocher votre cœur brisé par une *boomerang girl*.

— *Boomerang* ? Comme le film ? demanda-t-il, perplexe.

Il se souvenait que, dans ce film, un play-boy joué par Eddie Murphy tombait amoureux d'une femme incarnée par Robin Givens qui lui résistait. Elle se comportait avec lui comme il s'était comporté avec ses conquêtes d'un soir. C'était le retour du boomerang.

— Absolument. Mais sachez que je ne suis pas du genre à jouer les consolatrices.

Tremaine tiqua, vexé.

— Je ne suis pas un play-boy à consoler, et Alisha n'est pas une *boomerang girl* !

— Oh ! nous avons un prénom, mesdames, messieurs ! s'écria-t-elle, applaudissant, comme si elle participait à un jeu télévisé. Boomerang !

Tremaine secoua la tête, perplexe.

— Je ne sais pas si je dois me sentir vexé parce que vous m'insultez ou si je vous apprécie parce que vous êtes amusante.

— Moi aussi, je vous apprécie beaucoup. Alors, soyons amis, conclut-elle avec une moue comique.

Il rit, séduit par son sens de l'humour.

Ding.

L'ascenseur s'arrêta.

— Écoutez, vous pourrez me retrouver à l'appartement 506 dans trois mois, une fois que vous aurez oublié cette Alisha.

— Trois mois ? s'exclama Tremaine.

Les portes de l'ascenseur s'ouvrirent.

Ginger le considéra, l'espace de quelques secondes.

— Disons plutôt… dans six mois, reprit-elle en sortant de la cabine, deux doigts levés en signe de paix.

— Trois mois ! marmonna-t-il, indigné, quand les portes se furent refermées. Moi ? Tremaine Knowles ? Le bourreau des cœurs ? Allons donc !

Il bougonnait toujours quand l'ascenseur s'arrêta au dernier étage. Arrivé devant son appartement, il posa son pouce sur le lecteur d'empreintes digitales pour déverrouiller sa porte.

Puis il passa la main devant l'interrupteur sans contact pour allumer la barre de spots fixée au plafond haut de trois mètres cinquante. Il venait de poser son sac de voyage sur le canapé bas en cuir gris foncé quand son téléphone vibra.

Il le sortit de la poche intérieure de son blazer, surpris de voir que l'appel provenait de Golden. Il le jeta sur le canapé et se dirigea vers la salle de bains, optant pour la douche plutôt que pour une conversation avec son assistante.

Quand le téléphone vibra à nouveau, il s'arrêta, intrigué, car elle ne l'appelait jamais en dehors des heures de bureau. Pivotant sur ses talons, il récupéra l'appareil et décrocha.

— Je suis contente que vous soyez de retour, patron.

— Comment savez-vous... Bon. Peu importe.

— Désolée de vous déranger, mais nous avons une nouvelle affaire. Il s'agit de la préparation d'un procès. Le client propose de doubler vos honoraires si vous vous en occupez tout de suite.

— Une nouvelle affaire ? répéta-t-il, songeur.

— Oui. Je me suis dit que vous auriez besoin d'une diversion pour vous aider à redevenir vous-mêmes. Le retour du boomerang, en quelque sorte.

Il se raidit.

— Vous avez dit « boomerang » ?

— Oui. Pourquoi ?

Était-ce une coïncidence s'il entendait ce mot pour la deuxième fois ? Golden ne serait pas de cet avis. Selon elle, le synchronisme était un signe provenant de l'univers.

Mais un signe de quoi ?

Je ne sais pas et je ne veux pas le savoir.

Il n'avait aucune envie de fâcher Golden en ironisant sur son parcours spirituel. Il s'était déjà excusé platement pour l'avoir rembarrée l'autre jour et fait une remarque déplacée à propos de ses anges. Il lui avait même payé quatre vendredis d'affilée non travaillés.

— Envoyez-moi les détails de cette affaire, dit-il, finalement heureux de cette distraction.

— Patron ?

S'il en jugeait par son intonation, elle ne voulait pas lui parler de travail.

— Pas maintenant, Golden.

— Je vous en prie, écoutez-moi, insista-t-elle. Si j'ai appris une chose lors de mon parcours spirituel, c'est que l'amour survient facilement. Nous le sentons. Nous le savons. Mais c'est notre esprit qui nous empêche de le savourer pleinement en émettant des restrictions, comme nos expériences passées, nos blessures sentimentales, nos attentes immenses, notre connaissance trop brève d'une personne. Pourtant, l'amour est un don du ciel.

Tremaine traversa le salon et ouvrit la porte-fenêtre qui donnait sur le balcon.

— Et si le but même de l'existence était de connaître, de donner et recevoir… l'amour ? demanda-t-elle. En dépit de tout. Du ressentiment. De la rancœur. Des mauvais moments. Du refus de pardonner.

Tandis que Tremaine contemplait les lumières du centre-ville d'Austin dans la froideur de la nuit, il se remémora son séjour à Royal avec Alisha. Leurs nuits torrides. Leur alchimie. Son sourire et son rire contagieux. Soudain, une onde de chaleur se forma au creux de son ventre et se propagea dans tout son corps.

Dès qu'il avait posé les yeux sur Alisha, il avait été irrésistiblement attiré par elle. Au fil des jours, un lien invisible s'était tissé entre eux, à l'origine d'une merveilleuse complicité, comme il n'en avait jamais connu auparavant.

Et qu'il ne connaîtrait peut-être plus jamais.

Boomerang.

12

Cinq jours plus tard

Alisha se leva du canapé et se posta à la fenêtre du salon dans la vaste demeure de ses parents, devenue le nouveau domaine de la famille Winters. Elle contempla son bracelet et ouvrit chaque médaillon en forme de cœur, s'attardant sur celui qui était vide et qu'elle réservait à l'homme de sa vie.

Tremaine.

En songeant à lui – une constante depuis une semaine –, elle referma le médaillon d'un geste sec.

Si seulement elle avait pu le bannir de son existence avec la même facilité !

Même sa colère contre lui était impuissante à le chasser de ses pensées durant la journée et de ses rêves pendant la nuit.

Je ne parviens pas à lui échapper.

Les sourcils froncés, elle se remémora le moment où elle s'était attardée quelques secondes sur le seuil du salon privé du club-house pour contempler son beau profil. Si seulement les choses s'étaient passées différemment entre eux ! S'il n'avait pas trahi sa confiance…

— Alisha, il faut qu'on parle.

Elle sourit en voyant son père pénétrer dans la pièce avec deux tasses fumantes.

— J'ai abusé de ton hospitalité ? demanda-t-elle.

Joseph la rejoignit et lui tendit ce qui s'avéra être du chocolat chaud.

— Bien sûr que non ! Mais...

Elle but une gorgée du breuvage qui lui procura presque autant de bien-être et de chaleur que le contact de Tremaine.

— Ta mère et moi vous avons toujours tous encouragés à considérer cette maison comme la vôtre. Mais elle ne doit pas vous servir de refuge pour fuir la réalité, ajouta Joseph.

Alisha détourna le regard. Elle n'était pas retournée chez elle depuis le fameux jour où sa mère, désireuse de la réconforter, avait organisé une grande réunion familiale. Désormais, sa maison qu'elle aimait tant lui paraissait différente. Elle lui rappelait le chagrin que la trahison de Tremaine lui avait causé, mais aussi tous les merveilleux moments qu'ils avaient partagés, et même le rêve insensé qu'elle avait fait d'un avenir avec Tremaine.

— Parle-moi, intervint Joseph en la fixant du regard par-dessus le bord de sa tasse.

— Parler de quoi ?

— De ce que ta mère et toi me cachez. De ce qui te rend si triste au point de t'enfermer ici et de mettre ta vie sur pause. Tu n'as même pas ouvert ton magasin. Et tu as à peine mis le nez dehors.

Il avait raison.

— Dis-moi, quel est le problème ou la personne que tu fuis ? insista-t-il gentiment.

Alisha hésitait.

Certes, Joseph avait compris sa volonté de protéger la réputation de la famille en dissimulant la lettre d'Eliza, mais comment réagirait-il en apprenant qu'elle avait couché avec l'ennemi ?

— Je vais rentrer chez moi, dit-elle à la place.

— Cesse de tergiverser, Alisha ! Ce n'est pas l'objet de cette conversation.

Elle contempla les feuilles des arbres qui tourbillonnaient au gré des rafales de vent.

— Je suis tombée amoureuse de la mauvaise personne, admit-elle.

Joseph l'écouta patiemment pendant qu'elle lui racontait sa brève relation avec Tremaine, laissant de côté les détails sordides, mais s'exprimant avec son cœur.

— Je pensais que ma rencontre avec lui était une évidence. Nous nous entendions si bien, dit-elle tristement, posant la tasse sur un dessous de verre en céramique avant de s'asseoir sur le canapé.

Le sentiment douloureux de perte et de regret la submergea une nouvelle fois. Elle ferma les yeux pour refouler ses larmes. Elle n'avait que trop pleuré ces jours-ci.

Intriguée par le silence prolongé de Joseph, elle rouvrit les yeux et vit qu'il l'observait à travers la pièce, visiblement contrarié. Elle s'éclaircit la gorge, soudain embarrassée.

— Ton silence est accablant.

Joseph esquissa un petit sourire.

— Je ne suis pas franchement ravi que tu aies invité un inconnu à demeurer sous ton toit, mais d'une part tu es adulte et d'autre part tu es intelligente. Qui plus est, tu sais te servir d'une carabine.

— Absolument.

Elle lui raconta en riant l'accueil qu'elle avait réservé à Tremaine lors de son installation chez elle.

— Bravo ! la félicita Joseph, s'asseyant sur le canapé en face d'elle.

— Ce jour-là, il m'avait promis de se conduire en gentleman, mais il n'a pas tenu parole.

Voyant que Joseph fronçait les sourcils, inquiet, elle s'empressa de préciser :

— Je veux dire qu'il a fouillé dans les fichiers de mon ordinateur. J'ai eu l'horrible sentiment qu'il avait violé mon intimité et trahi ma confiance.

— Je suis sûr que lui aussi s'est senti trahi quand il a compris que tu lui avais menti depuis le début au sujet du collier, déclara Joseph.

— Oh ! Comment peux-tu dire une chose pareille ? s'exclama-t-elle, scandalisée.

Joseph lui lança un regard de reproche.

— J'avais espéré que Camille et moi vous avions appris à voir les choses sous un autre angle. Il a eu tort de s'ingérer dans ta vie privée...

— Absolument.

— Et tu as eu tort de l'inviter à demeurer sous ton toit sachant que tu lui cachais la vérité sur une affaire qu'il était chargé d'élucider à la demande des Del Rio. Vous étiez *l'un et l'autre* dans votre tort.

— Dans quel camp es-tu ? demanda-t-elle, décontenancée.

— Dans celui de la vérité. Et de l'amour.

Alisha se sentait partagée.

— Tu devrais voir ton expression quand tu parles de lui, notamment quand tu évoques la surprise qu'il t'a réservée avec ce sapin de Noël, dit-il en souriant. Est-ce que tu l'aimes, Alisha ?

— En moins de deux semaines ? Comment serait-ce possible ?

Joseph haussa une épaule.

— Du moins, tu pourrais découvrir que vous avez quelque chose à construire ensemble.

Elle eut une moue sceptique.

— Le moment est venu de faire un choix, Alisha. Tu ne peux pas reculer plus longtemps.

Joseph se leva et lui pressa l'épaule en guise de réconfort. Puis il sortit de la pièce, la laissant seule avec ses réflexions.

Assise en tailleur, Alisha récupéra sa tasse et contempla l'arbre immense devant la maison de ses parents.

Elle connaissait à peine Tremaine, et pourtant il avait profondément marqué sa vie en lui procurant tellement de belles choses.

Tellement de plaisir.

Tellement de bonheur.

Tellement de rires.

Et aussi, tellement de chagrin.

Comment pourrais-je lui faire à nouveau confiance ?

Elle songea aux paroles pleines de sagesse de son père.

Et comment pourrait-il me faire à nouveau confiance ?

Son père avait raison, elle devait cesser de fuir la réalité et aller de l'avant. Ce qui l'en empêchait, c'était la perspective d'une vie sans Tremaine. Au cours de cette semaine, elle n'avait pas cessé de penser à lui. Son souvenir l'obsédait. Même sa colère ne parvenait pas à diminuer les sentiments...

Ding.

La vibration de son téléphone la tira de ses réflexions. Tiffany lui envoyait un SMS avec un lien.

Je suis soulagée que cette affaire soit enfin résolue grâce à ton détective si sexy !

Tremaine.

Le cœur tambourinant dans sa poitrine, elle ouvrit le lien.

Une vidéo s'afficha à l'écran, et elle fit pivoter son téléphone pour observer Tremaine debout au milieu d'une foule de journalistes et de photographes.

Elle entendit un journaliste dire :

« – Nous sommes avec le détective privé qui a enquêté sur la soudaine réapparition du collier des Del Rio, disparu d'un musée parisien il y a cent ans. Son site web indique qu'il est également un concepteur de logiciels talentueux et un ancien inspecteur de police à Austin. »

Sous les crépitements des appareils photos, le journaliste tendit un micro près du visage de Tremaine. *Il semble si sûr de lui, et si beau*, songea Alisha, bouleversée.

« – Monsieur Knowles, que pouvez-vous nous dire sur cette affaire ?

— Compte tenu de l'intérêt médiatique qu'elle suscite, et avec l'accord de M. Del Rio qui m'a engagé, voici les conclusions de mon enquête. Aucun des membres actuels de la famille Winters n'est impliqué dans le vol du collier. En fait, et dans l'intérêt de la justice, c'est grâce à leur coopération que j'ai pu clore mon enquête aussi rapidement. »

Alisha n'en revenait pas. Non seulement Tremaine mettait publiquement un terme définitif au scandale du collier, mais il s'arrangeait pour que l'acte délictueux commis par Eliza Winters cent ans plus tôt demeure une affaire privée.

Et il me couvre aussi en s'abstenant de révéler que j'ai caché la lettre !

Elle reporta son attention sur l'écran tandis qu'un autre journaliste interrogeait Tremaine :

« – Où en est la querelle centenaire entre les Del Rio et les Winters ? Vont-ils la poursuivre ?

— Je n'ai pas été engagé pour réconcilier les deux familles. Vous devrez les contacter à ce sujet ainsi que pour tout autre détail sur l'affaire, que je considère d'ordre privé. Ma mission est terminée.

— Le siège de votre société, Knowles Threat Solutions, est à Austin. Pourquoi êtes-vous de retour à Royal ? »

Alisha bondit sur ses pieds, le téléphone toujours à la main.

Tremaine était à Royal ?

Elle se sentit soudain prise de vertige.

Peut-être était-il en ville pour mettre un point final à son enquête avec les Del Rio.

Curieuse d'entendre sa réponse, elle se concentra sur l'écran de son téléphone.

Tremaine sourit en ouvrant la portière de son pick-up.

« – Cette information est aussi d'ordre privé. »

Puis il s'installa derrière le volant et démarra lentement sous les flashs des appareils photos.

Elle vérifia l'heure de la vidéo. Elle avait été publiée quelques heures auparavant.

Était-il déjà en route pour Austin ?

Manifestement, il n'avait pas souhaité la rencontrer puisqu'il ne l'avait pas appelée. Son père avait raison. Il était temps qu'elle se ressaisisse et aille de l'avant. Elle traversa le salon spacieux et se dirigea vers la chambre d'amis qui lui avait servi de refuge pour faire sa valise et prendre un nouveau départ.

On frappa à la porte.

Surpris, Tremaine posa son ordinateur portable sur le canapé et traversa le salon pour ouvrir. Il sourit en voyant Alisha, splendide dans une robe pull vert pomme au profond décolleté en V qui dévoilait les renflements de ses seins, et chaussée de bottes en cuir noir.

— Alisha !

— J'ai écouté les déclarations que tu as faites au sujet du scandale du collier, dit-elle, pénétrant dans le salon et passant son doigt sur son torse à travers le T-shirt qu'il portait sur un pantalon de pyjama écossais.

— J'ai dit la vérité, déclara-t-il, fermant la porte et admirant la courbe de ses fesses mises en valeur par sa robe moulante.

Elle pivota vers lui, le regard caressant.

— Je tenais à te remercier en personne, Tremaine, et j'espérais que nous pourrions faire amende honorable.

Ses paroles le remplirent de joie, mais il n'en laissa rien paraître car il ne savait plus trop à quoi s'en tenir sur leur relation.

— Faire amende honorable ? De quelle façon ? s'enquit-il, prudent.

Avec un sourire mutin, elle releva lentement sa robe, révélant sa nudité, avant de la passer par-dessus sa tête et de la jeter de côté.

— De la meilleure des façons.

Puis, toujours bottée, elle s'avança vers lui d'une démarche lascive, lui enserra la nuque et l'attira vers elle pour l'embrasser avec passion.

Le corps tendu de désir, Tremaine l'enlaça et la plaqua contre lui pour approfondir leur baiser.

— Tu m'as tellement manqué, Tremaine, murmura-t-elle contre sa bouche.

Il s'écarta un peu pour contempler cette femme belle, intelligente et passionnée.

— Et moi, j'ai tant besoin de toi, Alisha, dit-il, sincère, l'emportant dans sa chambre.

— Vraiment ? demanda-t-elle en déposant des baisers sur son cou.

— Oui, dans tous les sens du terme.

Elle leva vers lui un regard scrutateur.

— Alors, tu n'éprouves pas que du désir pour moi ? insista-t-elle, lui caressant la nuque.

— Non, c'est beaucoup plus que du désir charnel, assura-t-il.

Elle hocha la tête tandis qu'un sourire satisfait étirait ses lèvres pulpeuses.

— Ce qu'il y a entre nous est donc bien réel.

— Tout ce qu'il y a de plus réel.

Puis il la déposa délicatement sur le lit avant d'ôter ses vêtements.

Il sourit, heureux, en s'allongeant près d'elle, et se mit à tracer des cercles autour de ses mamelons jusqu'à ce qu'ils durcissent.

Haletante, Alisha cambra les reins.

Il exultait de voir le reflet du plaisir sur son beau visage pendant qu'il approfondissait ses caresses. Sa peau était si soyeuse sous ses doigts, et ses petits cris de plaisir étaient si doux à ses oreilles !

Ses yeux étincelaient, ses joues étaient rouges et ses boucles formaient comme une auréole autour de son visage.

— Ce que tu es belle, murmura-t-il avant de lécher ses lèvres tremblantes.

Elle posa une main sur sa joue avec un doux sourire.

— Nous ferons de beaux bébés, dit-elle.

Il hocha la tête et continua d'explorer son corps, lui tirant un frisson, un gémissement ou un soupir chaque fois qu'il s'attardait sur un endroit pour mieux le choyer : le dessous de ses seins, son décolleté, son nombril, ses hanches. Quand sa main s'arrêta au niveau de son pubis, elle cambra les reins dans un gémissement suppliant, impatiente de le voir poursuivre son exploration. Riant tout bas, il plaqua une paume entre ses cuisses.

Arborant un sourire satisfait, elle étira les bras au-dessus de sa tête et écarta les jambes en grand.

— Ça ressemble à une invitation, remarqua-t-il, tout émoustillé, en l'embrassant sur la tempe.

— C'en est une.

Elle tourna la tête pour déposer un baiser au coin de ses lèvres.

Alors, il captura sa bouche et mêla sa langue à la sienne tout en insérant un doigt en elle. Son sexe, chaud et moite, se resserra autour de lui. Il émit un grognement guttural, brûlant d'envie de s'enfouir en elle.

— Prête ? demanda-t-il d'une voix rauque.

— Et toi ?

Elle enroula les doigts autour de son érection palpitante pour la caresser.

— Toujours.

— Toujours, répéta-t-elle.

— Toujours, acquiesça-t-il en s'allongeant sur elle.

— Toujours, approuva-t-elle, nouant les jambes autour de sa taille.

— Toujours, gémit-il, unissant leurs corps et leurs âmes.

— Toujours, haleta-t-elle, enfonçant les doigts dans les muscles de ses épaules tandis qu'il entamait ses va-et-vient puissants.

Toc, toc.

Toujours, toujours, toujours.

— Tremaine ! cria une voix de femme, le réveillant en sursaut de son rêve.

Toc, toc, toc.

— Tremaine !

— Hein ? Qu'est-ce que c'est ?

Tournant la tête vers la gauche, il sursauta, surpris, en voyant Alisha, le poing levé, prête à frapper à nouveau à la vitre de sa portière. Le cœur cognant dans sa poitrine, il abaissa sa vitre.

— Bonsoir, Alisha.

— Tu es encore en ville ?

— J'attendais que tu rentres chez toi. Je suis passé à ton magasin...

— Tu es ici depuis des heures ? s'exclama-t-elle, abasourdie.

Comme elle est belle dans son pull à col en V et son jean évasé ! pensa-t-il. Sans oublier son cher bracelet à breloques à son poignet gauche.

Le plus près du cœur, lui avait-elle expliqué un jour.

— Pourquoi ne m'as-tu pas appelée ? demanda-t-elle, se reculant pour lui permettre de sortir de la voiture.

— Je voulais te faire une surprise.

— J'ai vu ton interview, dit-elle sans le regarder. Je te remercie de ta discrétion.

— Les journalistes n'ont pas besoin de connaître tous les détails de l'affaire. Et je ne voulais pas que ta réputation soit entachée. Tu ne le mérites pas.

Elle reporta son regard sur lui.

— La veille de notre dispute, je pensais être amoureuse de toi, admit-elle, une lueur de souffrance crispant ses traits.

Il en fut bouleversé.

— C'est aussi ce que j'ai ressenti quand j'ai compris que tu me mentais depuis le début, dit-il, lui prenant la main.

Elle la retira d'un geste sec.

— Tu pensais être amoureux de moi ? reprit-elle, incrédule.

— À ce moment-là, je ne qualifiais pas mes sentiments de cette façon, mais maintenant je sais qu'il s'agit bien d'amour.

Il l'attira dans ses bras malgré sa réticence et l'embrassa sur la tempe.

— Je t'aime, Alisha. C'est la vérité. Je me moque que ce soit bien ou mal. Je me moque du qu'en-dira-t-on. C'est un fait, et rien ni personne ne m'en empêchera.

Elle secoua la tête, sceptique, mais ne le repoussa pas.

Il lui frotta doucement le dos, le cœur plein d'espoir. Elle l'aimait, et c'était merveilleux.

— Je sais ce que je ressens pour toi, Alisha, insista-t-il, désireux de vaincre ses dernières réticences.

Elle noua lentement les bras autour de lui, et il sourit, soulagé et heureux.

— J'aimerais voir où notre histoire nous mènera, Alisha. Faisons en sorte qu'elle dure toute la vie, tu veux bien ?

— Oui, murmura-t-elle.

Elle resserra son étreinte autour de lui.

— Est-ce que nous sommes fous de nous lancer dans cette aventure ? demanda-t-elle, la voix tremblant de peur.

— Oh ! oui, répondit-il en riant. Nous le sommes depuis le jour de notre rencontre.

Elle desserra un peu son étreinte pour plonger son regard dans le sien.

— Promets-moi que tu ne fouilleras plus dans mon ordinateur.

— Promis, juré. Excuse-moi d'avoir agi ainsi. Et plus question pour toi de danser autour de la vérité, dit-il avec une feinte sévérité.

Elle acquiesça en riant.

— « Danser autour de la vérité », quel bel euphémisme ! Moi aussi, je regrette de t'avoir dissimulé l'existence de cette lettre.

— Finalement, c'est le geste d'Eliza qui nous a réunis.

— Ou le destin ?

— Il faut que tu fasses la connaissance de Golden, mon assistante. Elle t'aime déjà.

— Comment est-ce possible puisque nous ne nous sommes jamais rencontrées ?

— Tu comprendras quand tu lui parleras, crois-moi.

Ils se contemplèrent en souriant, indifférents au vent qui tourbillonnait en rafales autour d'eux.

— Comment allons-nous procéder ? s'enquit-elle. Ce sera une relation à distance ?

— Dans un premier temps, acquiesça-t-il, passant un bras autour de ses épaules et l'entraînant vers la maison. Par ailleurs, nous avons des affaires en suspens.

— Lesquelles ?

— D'abord, engager un entrepreneur à plein temps pour terminer la rénovation de la maison.

— Et quoi d'autre ?

— J'étais au beau milieu d'un rêve merveilleux quand tu m'as réveillé.

— Oh ! murmura-t-elle, intriguée.

— Tu étais dedans.

Elle déverrouilla la porte d'entrée en riant.

— Et que faisions-nous ?

Tremaine la souleva dans ses bras.

— Des choses coquines que je meurs d'envie de reprendre pour de vrai, dit-il, pénétrant dans le vestibule et refermant la porte avec son pied.

REESE RYAN

Un amour d'été

Traduction française de
LAURENCE LENGLET

PASSIONS

HARLEQUIN

Titre original :
ONE SUMMER OF LOVE

1

— Renvoyée ? Tu as été renvoyée, Laney ? Mais... tu n'es restée qu'une semaine. Comment est-ce possible ?

Sa sœur aînée, Savannah Carlisle Abbott, semblait plus choquée que déçue. Delaney Carlisle serra son téléphone portable sans cesser de faire les cent pas dans son petit mais luxueux appartement situé au nord de l'État de New York. Puis elle se mordilla l'ongle du pouce. Elle passait son temps à exhorter sa fille de presque huit ans de ne pas prendre cette sale habitude. Pourtant, malgré ses trente-cinq ans, c'était sa réaction immédiate au stress.

Laney avait des antécédents professionnels parfaits. L'idée de devoir expliquer à un futur employeur qu'elle avait été sommairement licenciée d'un emploi au bout quatre jours et demi... eh bien, c'était vraiment contrariant.

— Chérie, je ne te juge pas, je suis juste... inquiète. Ça ne te ressemble pas. Je me demande si ça n'a pas un rapport avec le fait que Derrick soit réapparu dans ta vie, reprit Savannah. Je sais que tu as dit que tout se passait bien...

— Et c'est toujours le cas, répliqua Laney.

À la mention de son ex, Derrick Holden, qui se trouvait être aussi le père de sa fille Harper, Laney recommença à se ronger les ongles. Pendant neuf ans, elle n'avait pas eu une seule nouvelle de lui, et voilà qu'il était revenu, six mois plus tôt. Elle était tombée enceinte alors qu'ils s'apprêtaient à se fiancer. Lorsqu'elle avait décidé de garder le bébé, les plans qu'ils avaient élaborés – faire le tour du monde, s'enrôler comme bénévoles auprès d'organisations internationales – étaient tombés à l'eau.

Derrick était prêt à s'exposer à la dysenterie, la malaria et autres maladies pour s'occuper d'enfants nécessiteux partout dans le monde. Mais prendre le risque d'élever son propre enfant semblait inenvisageable.

Jusque-là, ils étaient toujours parvenus à faire des compromis comme deux adultes sensés. Mais, cette fois, cela avait été impossible. Elle tenait à élever leur enfant. Derrick ne voulait pas en entendre parler.

C'était la chose la plus difficile qu'elle ait faite de toute sa vie. Elle avait souhaité bonne chance à Derrick et lui avait rendu sa bague. Ils avaient fait l'amour une dernière fois, le cœur brisé. Puis ils s'étaient séparés.

Depuis, elle n'avait plus entendu parler de Derrick Holden. Jusqu'au message qu'il lui avait envoyé, six mois auparavant, via un réseau social pour lui demander des nouvelles de leur fille.

Comment ça, *leur* fille ? Harper n'était pas *leur* fille. Elle était sa fille *à elle*. Sa vie. Son univers. À moins qu'elle n'ait loupé la partie où Derrick était là pour changer les couches, donner le biberon, lui apprendre la propreté et relever tous les défis que recelait l'éducation d'une petite fille surdouée.

Après avoir surmonté le choc initial, Laney avait décidé d'ignorer le message. Mais Derrick avait continué à lui écrire. Et un jour, Harper, qui jouait sur son téléphone, avait vu passer un message :

Je t'en prie, Laney. Je veux juste rencontrer notre brillante et magnifique petite fille.

Dès lors, il avait été impossible d'empêcher Harper de se rapprocher de son père sous peine de passer pour la méchante sorcière.

— Pourtant ça n'a pas l'air d'aller, remarqua Savannah, dont la fille de deux ans, Remi, babillait à ses côtés. Depuis que Derrick est revenu, tu as la tête ailleurs.

— Je n'ai pas la tête ailleurs, Vanna. Je suis occupée, c'est tout, répondit Laney d'un ton sec. Et ce n'est pas pour ça que j'ai été ren...

Laney inspira profondément et se mit à pleurer, incapable de terminer sa phrase.

— Ils ont mis fin à ma période d'essai quand j'ai attiré leur attention sur la façon négligente, et quasi criminelle, dont ils traitaient leurs travailleurs saisonniers et leurs animaux de ferme, reprit-elle.

— Tu as bien fait de dire ce que tu pensais. Ces gens sont monstrueux, la rassura Savannah. Je suis désolée que tu aies dû vivre ça.

— Leur vin était nul de toute façon, répondit Laney.

— Alors pourquoi as-tu accepté de travailler pour eux ?

— Il n'y a pas beaucoup d'emplois en œnologie dans la région, répondit Laney. En outre, plus le vin est médiocre, plus je suis à même de l'améliorer par mon travail.

— J'en suis sûre, ma chérie, souffla Savannah.

— Ce qui me préoccupe maintenant, c'est de savoir ce que je vais faire de mon appartement. C'est mon dernier mois de bail. J'avais prévu de le renouveler, mais sans travail..., soupira Laney en s'enfonçant sur le canapé.

— Tu réalises qu'avec l'héritage de grand-père et tes parts de King's Finest tu n'es pas obligée de travailler ?

— Je n'ai pas envie de toucher à cet héritage et je m'ennuierais à mourir sans activité professionnelle, répondit Laney en passant la main dans ses épaisses boucles. De plus, j'ai promis à grand-père de suivre ma passion. Et ma passion, c'est l'œnologie. La synthèse parfaite entre mon amour pour la biologie et mon intérêt pour la viticulture. Il faut juste que je trouve une exploitation assez petite pour avoir besoin de moi mais assez solide pour pouvoir me salarier.

— D'accord. Mais, pourquoi ne passerais-tu pas l'été, ici, à Magnolia Lake en attendant de trouver un emploi ? Nous serions ravis de vous avoir, Harper et toi.

— Elle va passer deux semaines à Seattle avec son père…

— Quoi ? Tu vas la laisser… Eh bien, raison de plus pour passer tes vacances avec Blake et moi. Comme ça, tu ne seras pas seule et tu t'inquiéteras moins pour Harper.

Sa sœur, qui la connaissait bien, avait senti que le départ de sa fille l'inquiétait déjà au plus haut point.

— J'aimerais bien, mais vous n'avez plus de chambre d'amis depuis votre deuxième enfant, non ?

— Dans ce cas, nous allons te louer un meublé.

— Excellente idée, approuva Laney en se levant pour examiner son appartement.

Elle dressait déjà la liste des choses à faire : emballer ses affaires, mettre ses meubles au garde-meuble, réserver les billets d'avion.

— Mais c'est moi qui paierai. J'ai juste besoin que tu fasses les démarches.

Après avoir raccroché, Laney saisit son sac à main. Il était temps d'aller chercher sa fille à l'école. Elle avait hâte d'annoncer à Harper qu'elles allaient passer l'été à Magnolia Lake.

Nolan Valentine se cala sur sa chaise longue dans le patio de Duke et Iris Abbott. Il avait pris l'habitude de déjeuner avec les nouveaux membres de sa famille depuis que son père – Raymond Valentine – avait repris contact avec eux et acheté le domaine viticole local qui avait appartenu à la famille de la grand-mère de Nolan.

La famille de Nolan, propriétaire du domaine rebaptisé Valentine Vineyards, n'avait pas encore tout à fait accepté l'idée que son père avait été adopté et qu'elle était liée aux Abbott, propriétaires de la distillerie de renommée mondiale King's

Finest et de diverses autres entités, dont le restaurant King's Finest qu'ils avaient ouvert quelques mois plus tôt.

Nolan termina son steak, puis posa son assiette sur la table basse à côté de lui et ferma les yeux, prêt pour une petite sieste.

— Nolan, il y a quelque chose dont nous voudrions te parler, lui souffla son père à l'oreille.

Nolan jeta un œil à la table, où sa sœur, Chandra Valentine-Brandon, P-DG de leur vignoble, était assise aux côtés de Savannah, la femme de Blake, et de Naya, la jeune sœur de Nolan. Leurs têtes étaient jointes et elles parlaient à voix basse.

— On dirait une réunion d'affaires.

Nolan scruta les traits de son père, qui ressemblaient tant aux siens. Les mêmes yeux, la même bouche et le même front. Mais son nez, il le tenait de sa mère, qui les avait abandonnés, ses trois frères et sœurs aînés et lui, alors qu'il n'avait que six ans. Les jumeaux étaient nés plus tard, du second mariage de leur père.

— Tu avais dit qu'on ne parlerait pas boutique.

— Je sais, répondit Ray Valentine, un peu embarrassé. Mais Savannah m'a soufflé une idée.

Nolan suivit son père jusqu'à la table située dans le coin le plus éloigné du patio et s'assit entre Chandra et lui.

— Alors, quelle est cette grande nouvelle que je dois absolument entendre ? demanda-t-il en se tournant vers Savannah.

— C'est plutôt une suggestion, répondit celle-ci. Mais une opportunité pour vous, à mon avis.

Chandra caressa son ventre rond. Elle était à six semaines de son terme. Son mari, le docteur Julian Brandon, médecin généraliste en ville, avait passé l'après-midi à la scruter, comme s'il craignait qu'elle accouche d'un instant à l'autre. C'était leur premier enfant, et cela se voyait.

— Parlons donc de cette suggestion et de ce qu'elle va nous coûter, répondit Nolan, montrant clairement qu'il avait compris qu'il était invité à cette conversation en sa qualité de directeur financier de Valentine Vineyards.

Quelle que soit la proposition, celle-ci allait coûter cher. C'est pourquoi ils avaient besoin de sa bénédiction. Ce qui ne voulait pas dire qu'ils ne prendraient pas de décision sans celle-ci. Il avait déjà été mis de côté par la famille. Du moins par ceux qui dirigeaient l'exploitation viticole : son père, Chandra et Naya.

Ses frères avaient suivi des voies différentes. Sebastian était P-DG de Valentine Textiles, l'entreprise familiale revendue à un conglomérat californien. Alonzo travaillait dans une agence de publicité à New York. Et Nyles faisait du… Nyles. En ce moment, il lançait un nouveau club à Miami Beach.

— Allons, ne fais pas le radin, Nolan, lança Naya en ramenant ses fines tresses blondes sur une épaule. Tu ne sais pas même pas encore de quoi il s'agit.

Les yeux noisette de Savannah scintillèrent au soleil.

— Tu me rappelles vraiment Parker, dit-elle, faisant référence au frère de son mari Blake.

Le père et les sœurs de Nolan, qui avaient également remarqué cette similitude entre Parker et lui, s'esclaffèrent.

Il avait donc, peut-être, un cerveau très analytique qui nécessitait des explications détaillées et un univers ordonné. Et il n'était pas très sociable. Mais il n'en était pas encore au même stade que Parker à cet égard.

— Je me demandais si vous aviez déjà envisagé de faire appel à un œnologue, poursuivit Savannah.

— Un œnologue ? répéta Nolan, fronçant les sourcils.

— Un scientifique qui supervise le processus de vinification du début à la fin et appuie ses recommandations sur une analyse minutieuse des données.

— Je sais ce qu'est un œnologue, indiqua Nolan sans le moindre signe d'agacement. Et je vois parfaitement l'intérêt d'en recruter un. Le vignoble est bien sûr un peu plus rentable que lorsque nous l'avons racheté il y a huit mois mais pas assez pour justifier le salaire d'un bon œnologue.

Son père posa la main sur son épaule.

— Tu sais combien j'apprécie ton opinion réfléchie et ton sens des affaires, Nolan.

Sous-entendu : *Mais je n'ai aucune intention de t'écouter.*

— Tu as raison, poursuivit son père, et je sais que c'est le mode de pensée traditionnel de l'entreprise. Mais je ne suis pas une poule mouillée, fiston. Si je veux voir ce vignoble prospérer de mon vivant, nous devons adopter une approche plus agressive. Supporter un salaire important est-il risqué ? Oui. Mais avec la vente de l'entreprise textile, je peux me permettre de prendre ce risque.

— Je sais que tu peux te le permettre, papa. Mais il s'agit de tes fonds personnels. Ce n'est pas une bonne idée de siphonner ton compte en banque pour employer quelqu'un, alors que nous ne sommes même pas sûrs que cette embauche aura un impact réel sur nos résultats, déclara calmement Nolan. Je sais à quel point le Domaine vous tient à cœur et combien il est important pour vous qu'il se développe. Mais Valentine Vineyards doit générer des profits de manière autonome, sans pomper tes finances personnelles.

Son père, Chandra et Naya avaient tous l'air déçus, mais personne ne le contredit. Même ses sœurs ne pouvaient pas être en désaccord avec un tel argument.

Savannah posa sur la tablée un regard pétillant.

— Et si je vous trouvais un excellent œnologue qui accepterait un contrat de trois mois cet été ? Vous pourriez vous faire une idée de son apport et de sa valeur sans vous engager dans des dépenses à long terme.

— Ce serait parfait ! lança le père de Nolan en frappant ses grandes mains l'une contre l'autre. J'imagine que tu as quelqu'un en tête.

— Alors, qui est-ce ? demanda Chandra.

— Ma jeune sœur, Delaney Carlisle.

Nolan fronça involontairement les sourcils. Faire embaucher un membre de sa famille... Généralement, ça ne se passait pas bien. La dernière fois qu'il s'était laissé prendre, il avait été contraint de licencier le salarié en question, ce qui avait nui à sa relation avec la personne qui l'avait recommandé.

— Écoute, Savannah, je comprends que tu veuilles aider ta sœur, indiqua Nolan.

— Non seulement je veux aider ma sœur mais j'aimerais qu'elle s'installe ici, à Magnolia Lake. Je ne vous le cache pas. Mais je tiens aussi beaucoup à vous aider, vous. Et je ne vous proposerais pas une chose pareille si je n'étais pas sûre que ma sœur soit taillée pour l'aventure. Je sais que Laney pourrait vous aider à atteindre les objectifs ambitieux que vous vous êtes fixés pour le Domaine.

Savannah se pencha en avant et baissa la voix.

— Allons, Nolan, parle au moins à Laney. Elle sera ici cet été, de toute façon. Et si tu décides de ne pas travailler avec elle, je te promets de ne pas le prendre personnellement.

Le père et les sœurs de Nolan le regardèrent, pleins d'espoir.

— D'accord, soupira-t-il. Je ne vois pas quel mal il y a à lui parler. Sauf si elle est aussi persuasive que toi, Savannah.

Tout le monde à table se mit à rire, y compris Nolan.

Il recevrait Delaney Carlisle. Pour voir si elle était aussi brillante que sa sœur le disait. Mais, même si elle l'était, Nolan savait déjà qu'il ne lui proposerait pas de prolonger son contrat au-delà de l'été.

2

Laney sortit du SUV BMW hybride noir, l'un des rares luxes qu'elle s'était autorisés depuis qu'elle avait hérité environ cinq ans plus tôt.

Elle observa la jolie petite villa située à l'entrée du Domaine ainsi que les bâtiments annexes. Le revêtement du parking semblait assez récent. Si les constructions portaient les marques du temps, il était clair que la famille Valentine les avait fait rénover.

La villa dégageait une impression de romantisme et d'ancienneté. Sa sœur avait raison. Le Domaine avait du potentiel. Il suffisait de l'exploiter. Or se lancer dans un tel projet devait être un véritable défi, surtout pour des propriétaires novices comme les Valentine. L'image de marque et le marketing, ce n'était pas son truc. Mais elle s'y connaissait en biologie et en chimie. Grâce à ses études et à ses stages, elle avait beaucoup appris sur l'élaboration d'un bon vin ces dernières années.

Ce rendez-vous lui offrait une perspective. Celle de passer l'été à mettre son expertise au service des Valentine au lieu de se lamenter sur son sort parce qu'elle s'était fait licencier ou que sa fille allait passer deux semaines chez son ex.

Lissant sa jupe, elle se dirigea vers la villa où elle devait rencontrer les propriétaires du vignoble. Inspirant profondément, elle poussa la porte d'entrée. Dejah, une jolie jeune femme au teint hâlé, l'accueillit et l'escorta jusqu'à une vaste pièce où l'attendaient un grand et bel homme d'âge mûr ainsi que deux jeunes femmes.

— Vous devez être M. Valentine. C'est un plaisir de vous rencontrer, dit Laney en serrant la main de l'homme.

— En effet. Mais appelez-moi Ray, répondit-il, ravi.

Ray lui présenta ensuite ses filles : Chandra, la directrice générale, et Naya, en charge des événements et des relations publiques. Après quoi, ils lui relatèrent l'histoire du domaine et leur lien unique avec celui-ci.

Bientôt, Laney se détendit, et la conversation se poursuivit sur un ton de plus en plus amical. Ray, Chandra et Naya étaient très différents. Mais l'amour entre eux sautait aux yeux, et ils étaient chaleureux et accueillants. Laney admirait leur détermination à reprendre un domaine en mémoire des parents que Ray n'avait jamais connus.

Ayant elle-même perdu ses parents bien avant d'en avoir un souvenir réel, elle comprenait le besoin profond de Ray de se reconnecter avec ses parents décédés. La motivation de Ray lui rappelait celle de sa sœur, Savannah, dont la détermination à découvrir la vérité sur les liens entre leur famille et la distillerie King's Finest avait failli la conduire en prison et détruire sa relation avec Blake.

— Désolé pour le retard ! Ma réunion a duré plus longtemps que prévu, dit soudain un homme en entrant précipitamment dans la pièce.

— Ce n'est pas grave, mon fils. Cela nous a permis de donner à Mme Carlisle…

— Laney, intervint l'intéressée, désireuse de se montrer aussi chaleureuse et informelle avec eux qu'ils l'étaient avec elle.

Ray reprit, tout sourire.

— Cela nous a permis de donner à Laney un aperçu de l'histoire du vignoble et de nos projets. Nous n'avons pas encore parlé de son parcours ou de ses qualifications. J'ai pensé que c'était mieux de t'attendre pour ça.

— Tout à fait, dit l'homme.

Il tendit la main à Laney et ouvrit la bouche pour parler. Mais, à cet instant, il la fixa intensément et se mit à cligner des yeux sans dire un mot.

Laney ne savait pas si elle devait se sentir flattée ou insultée par sa réaction. Mais une chose était certaine : Nolan Valentine lui faisait un effet tout à fait déconcertant. Elle sentit monter en elle une bouffée de chaleur lorsque son regard se posa sur ses lunettes en écaille et qu'elle prit conscience de l'étonnante beauté de l'homme qui se cachait derrière. Résistant à l'envie de s'éventer en réaction à la chaleur qui se répandait dans son cou et sur ses joues, elle lui adressa un grand sourire et se leva d'un bond pour lui serrer la main.

— Je suis Delaney Carlisle, la sœur de Savannah Abbott. Enchantée de vous rencontrer.

— Oui, bien sûr. Je veux dire... bien sûr que vous êtes la sœur de Savannah. Je vois la ressemblance. Et non pas : bien sûr que c'est un plaisir de me rencontrer...

Il secoua la tête, comme s'il se reprochait silencieusement sa lourdeur, puis inspira profondément.

— Je suis Nolan Valentine, directeur financier de Valentine Vineyards. Heureux de vous rencontrer, madame Carlisle.

Un frisson parcourut l'échine de Laney, et sa paume picota contre la sienne. Honnêtement, elle ne savait pas trop quoi attendre de celui que sa sœur avait qualifié d'« un peu intense ». Mais jamais elle n'aurait imaginé se retrouver face à un homme aussi sexy, doté d'un charme étonnamment ravageur sous ses airs discrets.

Nolan Valentine était beau, avec sa peau brun foncé, sa barbe bien taillée et ses cheveux courts et bouclés. Il devait mesurer environ dix centimètres de plus qu'elle. Ce qui n'était pas énorme vu qu'elle faisait environ un mètre soixante-cinq. Pourtant, quelque chose dans son regard rendait cet homme littéralement… imposant. Peut-être cela venait-il de ses yeux sombres, profonds, qui semblaient la transpercer.

— Quel type de contenants utilisez-vous pour votre vin ? demanda Laney en tentant de retirer sa main de celle de Nolan, se demandant à la fois s'il allait la lui rendre et si elle avait vraiment envie qu'il le fasse. Acier, chêne, béton ? ajouta-t-elle lorsqu'il sembla déconcerté par la question.

— Des cuves en acier. C'est ce que les Richardson utilisaient avant que nous n'achetions le Domaine. Et c'est ce que notre viticultrice, Maria Rayburn, semble préférer, ajouta Ray.

— Vous avez une viticultrice, reprit Laney. Impressionnant. Il y a si peu de femmes dans ce secteur. Par chance, cela commence à changer. Et je suis ravie de voir que vous êtes prêts à bousculer un peu les choses. Comme envisager l'utilisation de cuves en chêne.

Nolan fronça les sourcils, et tout le monde dans la pièce sembla retenir son souffle.

— Je ne suggère pas que vous remplaciez tous vos fûts en acier par des fûts en chêne. L'acier présente certains avantages.

Laney regarda tour à tour ses interlocuteurs, s'attardant sur les yeux de Nolan un peu plus longtemps qu'elle n'aurait dû.

— Mais, poursuivit-elle, faire vieillir le vin dans des fûts de chêne peut lui donner plus de caractère. La porosité du bois permet au vin de respirer, ce qui en adoucit le goût. Les amateurs préfèrent souvent ce type de vin. De plus, les fûts de chêne permettent une évaporation qui concentre le vin et exalte ses saveurs.

— Mais l'emploi de fûts de chêne n'aurait-il pas un impact trop important sur son goût ? demanda Chandra en caressant son ventre comme si son futur bébé était lui aussi scandalisé par la proposition de Laney et avait besoin d'être apaisé.

— Le chêne peut certainement donner plus de goût au vin. Mais cela reste subtil. Selon le type utilisé, le récipient de vieillissement peut ajouter des notes de caramel, de cannelle ou de muscade, pour n'en citer que quelques-unes. En fonction de ce que vous recherchez, cela peut soit améliorer le goût du vin, soit apporter des variétés supplémentaires. Puisque vous avez exprimé le désir d'élargir votre offre, c'est une option à considérer.

Laney se rassit et croisa les mains sur ses genoux avant de reprendre.

— Désolée, je n'avais pas l'intention de froisser qui que ce soit. Mais, si vous envisagez de recruter un ou une œnologue, je suppose que vous cherchez à améliorer et élargir votre production.

— Oui, bien sûr. C'est exactement le genre de recommandations que nous recherchons, répondit Ray en faisant signe à Nolan – qui fixait toujours Laney – de s'asseoir à côté de Naya sur le canapé en face. Maintenant que tout le monde est là, pourquoi ne pas nous parler un peu de vous et de ce qui vous a amenée à vous intéresser au vin ?

Laney inspira profondément puis esquissa un petit sourire triste.

— Ma sœur et moi avons été élevées par notre grand-père. Il était très malade les dernières années de sa vie. Mais par chance, pendant sa maladie, notre grand-père a pu avoir accès à des traitements qui nous ont permis de passer plus de temps avec lui.

Laney regarda ses mains, luttant contre l'envie de se ronger l'ongle du pouce. Elle serait toujours reconnaissante de ce temps supplémentaire qu'elle avait pu passer avec son grand-père. C'était en grande partie grâce à la générosité de Joseph Abbott qu'il avait pu se payer les meilleurs médecins et les meilleurs traitements.

— Il savait qu'il ne lui restait plus beaucoup de temps. Il a donc décidé de passer ses dernières années à voyager dans les vignobles de tout le pays. Je l'ai accompagné autant que j'ai pu. Nous avons visité des domaines viticoles en Californie, dans le Tennessee, en Virginie et en Caroline du Nord. Puis nous avons séjourné deux semaines dans des vignobles en Italie et en France.

Laney sourit à ce souvenir, avant de reprendre.

— J'ai beaucoup appris sur le processus de vinification et

j'ai goûté de nombreux vins. J'ai fini par comprendre pourquoi mon grand-père était si fasciné par ce produit.

— C'est merveilleux que vous ayez pu passer du temps avec votre grand-père, dit Chandra avec un sourire douloureux qui surprit Laney. C'est à ce moment-là que vous avez décidé de vous lancer dans la viticulture ?

— C'est à ce moment-là que j'ai compris à quel point j'étais tombée amoureuse du processus de vinification et de la science qui le sous-tend, répondit Laney. Mais ce sont les derniers mots de mon grand-père qui m'ont poussée à changer de carrière. Il m'a dit qu'il aurait aimé passer sa vie à faire un travail qu'il aimait. Quelque chose qui le rendait vraiment heureux. Et il m'a fait promettre d'en faire autant. Peu après, j'ai renoncé à mon doctorat de microbiologie et j'ai déménagé dans la région de New York pour suivre un cursus de viticulture et d'œnologie.

— Un choix de carrière peu commun, marmonna Nolan.

Naya donna un coup de coude dans les côtes de son frère et Ray et Chandra lui jetèrent un coup d'œil outré. Laney retint un rire devant la franchise de Nolan et la réaction de sa famille.

— C'est vrai, acquiesça-t-elle. Quand on fait un tel choix, on sait que ce n'est pas pour gagner de l'argent. En réalité, j'ai choisi ce métier parce qu'il me passionne. Et parce que j'aime influencer le processus de vinification de manière à améliorer les résultats d'un domaine et à apporter de la joie aux consommateurs du produit final.

Ray, Chandra et Naya acquiescèrent avec enthousiasme et sourirent.

Nolan n'avait pas l'air impressionné par son histoire. Mais elle lisait autre chose dans son regard. De l'attirance ? Du désir ? Laney sentit son cœur battre un peu plus vite à cette idée. Or elle n'eut pas le temps de s'appesantir sur la question. Nolan s'éclaircit la gorge et sortit de la poche de sa chemise un morceau de papier froissé qu'il déplia.

— Très bien, madame Carlisle, dit-il. Pourriez-vous nous parler un peu de ce cursus d'œnologie que vous avez suivi ?

Savannah l'avait prévenue que Nolan serait le plus coriace. Laney croisa les jambes et remarqua qu'il suivait son mouvement du regard.

Naya asséna un nouveau coup de coude à son frère, qui tressaillit. Nolan se concentra sur le papier qu'il tenait à la main puis tira sur le col de sa chemise bleu clair, comme s'il cherchait à le desserrer.

Manifestement l'attirance était réciproque. Laney sourit. Gagner la confiance de Nolan Valentine alias Le Coriace allait être très amusant.

Nolan regarda la longue liste de questions qu'il avait préparée pour Delaney Carlisle. Des questions générales pour évaluer sa connaissance des vins. Des questions techniques pour savoir si elle avait réellement les compétences indispensables au travail pour lequel elle postulait. Des questions comportementales pour s'assurer que Laney n'était pas une diva caractérielle qui leur gâcherait les trois prochains mois.

Il faisait de son mieux pour ignorer sa beauté ou sa jambe qui commençait à s'agiter chaque fois qu'il posait une question un peu compliquée. Il s'appliqua à ne pas paraître impressionné par ses réponses bien pensées, souvent étayées par des données vérifiables, un article récent ou des observations tirées de ses études ou des stages réalisés ces dernières années.

De plus, il s'efforçait de ne pas être charmé par l'amusement qu'il lisait dans ses beaux yeux bruns et par la façon dont ses lèvres couleur framboise esquissaient un petit sourire satisfait lorsqu'elle avait particulièrement bien répondu à une question. Comme si elle le taquinait.

Delaney était belle, très compétente et extrêmement sûre de ses connaissances et de ses capacités, sans pour autant faire preuve d'arrogance. Sans savoir pourquoi, il trouvait cette combinaison de caractéristiques incroyablement sexy.

Mais peut-être était-ce à cause du contenant invraisemblablement séduisant qui renfermait tous ces ingrédients : Delaney Carlisle elle-même. D'un bout à l'autre de l'entretien, il fut assailli de pensées anarchiques sur son odeur, la douceur de sa peau, ou de visions de lui l'embrassant pour tenter d'effacer ce fichu sourire qui semblait paralyser son cerveau.

Sur le papier, elle était presque parfaite. Mais un tel recrutement était une étape importante pour l'exploitation, alors il devait en être sûr. Ray leva la main avant qu'il puisse poser une autre question.

— Très bien, mon fils. Je pense que nous avons couvert à peu près tous les sujets.

— Et même un peu plus, renchérit Naya en levant les yeux au ciel. Sérieusement, je serais surprise que Laney ait encore envie de travailler ici après un tel interrogatoire.

— Bien. Je n'ai plus rien à dire, alors, marmonna Nolan.

— Super, déclara Chandra avec un peu trop d'enthousiasme. Je pense qu'on peut s'arrêter là, à moins que vous n'ayez des questions à nous poser, Laney.

— Non, je pense que les questions de Nolan ont permis de parler de presque tout, dit Laney, réfrénant difficilement un sourire. Mais j'aimerais beaucoup voir les installations…

— Nous avions prévu de vous faire visiter le Domaine, répondit Ray en jetant un œil à sa montre. Mais Chandra, Naya et moi avons une réunion en ville pour discuter d'un projet de marché de Noël ici, à Magnolia Lake. Peut-être que Dejah pourrait vous faire visiter les lieux.

— Non. Partez. Je m'en occupe, intervint Nolan en se levant.

Il fut embarrassé par les regards surpris de son père et de ses sœurs.

— Je ne participe pas à la réunion, et c'est ma faute si notre conversation a duré plus longtemps que prévu.

Naya échangea un regard avec Chandra et leur père, qui acquiesça à contrecœur.

— Très bien, soupira doucement Naya. Nolan peut vous faire visiter les lieux. Et Dejah pourra répondre à toutes les questions qui resteraient en suspens. Sa famille était auparavant propriétaire du Domaine.

Delaney ouvrit grand les yeux à cette information. Mais son expression disparut presque aussi vite qu'elle était apparue.

— C'est parfait, merci.

Delaney se leva et échangea une poignée de main avec Ray, Naya et Nolan, puis se tourna vers Chandra, qui était restée assise.

— Ce fut un plaisir de vous rencontrer, Laney, dit la jeune femme en se levant péniblement du canapé. Nous vous contacterons plus tard dans la semaine si nous avons d'autres questions.

— En fait, je n'ai qu'une disponibilité limitée ces prochains jours. Je dois me rendre rapidement à Seattle. Je m'absenterai tout le week-end, mais je serai de retour au début de la semaine prochaine.

— Un autre entretien ? demanda Nolan.

— Pas du tout…, répondit Laney en se tournant vers lui, l'air peiné. J'emmène ma fille chez son père.

— Oh…, fit Nolan, regrettant soudain sa question. Je suis… euh… désolé.

— Oh ! pas besoin, répondit Delaney, qui ne semblait pas avoir remarqué les regards outrés que Ray, Chandra et Naya lançaient à Nolan.

Alors qu'elle replaçait ses cheveux derrière ses oreilles, Nolan ne put s'empêcher d'imaginer ses doigts glisser dans ses boucles brunes et attirer sa tête vers la sienne.

— Ce n'est pas un problème, reprit Ray. Toutes nos éventuelles questions pourront attendre votre retour. De toute façon, vous aurez des nouvelles de l'un d'entre nous d'ici la fin de la semaine prochaine. Bon voyage. Nous nous reverrons bientôt.

— Avant notre visite, puis-je utiliser vos toilettes ?

— En fait, je me dirigeais moi-même dans cette direction, répondit Chandra en se frottant le ventre. Je vais vous y conduire. Nolan vous attendra dans le hall d'entrée.

Nolan acquiesça silencieusement. Lorsque Delaney s'éloigna, il ne put s'empêcher d'observer le léger balancement de ses hanches. Il enfonça ses mains dans ses poches et soupira doucement.

Delaney Carlisle n'était pas du tout comme il l'avait imaginée. Bien sûr, elle ressemblait à sa sœur. La bouche et le nez surtout. Mais les yeux de Delaney étaient d'un brun foncé alors que ceux de Savannah étaient plutôt noisette. Delaney était un peu plus petite que sa sœur. Et si les deux femmes avaient toutes deux les cheveux bouclés, Delaney avait une coiffure afro, tandis que Savannah les attachait. Leurs corps aussi étaient différents. Savannah était toute en courbes douces, Laney plus athlétique et musclée. Il frissonna, l'imaginant allongée sous lui, nouant ses jambes minces et puissantes autour de ses hanches.

Raymond Valentine s'éclaircit la gorge, sortant Nolan de son hébétude passagère.

— Bon, dit ce dernier en se dirigeant vers la cuisine, je vais me chercher un café.

— Tiens, j'en prendrais bien un aussi avant ma réunion, indiqua son père en lui emboîtant le pas.

Accoudé au comptoir, il regarda son fils introduire une dosette dans la cafetière.

— Alors..., que penses-tu de Mme Valentine ? demanda-t-il alors que Naya les rejoignait dans la cuisine.

La jeune femme ne put réprimer un sourire moqueur mais ne dit rien.

— Eh bien, elle est compétente. Très compétente, même, répondit Nolan en haussant les épaules. Et elle a l'air... plutôt sympa.

— Si ce n'est pas l'euphémisme de l'année..., fit Naya.

— Que veux-tu dire ? demanda Nolan.

— Je veux dire que tu la regardais comme si elle était le

gâteau le plus appétissant du monde et que tu n'avais pas mangé depuis un an.

— Pas du tout...

— Mais, si, Nolan... Et en plus, tu disais n'importe quoi, ajouta Chandra qui venait de les rejoindre dans la cuisine. Ce qui est surprenant. D'habitude, tu es beaucoup plus subtil quand tu t'intéresses à une femme.

Tous trois se mirent à fixer Nolan, comme s'ils le mettaient au défi de nier.

— D'accord, j'ai peut-être été un peu déstabilisé. Je ne sais pas trop à quoi je m'attendais...

C'était un mensonge. Il savait exactement à quoi il s'attendait. À une scientifique pur jus, une intello de laboratoire en blouse blanche et bardée de stylos, sans la moindre once de glamour. C'était un horrible stéréotype, et il avait honte d'avoir pu penser ce genre de choses.

— Mais Delaney m'a un peu surpris.

— Pourquoi ? demanda Chandra. Parce qu'elle est intelligente et compétente ? Parce qu'elle ne s'est pas laissé intimider par tes milliers de questions ? Ou parce qu'elle sympa, drôle et...

— ... vraiment canon ? ajouta Naya, haussant les épaules lorsque trois paires d'yeux écarquillés se tournèrent vers elle. On le pensait tous. Je n'ai fait que le dire.

— J'allais dire sympa, drôle et maligne, reprit Chandra en se tournant vers Nolan.

— Comme si elle était faite sur mesure pour toi..., renchérit Naya.

— Même si c'était le cas, rétorqua Nolan en prenant une gorgée de café, je ne cherche pas à m'engager avec qui que ce soit. De plus, la situation de Laney semble... un peu compliquée. Elle a une fille et un ex avec qui elle a une relation difficile. Je suis déjà passé par là. Pas envie de recommencer.

Nolan se leva brusquement avant de voir la pitié se peindre sur le visage de son père et de ses sœurs. La fin soudaine de son mariage avait également mis fin à sa relation avec les trois enfants qu'il avait aimés et élevés comme les siens pendant cinq ans. La décision venait d'elle, pas de lui.

Il s'était promis de ne plus jamais approcher d'enfants. C'était donc une bonne chose que Delaney Carlisle, la première femme qui l'attirait intensément depuis son divorce survenu trois ans plus tôt, lui soit strictement interdite. Oui, c'était mieux. Pour lui comme pour elle.

3

Dans le hall d'entrée de la villa, Laney avait entamé une discussion avec Dejah. Toutefois la jeune femme la rendait nerveuse.

Certes Dejah répondait poliment à ses questions sur le vignoble, mais elle était loin d'être aussi chaleureuse et authentique que Chandra ou Naya. Laney pensait même avoir perçu une pointe de ressentiment dans son ton et son expression. À vrai dire, comment aurait-elle pu en vouloir à cette femme ?

Cela lui rappelait la situation de Savannah lorsqu'elle avait commencé à travailler pour les Abbott. Au départ, elle s'était montrée sous son meilleur jour. Avenante, elle excellait dans son travail et s'entendait avec tout le monde, y compris la famille Abbott. Pourtant Savannah avait rejoint King's Finest parce qu'elle soupçonnait les Abbott d'avoir spolié sa famille de leur moitié de la distillerie et était déterminée à le prouver. Derrière son large sourire, Savannah bouillonnait de rancœur.

C'était peut-être aussi le cas de Dejah Richardson. Était-elle restée après le rachat de l'exploitation pour, d'une façon ou d'une autre, régler des comptes avec les nouveaux propriétaires ? Laney écarta cette idée. Sa passion pour les romans policiers commençait à lui donner une vision trop simpliste de la réalité, avec d'un côté les gentils et de l'autre les méchants.

— Désolé pour l'attente, madame Carlisle, dit Nolan en

apparaissant soudain dans le hall, un gobelet de café à la main et un sourire crispé aux lèvres.

Laney retint un petit rire. Comment pouvait-on être à la fois aussi séduisant et aussi coincé ? Il y avait chez cet homme trop sérieux quelque chose d'adorable. Il allait devoir apprendre à se détendre. Et de toute urgence. Sérieusement, on était en plein mois de juin. Pourquoi boutonnait-il sa chemise jusqu'en haut alors qu'il ne portait même pas de cravate ?

Laney se mordilla la lèvre inférieure en le regardant, et sa libido depuis longtemps négligée ne tarda pas à se demander ce qui se cachait sous cette chemise.

— Pas de problème, lui assura Laney. J'ai pu discuter avec Dejah et en savoir plus sur l'exploitation du point de vue d'une collaboratrice.

S'entendant qualifiée de la sorte, Dejah fronça les sourcils avant de reprendre presque aussitôt une expression neutre.

Nolan ne sembla pas le remarquer. Il hocha la tête d'un air pensif puis tendit le gobelet qu'il tenait à la main.

— Nous avons pensé que vous apprécieriez un petit café. Mais ce n'est pas grave du tout si vous n'en voulez pas...

— Oh ! avec plaisir, répondit Laney en prenant le gobelet fumant.

— Je ne savais pas si vous preniez du lait et du sucre, alors j'en ai apporté aussi, ajouta-t-il en ouvrant la main.

— Je prends les deux, dit-elle en prenant la capsule et le sachet, effleurant au passage la paume de Nolan.

À cet instant, il y eut une minuscule décharge électrique, et il s'empressa de retirer sa main, choqué.

L'attirance qu'elle ressentait n'était donc peut-être pas à sens unique. Mais il risquait de devenir son patron. Il n'était donc pas question d'essayer de comprendre pourquoi cet homme, d'un simple contact, faisait battre son cœur à tout rompre.

C'était vraiment dommage. Harper allait bientôt partir pour Seattle. Laney redeviendrait alors ce qu'elle avait cessé d'être huit ans plus tôt : une célibataire sans enfant. Non pas qu'elle ait prévu d'avoir une aventure pendant son été à Magnolia Lake... Bien sûr. Mais ça aurait pu être amusant de faire la connaissance de M. Sérieux et de lui apprendre à se détendre un peu.

Laney remercia Nolan puis versa le lait et le sucre dans son café pendant que Nolan demandait à Dejah de faire venir une voiturette de golf.

— J'ai pensé que nous pourrions commencer par un parcours dans les vignobles avant qu'il ne fasse trop chaud. Ensuite, nous pourrons visiter le laboratoire et les installations.

— C'est parfait, dit Laney en jetant un œil à sa montre. Il me reste environ une heure avant mon rendez-vous. Je dois rencontrer un agent immobilier pour un appartement.

— Alors nous ferions mieux d'y aller.

Ils montèrent dans la voiturette qui les attendait devant la villa et se dirigèrent vers les vignobles. Ils roulèrent en silence quelques instants, mais Nolan reprit rapidement la parole.

— J'espère que vous ne pensez pas que je vous ai donné du fil à retordre lors de l'entretien.

— Vous avez été précis, minutieux dans vos questions. Si c'était l'entreprise de ma famille, j'aurais fait de même.

Laney scruta la propriété, qui lui parut plus grande qu'elle ne l'aurait cru. Des collines couvertes d'arbres entouraient les rangées de vignes. Le paysage était serein et verdoyant. Apaisant.

— Le vignoble est magnifique à cette époque de l'année, remarqua Nolan, comme s'il était dans sa tête. Lorsque je vivais dans la propriété, je prenais souvent mon café du matin sur un balcon qui donne sur les vignes.

— Vous ne vivez plus ici ? demanda Laney en regardant son beau profil.

Avec sa peau brune et dorée, son nez droit et son menton volontaire, ses lèvres pleines qui appelaient au baiser, et ses yeux d'un noir d'encre qui ne cessaient de jauger les gens et les choses qui l'entouraient, Nolan était encore plus beau qu'elle ne l'avait pensé au départ. Et le parfum de son eau de toilette, avec ses notes subtiles de bourbon, de pêche et d'orange, lui donnait envie de se glisser un peu plus près de lui. Au lieu de cela, elle s'agrippa à l'accoudoir extérieur de la voiturette et se cala sur la banquette pour poursuivre la visite.

— J'ai loué un appartement il y a quelques mois, dit-il.

— Donc vous étiez assez confiant en l'avenir de ce domaine pour vous installer dans les environs mais pas assez pour acheter un appartement.

Mince... Les mots étaient sortis de sa bouche sans même qu'elle s'en rende compte. Elle se tourna vers Nolan, qui la regardait, un peu interloqué.

— Je suis désolée, je n'aurais pas dû dire ça à voix haute.

Il fixa de nouveau le regard droit devant lui et esquissa un sourire.

— Vous dites toujours exactement ce que vous pensez, madame Carlisle ?

— Laney, corrigea-t-elle. L'honnêteté est la meilleure des politiques, vous ne trouvez pas ? J'aime être directe avec les gens, et je préfère qu'ils fassent de même avec moi. Je trouve que cela réduit les malentendus et les signaux contradictoires, qui sont les pires.

Laney redressa ses lunettes.

— Les signaux contradictoires sont les pires, c'est vrai, soupira Nolan.

Laney ne put s'empêcher de penser que ça sentait le vécu. – Et vous avez raison, continua-t-il. D'un côté, je sais que ma famille va réussir à tirer le meilleur de ce domaine. Mais le pragmatique en moi préfère attendre avant de s'installer pour de bon. Il m'a semblé qu'un bail de deux ans était une bonne façon de couper la poire en deux.

Laney se détendit, soulagée qu'il n'ait pas pris la mouche.

— Vous vous êtes bien débrouillée aujourd'hui, madame Carlisle, reprit Nolan.

Laney se demanda pourquoi il persistait à l'appeler ainsi. Était-ce pour garder une certaine distance ou encore une façon de la tester ?

— J'ai été très impressionné par vos réponses, reprit-il. Si j'avais une réticence à embaucher quelqu'un pour ce poste, sachez que ce ne serait pas... à cause de vous. Je m'interroge simplement sur la sagesse d'un tel investissement à ce stade de la croissance de l'entreprise.

— Eh bien, monsieur Valentine, même si je déteste dire des évidences, je vous répondrai qu'il faut dépenser de l'argent pour en gagner. Et je peux vous assurer que j'en vaux la peine.

— Je n'en doute pas, madame Carlisle, répondit Nolan en lui jetant un rapide coup d'œil. Maintenant, passons à la visite. Bienvenue à Valentine Vineyards.

Ils traversèrent les champs de vignes qui formaient des rangées bien ordonnées et étiraient leurs sarments tortueux le long des fils tendus de piquet en piquet. Des ouvriers sur des tondeuses autoportées entretenaient les espaces entre les plants. D'autres désherbaient.

Nolan lui expliqua que le vignoble associait des techniques de vinification traditionnelles à des technologies et des processus beaucoup plus modernes. Valentine Vineyards était déjà en train d'opérer sa mutation vers le tout biologique, malgré une certaine résistance de la part de la viticultrice, Maria Rayburn, et de Carlos Montoya, qui dirigeait les équipes chargées de planter, d'entretenir et de récolter le raisin.

— Je suis heureuse de voir que vous êtes déjà convaincus des bienfaits d'une viticulture biologique et durable, répondit Laney. Moins je passe de temps à convaincre un client sur ce point, plus je peux me consacrer à la recherche et au développement.

Après la visite des vignobles, ils revinrent vers l'entrée du domaine.

— À quoi servent ces bâtiments ? demanda Laney en désignant deux ensembles de bungalows.

— Ces *casitas* étaient autrefois utilisées pour loger les travailleurs saisonniers. Elles n'ont pas été utilisées à cette fin depuis un bon moment.

— Avez-vous des projets en ce qui les concerne ?

— Mes sœurs envisagent des chambres d'hôtes, répondit Nolan en se garant à côté d'un grand bâtiment industriel. Je n'y suis pas forcément opposé.

— Mais le pragmatique en vous pense que vous devriez attendre avant d'investir dans la rénovation des *casitas*, ajouta Laney en tentant de réprimer un sourire.

— C'est à peu près ça.

Lorsqu'ils descendirent de la voiturette, Laney lissa sa jupe et son chemisier, qui s'étaient froissés pendant le trajet. Quand elle leva les yeux, elle croisa le regard brûlant de Nolan. Se sentant rougir comme une pivoine, elle lui adressa un sourire gêné.

— C'est donc ici que nous produisons le vin, reprit gauchement Nolan en désignant le bâtiment qui se trouvait devant eux. Je vais vous faire visiter.

Ils firent le tour du local, qui abritait différentes machines – égrappoirs, fouloirs, pressoirs, cuves de fermentation –, un système de tuyaux et de pompes ainsi que des rangées de fûts et de casiers pour stocker les bouteilles.

— Et voici notre laboratoire actuel, dit Nolan d'un ton un peu embarrassé. Je sais que ce n'est pas très engageant. Mais, si nous embauchons un œnologue, nous le ferons agrandir et moderniser. Évidemment, il s'agirait là encore d'un investissement substantiel.

— Je comprends, monsieur Valentine, répondit Laney. Mais, au vu des projets de votre père pour ce vignoble, cet investissement sera de toute façon nécessaire, que vous m'embauchiez ou non.

Nolan posa sur elle ses grands yeux sombres.

— Je suppose que vous n'avez pas tort.

— C'est presque aussi bien que d'avoir raison, alors je prends ! s'exclama Laney en souriant avant de consulter sa montre. Eh bien, merci pour la visite, monsieur Valentine. Pourriez-vous m'indiquer la direction du parking ?

— Bien sûr. Je vous y accompagne.

Alors qu'ils marchaient en silence, elle était de plus en plus consciente de la proximité de son corps à côté du sien et de l'électricité qui crépitait entre eux. Ou bien était-ce seulement dans sa tête ?

C'était impossible. Alors qu'ils passaient par un couloir menant vers l'extérieur, elle sentait la chaleur irradier de son corps, poussant jusqu'à elle des bouffées de sa subtile eau de toilette. Une fois de plus, le cœur de Laney se mit à battre follement dans sa poitrine. Elle tenta de reprendre discrètement sa respiration.

Ressaisis-toi. C'est un entretien, pas un rendez-vous romantique.

Lorsqu'ils sortirent au soleil, Laney soupira doucement. Elle jeta un coup d'œil autour d'elle, observant les vignobles idylliques et les montagnes majestueuses au loin. Elle se sentait bien ici, dans ce domaine si charmant et auprès de cette famille si sympathique.

Elle s'était rendue à cet entretien sans trop se soucier d'obtenir ou non le poste. Elle n'y avait vu qu'un moyen de s'occuper pendant l'été et de ne pas se ronger les sangs pour Harper lorsqu'elle serait à Seattle sans elle. Une étape sur le chemin qui les mènerait, sa fille et elle, vers leur prochain lieu de résidence.

Maintenant qu'elle avait rencontré les Valentine, découvert leurs motivations et leurs projets et visité le domaine, elle avait réellement envie de ce travail. Même si ce n'était que pour l'été.

Lorsqu'ils atteignirent le parking, elle se tourna vers Nolan et lui offrit son plus beau sourire.

— Ce fut un plaisir de vous rencontrer, monsieur Valentine, dit-elle en lui tendant la main. Remerciez votre père et vos sœurs de ma part. J'ai beaucoup apprécié notre conversation, et la visite, bien sûr.

Nolan lui serra la main et la garda dans la sienne quelques

instants. Puis, soudain conscient de la répétition de son faux pas, il la lâcha et fit un grand pas en arrière.

— Euh, moi de même…, bredouilla-t-il en s'éclaircissant la gorge. Quelqu'un vous contactera bientôt. Au revoir, Laney.

Elle acquiesça et esquissa un sourire lorsqu'il employa son diminutif. Peut-être avait-elle réussi à imprimer sa marque sur M. Sérieux, ne serait-ce qu'un tout petit peu.

Laney flotta plus qu'elle ne marcha jusqu'à son SUV, tandis que la chaleur du regard de Nolan lui réchauffait le dos. Oui, elle espérait avoir bientôt des nouvelles de Nolan Valentine.

4

Après avoir fait ses vingt longueurs, Nolan s'essuya énergiquement. Par chance, la piscine de son lotissement avait des couloirs réservés aux nageurs. Mais, l'école étant finie, il y avait pas mal d'enfants, et il était inévitable de se faire éclabousser, d'être la cible involontaire d'un pistolet à eau ou de voir un ballon atterrir dans son couloir lorsqu'on nageait.

Nolan plia soigneusement sa serviette et la posa sur la chaise longue située à côté de la sienne pour dissuader quiconque de s'y installer. Puis il chaussa ses lunettes et prit son exemplaire écorné d'*Un rien peut tout changer*, l'un de ses livres de développement personnel préférés qu'il relisait chaque année.

— Non ! Arrête ! Ne fais pas ça !

Nolan leva les yeux de son livre vers l'endroit d'où provenait le cri. Il vit une fillette portant des lunettes bleu turquoise et un maillot de bain rose fluo. Ses cheveux, séparés au milieu, étaient relevés en deux grosses couettes afros.

L'enfant, visiblement furieuse, fonça vers la sortie. Nolan scruta la zone. Il n'y avait personne, et la fillette ne semblait pas en danger. Il la suivit du regard à travers la grille entourant la piscine et vit qu'elle s'approchait d'un groupe de garçons qui regardaient vers le sol. La fillette les foudroya du regard, agitant un doigt dans leur direction.

— Éloignez-vous d'elle, tout de suite. Elle ne vous a rien fait.

Elle s'occupe juste de ses affaires, alors occupez-vous des vôtres, s'écria la fillette en se baissant pour ramasser quelque chose.

Un gros caillou ? Non, c'était une tortue qui, effrayée, avait rétracté sa tête et ses pattes. La fillette la serra doucement contre sa poitrine et fixa les garçons.

— Et toi là ! Tu te prends pour qui ? l'interpella le plus grand, un blond avec une mèche. Tu crois vraiment qu'on va faire ce que tu dis ? Si j'ai envie de jeter des cailloux sur ce truc moche, je le fais, c'est tout !

— Non, tu ne le feras pas, Edgar, lui répondit Nolan, les bras croisés. Sauf si tu veux que ta mère sache comment tu t'es comporté avec cette demoiselle. Je suis sûr qu'elle serait très déçue.

— Je… euh… monsieur V…, balbutia le garçon, l'air effaré. Je… je veux dire… C'était juste pour rire… On n'allait pas leur faire de mal, à elle et à la tortue. Je vous jure !

— Menteur ! lança la fillette, plantant son poing sur sa hanche dans un geste qui parut soudain familier. Tu lui jetais des cailloux. Tu t'es arrêté seulement parce que je t'ai obligé, Edgar, ajouta-t-elle, prononçant le prénom d'un air dégoûté.

Edgar était devenu tout rouge et s'était comme tassé sur lui-même comme s'il essayait de se faire aussi petit que possible.

— Euh… C'est vraiment obligé que maman sache tout ça, monsieur V ?

— Alors promets-moi de ne plus jamais faire ça et excuse-toi, déclara Nolan en désignant la fillette. Tout de suite.

— Désolé, marmonna Edgar.

— Tu n'as pas l'air de le penser, remarqua Nolan en haussant un sourcil. Et je veux que vous vous excusiez tous.

— On est désolés, dirent les trois garçons à l'unisson, le regard baissé.

— Je ne veux pas de vos petites excuses tristes, déclara la fillette qui n'était manifestement pas d'humeur à pardonner. Vous devriez demander pardon à la tortue. C'est elle que vous avez attaquée.

— Pardon, tortue, marmonnèrent lugubrement les garçons, comme s'il n'y avait pas de plus grande humiliation sur terre que de présenter des excuses à un reptile.

— Les garçons, si vous voulez que les gens vous apprécient, essayez de traiter vos camarades et toutes les formes de vie avec respect. Vous ne voudriez pas que quelqu'un vous traite ainsi, vous, votre petite sœur ou votre chien, n'est-ce pas ?

Nolan regarda en particulier le jeune Edgar, qui avait les trois.

— Non, monsieur, répondit le garçon, honteux.

— C'est bien. Allez-y, alors, leur dit Nolan, espérant qu'ils avaient compris la leçon.

Les garçons filèrent, la queue entre les jambes. L'un d'eux donna un coup de coude au meneur.

— Je t'avais dit que c'était une idée stupide, Edgar.

La petite fille poussa soudain un cri, lâchant la tortue, qui venait de ressortir sa tête et ses pattes comme si elle avait senti qu'elle ne risquait plus rien. L'animal commença à ramper vers la route.

— Oh ! non ! Elle va se faire écraser. Nous devons l'arrêter, déclara-t-elle, posant sur Nolan de grands yeux implorants.

Nous ? Nolan soupira doucement. Apparemment, il était devenu non seulement le sauveur des petites filles harcelées mais aussi le saint patron des tortues désorientées et suicidaires. Mais si ce petit lutin fougueux était prêt à se sacrifier pour cette tortue, l'aider était la moindre des choses.

Il voulut récupérer sa chemise, mais celle-ci était trempée, sans doute victime de batailles d'eau. Il poussa un juron, chaussa ses claquettes et rejoignit la fillette, qui regardait avec horreur la tortue s'approcher de la route.

Nolan saisit la tortue par les côtés de sa carapace, veillant à ne pas approcher les mains de sa tête. Il avait eu une tortue comme premier animal de compagnie et savait à quel point les morsures de ces petites bêtes étaient douloureuses.

Il scruta la rangée d'arbres qui longeait le mur extérieur du lotissement. Il y avait dans ce coin un petit ruisseau. C'était probablement de là que venait la tortue. Il était à peu près à mi-chemin de la rangée d'arbres lorsqu'il se rendit compte que la fillette le suivait. Nolan s'immobilisa et elle faillit le percuter.

— Écoute... petite...

— Harper, répliqua-t-elle, indignée en repoussant ses lunettes sur l'arête de son adorable petit nez.

— Harper, reprit-il. Tes parents savent où tu es ? Ils vont probablement s'inquiéter, non ?

Harper fronça les sourcils puis jeta un œil vers la piscine.

— Mais j'ai sauvé la tortue. C'est normal que je vous aide à la raccompagner chez elle...

— D'ailleurs, je t'en félicite, Harper. C'était courageux de ta part de prendre la défense d'un petit être vivant. Je suis sûr que tes parents seront très fiers de toi. Cela dit, ça ne va peut-être pas leur plaire que...

— Harper ! Qu'est-ce que tu fais là ? s'exclama soudain une voix féminine.

Nolan se retourna et vit s'approcher une jeune femme furieuse portant un chapeau de plage et des lunettes de soleil. Son paréo en gaze épousait joliment ses formes.

— Tu connais pourtant les règles ? C'est interdit de parler aux inconnus. Qui diable est...

— Laney ?

— Nolan ?

— Vous habitez dans ce lotissement ? demanda Nolan.

— Oui, depuis cet après-midi. Que fait ma fille ici et pourquoi tenez-vous cette tortue ? s'enquit Laney en prenant sa fille par l'épaule.

Harper, qui les dévisageait tour à tour, perplexe, prit Nolan de vitesse.

— Tu connais M. V ?

— Monsieur Valentine, corrigea Laney en ôtant ses lunettes

de soleil. Oui. Nous nous sommes rencontrés cet après-midi lors de mon entretien d'embauche.

— Il est cool, ton nouveau patron, maman, fit Harper avec enthousiasme. J'ai sauvé une tortue de ces méchants garçons qui lui jetaient des cailloux, et il est venu me sauver du grand qui est une vraie brute. Je gérais mais c'était quand même gentil de sa part.

Nolan ne put s'empêcher de rire. Cette enfant était le portrait craché de sa mère : elle disait tout ce qui lui passait par la tête. Laney réprima un sourire en serrant l'épaule de Harper.

— Donc, que faut-il dire ?

— Merci, monsieur Valentine !

— C'était un plaisir. Et tu peux m'appeler Nolan.

— M. Nolan, rectifia Laney avant de se tourner vers lui. Je... euh... vous ne portez pas de..., bredouilla-t-elle, comme si elle venait de se rendre compte qu'il était torse nu.

— Ma chemise est trempée. Sûrement à cause de ces satanés pistolets à eau, maugréa-t-il. Je m'en suis aperçu au moment où notre copine la tortue a décidé de s'enfuir vers la route.

— C'est une tortue, objecta Laney. Elle n'était sans doute pas très rapide...

— Beaucoup plus quand même que le temps qu'il aurait fallu à ma chemise pour sécher.

Tous trois se mirent à rire.

— Et donc que comptez-vous faire de cette tortue, maintenant que vous avez chassé les méchants ?

— On ne veut pas qu'elle se fasse écraser par une voiture, maman, expliqua Harper. M. Nolan ramène la tortue dans les bois. Je l'ai suivi pour lui dire au revoir, mais M. Nolan a dit que tu ne serais sûrement pas très contente.

— Et il avait raison, répliqua sa mère d'un ton sévère avant de se radoucir. S'il t'arrivait quelque chose...

— Je vais bien, dit Harper en prenant sa mère par la taille.

Dans le mouvement, le paréo de la jeune femme se souleva, dévoilant ses cuisses galbées.

— Cette fois-ci, oui, répondit Laney. Mais nous allons tout de même devoir reparler des raisons pour lesquelles on ne doit pas adresser la parole à des inconnus.

— Oui, maman. Mais est-ce qu'on peut ramener la tortue dans les bois avec M. Nolan, maintenant ? implora Harper.

— Bien sûr, ma chérie, dit-elle en prenant sa main et en se tournant vers Nolan. On vous suit.

— En fait, je pense que nous devrions prendre de l'eau pour nous assurer que notre copine reste bien hydratée, suggéra Nolan en examinant la peau du reptile.

— J'en ai, déclara Laney en sortant une bouteille de son sac.

— Super ! Alors, on y va, lança Harper. Ramenons Bébé Tortue à la maison. Sa maman aussi doit être inquiète.

À ces mots, Laney adressa un grand sourire à Nolan, et celui-ci en resta presque bouche bée.

Cette femme était absolument magnifique.

— Bon, on ferait mieux de se dépêcher, reprit Laney en s'éclaircissant la gorge. M. Nolan doit avoir très froid sans sa chemise.

Harper pouffa en entraînant sa mère vers les arbres.

Nolan réprima un rire. Delaney Harper était décidément incontrôlable, tout comme son mini-elle.

Ils déposèrent la tortue dans le bosquet, l'arrosèrent d'eau et créèrent même une petite flaque pour que l'animal puisse boire.

Une fois de retour à la piscine, Nolan regagna sa chaise longue, suivi par Laney et Harper.

— On peut s'asseoir avec vous ? demanda Harper.

Nolan n'avait pas imaginé qu'elles puissent rester avec lui. Ne serait-ce pas un peu gênant ? Non seulement Laney allait peut-être travailler pour lui mais il était déjà un peu sous son charme. Et cela aurait été plus qu'impoli de refuser…

— Je… euh… bien sûr.

— Chérie, je crois que M. Nolan était en train de lire

tranquillement avant ta petite aventure avec la tortue, intervint Laney. Je pense qu'il préférerait qu'on le laisse tranquille, et il est peut-être avec des amis.

— Non, pas du tout, répliqua Nolan un peu trop rapidement. Ce sont mes affaires sur cette chaise.

— Tu vois ? On ne peut pas le laisser ici tout seul, maman, pleurnicha Harper.

Harper semblait avoir le cœur brisé à l'idée qu'il soit seul. Mais il n'était pas seul… du moins pas vraiment. Il avait son travail, sa famille. Il était juste… très, très célibataire.

— Si vous êtes sûr que ça ne vous dérange pas… Cela dit, indiqua Laney, je comprendrais que vous trouviez ça gênant vu que nous sommes en plein processus de recrutement.

— Tu es la meilleure, maman. Bien sûr qu'il va te prendre, lança Harper avec une telle sincérité que Nolan eut l'impression d'être une brute ne serait-ce que pour avoir songé à ne pas embaucher Laney.

Sans un mot, il ôta ses affaires de la chaise longue voisine puis suspendit sa chemise mouillée au dossier de la sienne.

Il s'efforça ensuite de reprendre sa lecture tandis que Laney appliquait de la crème solaire sur le dos de sa fille. Intarissable, celle-ci se mit à parler joyeusement de son grand voyage à Seattle et lui demanda s'il y est déjà allé.

Il ne répondit pas. En réalité, il ne connaissait pas grand-chose en dehors de Nashville, Tennessee, où il était né et avait fait ses études. Mais il aurait été gêné de l'avouer à une gamine qui s'était rendue en Europe.

Harper ne lui en tint pas rigueur et poursuivit son babillage tandis que Laney s'enduisait à son tour de crème solaire. Nolan fit de son mieux pour ne pas la regarder et feignit de se passionner pour la conversation avec Harper.

Il ne parvint pourtant pas à s'empêcher de lancer quelques regards obliques en direction de Laney. Il remarqua la douceur de sa peau brune et la finesse de ses mollets et de ses cuisses.

Lorsque Laney se leva pour se débarrasser de son paréo, Nolan retint son souffle. Elle était magnifique avec ce maillot de bain deux pièces noir qui mettait en valeur son ventre tonique, où un tatouage en forme de soleil dardait ses rayons autour de son nombril.

Son cœur se mit à battre à toute allure et il craignit de se mettre à hyperventiler.

— Ça va monsieur Nolan ? demanda Harper, en posant la main sur son épaule.

— Je... euh... oui. Oui, bien sûr que ça va. Merci, Harper.

En se replongeant dans son livre, il vit Laney se badigeonner le ventre de crème solaire avec un sourire espiègle.

Cette fois, c'en était trop... Nolan se mit à réfléchir à toutes les façons possibles et imaginables de mieux connaître la délicieuse Laney Carlisle.

5

Laney culpabilisait un peu… Elle avait bien vu que Nolan avait failli se trouver mal lorsqu'elle avait remonté son paréo d'une manière un peu plus démonstrative que nécessaire.

Qu'est-ce qui, chez Nolan Valentine, la rendait si joueuse, si audacieuse ? Elle prenait plaisir à le provoquer et à le pousser à dévoiler un peu de lui-même. Un peu de cette chair vulnérable et tendre qu'il cachait sous son armure.

Si Laney avait tout de suite reconnu cette armure que Nolan avait forgée pour protéger son cœur, c'est qu'elle en portait une elle-même. À la différence que la sienne était beaucoup moins brillante car plus ancienne. En réalité, elle s'en était un peu libérée ces dernières années. Surtout grâce à sa fille.

Après sa rupture dévastatrice avec Derrick, Laney s'était renfermée sur elle-même. Mais, en recevant l'amour inconditionnel de sa fille, elle avait réappris à aimer. Peut-être n'aimerait-elle jamais plus personne comme elle avait aimé Derrick, cependant, pour la première fois depuis huit ans, elle se prenait à espérer qu'elle pourrait, elle aussi, avoir la même chance que sa sœur : une relation solide avec un homme qui l'aimait profondément, deux beaux enfants et une belle-famille accueillante.

Malgré la façon peu glorieuse dont Savannah s'était introduite chez les Abbott, ceux-ci l'aimaient à présent. Tous, même ce vieux grincheux de Parker. Et ils la considéraient comme l'une des leurs.

Laney était bien entendu heureuse pour sa sœur, mais elle avait envie que ce soit enfin son tour. Non pas qu'elle cherchât à jeter son dévolu sur Nolan. Après tout, elle n'était à Magnolia Lake que pour l'été. Pourtant, il y avait quelque chose d'attirant chez cet homme.

Nolan était manifestement quelqu'un d'intelligent. Il avait aussi ce côté à la fois maladroit et adorable, un peu comme elle. Et puis, bien sûr, c'était une bombe. Elle avait eu tout le loisir de l'observer lorsque, étendu en maillot de bain sur sa chaise longue, il faisait semblant de lire alors qu'il la reluquait. Bon, elle devait bien l'avouer, une vision d'elle en train de lécher de la crème fouettée sur ses pectoraux saillants lui avait même traversé l'esprit. Mais ce n'était qu'un fantasme.

— Hé, maman, on va se baigner ? demanda Harper.

— Absolument ! répondit Laney, tout sourire.

— Vous venez, monsieur Nolan ?

— Merci pour l'invitation, Harper, répondit-il poliment, mais j'ai déjà fait mes longueurs. Je vais lire encore un peu et puis je rentrerai chez moi.

— Vous préférez lire plutôt que de nager avec moi et maman ? fit Harper en regardant Nolan comme s'il venait de lui pousser une tête supplémentaire. Qui vient avec un livre à la piscine ? ajouta-t-elle à l'intention de sa mère.

— Des tas de gens, répondit Laney assez fort pour être entendue, se rendant compte que Nolan avait sûrement surpris le commentaire de sa fille. Ce n'est pas pour rien que les lectures de plage constituent une catégorie à part entière.

— Vraiment ? Les adultes sont des gens étranges, marmonna Harper en se dirigeant vers la partie moins profonde de la piscine.

— Désolée, dit Laney à l'attention de Nolan. Elle a sept ans, presque huit. Le monde lui semble assez simple pour l'instant.

— Je comprends. Du moins, je comprends que la vie semble

simple à un enfant de sept ans, en général. Mais ce n'est pas ce que j'ai vécu personnellement, confia-t-il, avec un regard voilé de douleur que Laney connaissait bien, celui du deuil.

— Quel âge aviez-vous quand vous avez perdu votre mère ? demanda Laney.

Le rire amer de Nolan la surprit.

— Je n'ai pas « perdu » ma mère. Elle est juste... partie. J'avais six ans à l'époque. C'était il y a plus de trente ans.

— C'était tout de même un deuil, reprit Laney en s'asseyant à côté de lui et en posant doucement la main sur son avant-bras. Je suis désolée que vous ayez dû grandir sans votre mère. Peu importe le temps écoulé... La douleur ne disparaît jamais. Elle s'atténue juste un peu.

Nolan replaça son marque-page et ferma son livre.

— Vous avez aussi perdu votre mère ?

Laney retira la main de son bras. Ses épaules se crispèrent.

- Savannah et moi avons perdu nos parents dans l'incendie de notre appartement quand j'avais cinq ans et elle neuf. C'est notre grand-père qui nous a élevées.

— Je suis désolé, Laney, souffla Nolan d'une voix douce comme une caresse.

Pourquoi se sentait-elle soudain si vulnérable ?

— Bon, je vais rejoindre Harper, dit-elle. Je suis surprise qu'elle ait été aussi patiente.

— On dirait que votre fille s'est fait des amies, reprit Nolan en désignant du menton le bord de la piscine où Harper, assise en tailleur, jouait aux cartes en gloussant avec trois autres petites filles.

— Tant pis pour nos jeux aquatiques, fit Laney en feignant une moue. Ma fille m'a posé un lapin. J'aurais dû apporter un livre aussi. Qu'est-ce que vous lisez d'ailleurs ?

Nolan brandit son exemplaire écorné d'*Un rien peut tout changer*.

— Ce n'est pas un livre de plage typique, remarqua-t-elle. Mais ce ne peut être que positif de chercher à s'améliorer.

Elle se laissa tomber sur la chaise longue voisine, consciente que c'était celle de Harper et non la sienne.

— C'est vrai, répondit Nolan, sans lever les yeux de son livre.

Laney en profita pour admirer ses bras musclés et imaginer les autres muscles cachés sous sa chemise. Nolan Valentine prenait soin de son corps. Ce qu'il cachait sous cette chemise devait en tout cas valoir le détour.

Soudain submergée par le désir, Laney se mit à fouiller dans son sac en quête d'une bouteille d'eau. De là où elle était, elle entendait sa fille questionner les autres de sa voix suraiguë. Comment s'appelaient-elles ? Où habitaient-elles ? Étaient-elles déjà allées à Seattle ?

Un petit sourire se dessina sur le visage de Nolan.

— Qu'y a-t-il ?

Elle aurait dû s'occuper de ses affaires et le laisser lire en paix, mais elle n'avait pu s'empêcher de lui poser la question.

— On voit bien de qui Harper tient sa nature curieuse.

— Vous croyez ? s'enquit Laney, en regardant sa fille avec fierté.

— Et cet esprit si piquant..., poursuivit Nolan.

Il portait ses lunettes de soleil, et elle ne voyait pas bien ses yeux, mais quelque chose dans son regard lui réchauffa la peau et fit frémir son ventre.

— Harper a-t-elle aussi hérité de ce côté franc ?

— Absolument, répondit Laney au bout d'un temps qui lui parut bien trop long.

Curieusement, ses synapses ne semblaient pas fonctionner normalement. Cela avait sûrement à voir avec l'homme splendide qui se tenait à ses côtés.

— Mais elle tient cela de sa tante Savannah, pas de moi, ajouta-t-elle

— Ça ne m'étonnerait pas, répliqua Nolan en riant avant de changer de sujet. Donc, Seattle... Vous y allez souvent ?

— Ce sera la première fois, déclara Laney, la gorge un peu serrée.

— Le père de Laney a emménagé là-bas récemment ?

— Il y a environ un an. Quand il s'est réinstallé aux États-Unis.

— Il vivait à l'étranger ?

— Oui, il travaillait pour une ONG qui intervenait dans des régions d'Afrique et d'Asie frappées par la famine. Il a fini par gravir les échelons et occuper un poste de direction. Il pensait se rendre plus utile de cette manière.

— Mais il a choisi de revenir…, poursuivit Nolan, jetant à nouveau un œil à son livre comme s'il ne s'intéressait que très peu à leur conversation.

— Son père a dû subir une opération à cœur ouvert. Cela lui a fait comprendre qu'il avait tout donné au reste du monde et négligé sa propre famille.

Il y eut un long silence. Une autre question lui brûlait les lèvres mais il n'osa pas la poser.

Soudain, il y eut un grondement de tonnerre au loin.

Laney se leva d'un bond, scruta les nuages gris foncé qui approchaient à vive allure puis regarda Harper et ses amies, qui jouaient toujours joyeusement.

Nolan rassemblait déjà ses affaires. Il enfila sa chemise presque sèche.

— Il va y avoir un orage. Ils vont bientôt fermer la piscine.

— Je sais, répondit Laney en rangeant ses affaires dans son sac et en s'enveloppant dans son paréo. Harper sera déçue, mais nous pourrons revenir une autre fois.

La fillette fut bien entendu contrariée de devoir quitter la piscine plus tôt que prévu. Nolan tint le sac de la jeune femme pendant qu'elle cajolait sa fille maussade pour qu'elle enfile son short et ses chaussures. Après quoi, ils quittèrent la piscine avec le reste du public.

— Bon, je vais dans cette direction, indiqua Nolan.

— Nous aussi, répondit Harper. Vous pouvez nous accompagner, si vous voulez.

— Bien sûr, répondit Nolan en regardant le ciel de plus en plus sombre. Pourquoi pas ?

Harper bavarda tout au long du trajet. Tout y passa : ses nouvelles amies, son prochain voyage à Seattle, sans oublier le nouveau film avec Spider Man que Laney avait promis de l'emmener voir pour son prochain anniversaire.

— Ah, voilà notre rue, annonça Laney alors qu'ils arrivaient à un croisement. J'ai vu que chaque rue comptait quatre maisons, deux de chaque côté.

— Vous habitez là ? fit Nolan, stupéfait. Figurez-vous que j'habite dans la rue suivante. Quelle maison est la vôtre ?

— Celle qui se trouve au bout, du côté gauche de la rue, répondit Laney, aussi étonnée que lui qu'ils habitent aussi près l'un de l'autre.

Cela pouvait-il être une coïncidence ?

— Et vous, où se trouve votre maison, exactement ? demanda-t-elle.

Nolan la dévisagea, incrédule.

— Au bout, du côté droit de la rue, juste derrière la vôtre, dit-il. Ce qui fait de nous des…

— On est voisins ? s'écria Harper. Mais c'est génial ! Pas vrai, maman ? Maintenant, tu as un nouvel ami ici, toi aussi !

Laney et Nolan échangèrent un sourire gêné et acquiescèrent pour faire plaisir à Harper.

Non, cela ne pouvait pas être une coïncidence.

Ce soir-là, dès qu'elle eut mis Harper au lit, Laney décida d'appeler sa sœur. Seule Savannah Abbott pouvait être responsable de cette situation.

6

Deux jours plus tard, Laney n'avait toujours pas pardonné à sa sœur d'avoir loué à son insu une maison située juste derrière celle Nolan Valentine. Savannah n'avait d'ailleurs exprimé aucun remords à ce sujet et trouvait même la chose hilarante.

— Je savais que vous alliez bien vous entendre, s'était exclamée Savannah. Et juste au cas où Nolan aurait refusé de t'embaucher pour l'été... je me suis dit que ce serait beaucoup plus difficile pour lui si vous étiez voisins.

— Ils ne m'ont pas encore embauchée, avait rappelé Laney. Et peut-être qu'ils ne le feront pas.

— Ils le feront. Crois-moi, avait affirmé Savannah. Et ils te renouvelleront après l'été. Réfléchis-y, Laney. Tu me manques en vivant si loin de moi. Et souviens-toi, quand on était petites, on a toujours rêvé d'avoir des tantes, des oncles et des cousins autour de nous, non ? Eh bien, nos enfants en ont. Tu ne veux pas qu'ils grandissent ensemble ?

Laney avait poussé un soupir. Bien sûr qu'elle voulait que leurs enfants soient proches. Mais la vie n'était jamais aussi simple.

— Papa est là ! s'exclama Harper alors qu'une grosse berline vert olive se garait le long du trottoir des arrivées de l'aéroport de Seattle-Tacoma.

Les épaules de Laney se crispèrent. Un sourire éclatant illumina le beau visage de Derrick lorsqu'il aperçut leur fille.

Elle aurait dû être armée. Certes, Derrick était déjà venu voir Harper une fois au cours des six derniers mois. Mais, pour elle, c'était toujours aussi surréaliste de revoir son ancien petit ami, celui avec qui elle avait fait ses études autrefois.

Derrick sortit de voiture et étreignit Harper, qui lui avait sauté dessus dès qu'il avait mis le pied sur le trottoir.

— Papa ! Tu m'as tellement manqué ! s'écria Harper en s'agrippant au cou de son père.

— Tu m'as manqué aussi, ma chérie, répondit Derrick en la serrant dans ses bras. Je suis si heureux que tu sois enfin là.

Laney réprima une furieuse envie de lever les yeux au ciel. N'avait-il pas été absent durant la majeure partie de la vie de Harper ? Il était brusquement réapparu comme une sorte de super-héros. Maintenant, il était le centre de la vie de sa fille. Alors, oui, il y avait de quoi être légèrement amère.

— Lanes, dit-il en se tournant vers elle, tu as encore embelli depuis la dernière fois que je t'ai vue.

Les grands yeux bruns de Derrick étaient pleins d'une affection dont elle ne voulait pas et qu'il n'avait absolument pas le droit de ressentir. Il posa Harper et serra Laney dans ses bras.

Elle se laissa faire pour ne pas peiner Harper mais ne lui rendit pas son étreinte.

— Merci infiniment d'avoir laissé Harper venir à Seattle. Je ne peux pas te dire ce que ça représente pour moi et mes parents.

Il lui avait murmuré cela à l'oreille, tout en l'étreignant, pour qu'elle seule puisse entendre. Curieusement, cela la calma un peu. Elle venait de comprendre qu'elle devrait être reconnaissante à Derrick et à sa famille de vouloir faire partie de la vie de Harper, et que c'était ce que sa fille voulait aussi.

— De rien, souffla-t-elle en se dégageant de son étreinte.

Il la lâcha à contrecœur puis reporta son attention sur Harper, qui rayonnait de bonheur.

— Quand est-ce que je vais rencontrer grand-mère, grand-père et mes cousins ? demanda-t-elle.

— Tout le monde vous attend à la maison. Ils ont tellement hâte de vous voir enfin, reprit Derrick. Bon, montez pendant que je mets vos bagages dans le coffre.

Laney faillit objecter. Après tout, elle était tout à fait capable de charger ses bagages elle-même. Mais n'avait-elle fait le plus gros du boulot ces huit dernières années ? Le moins qu'il puisse faire était de charger ses valises.

Maintenant, il ne restait plus qu'à espérer qu'elle puisse passer le week-end sans dire à Derrick exactement ce qu'elle pensait de lui.

Nolan tapota son bureau et fixa le dossier sur lequel était écrit à la main *Delaney Carlisle.*

Le vote pour engager Laney avait été unanime. Ce qui ne l'avait pas empêché, lui, d'hésiter. Non parce qu'il pensait que ce serait un mauvais investissement, mais parce que cela couperait court à son envie de mieux connaître Laney.

Nolan avait apprécié leur brève rencontre à la piscine. C'était la première fois depuis des mois qu'il s'intéressait vraiment à quelqu'un. Hélas, en étant embauchée, elle devenait intouchable.

— Tu ne l'as toujours pas appelée ? s'enquit Naya, qui venait d'apparaître à la porte de son bureau, vêtue d'une combinaison sans manches.

Elle avait habituellement les cheveux courts, mais aujourd'hui elle y avait fixé un postiche en forme de crête bouclée.

— Je t'ai dit que je serais ravie de le faire, ajouta-t-elle.

— Non, je m'en occupe, répondit Nolan en s'inclinant sur sa chaise.

Il regretta de ne pas avoir fermé la porte de son bureau. Cela lui aurait donné le temps de ranger le dossier avant que sa jeune sœur, toujours trop curieuse, n'entre dans la pièce.

— J'avais quelques affaires à régler, expliqua-t-il.

— Comme de regarder ce dossier en tapotant ton bureau ?

demanda Naya en s'asseyant face à lui. Sérieusement, Nole, on lit en toi comme dans un livre ouvert. C'est bien pour ça que tu ne gagnes jamais au poker.

Sa sœur n'avait pas tort. Par chance, ils ne jouaient que pour de petites mises lors de la soirée de poker mensuelle organisée par la famille. Naya était la seule participante régulière.

— Manifestement, tu es un peu crispé à l'idée de passer ce coup de fil, reprit-elle. Tu appréhendes de travailler avec Laney ? N'oublie pas que c'est une recrue fantastique pour le Domaine. Il ne devrait pas y avoir de problème.

— Eh bien, justement, il n'y en a pas, répondit Nolan en se redressant. Bien sûr, Laney est séduisante, je ne le nie pas. Mais ce n'est pas comme s'il s'était déjà passé quelque chose entre nous.

— Tu en es sûr ? Pourtant, si j'ai bien compris, tu l'as revue à la piscine et vous avez même sauvé une tortue ensemble, indiqua Naya, le regard pétillant.

— Eh bien, il se trouve que nous sommes voisins et un peu amis. Mais l'attirance que j'ai pu ressentir pour Laney… Eh bien, c'est déjà oublié.

— Quel horrible menteur, fit Naya en levant les yeux au ciel. Mais peu importe. Tu l'appelles ou je m'en charge ?

— Je l'appelle tout de suite, devant toi. Ça te va ?

Il décrocha le téléphone fixe posé sur son bureau et composa le numéro figurant sur le CV de Laney. Il se mit à tapoter son bureau d'un air détaché, espérant de toutes ses forces tomber sur sa boîte vocale.

Il n'en fut rien.

— Allô ?

— Bonjour, Delaney. C'est Nolan Valentine, de Valentine Vineyards.

— Oui, Nolan. Je sais qui vous êtes.

Il était sûr qu'elle souriait à l'autre bout du fil, et il imagina son visage radieux.

— J'espère que vous n'avez pas rencontré d'autres tortues intrépides sur votre chemin, ajouta-t-elle.

Elle disait ça sur un ton tellement adorable…

L'espace d'un instant, il esquissa un sourire mais se ressaisit en voyant les grimaces de sa sœur, qui mimait un baiser.

Nolan la foudroya du regard tandis qu'elle réprimait un rire. Il se racla la gorge et redressa sa cravate.

— Non. Non, pas du tout, répondit Nolan, évitant le regard de sa sœur. Je vous appelle, Laney, pour vous dire que… je… euh… c'est-à-dire nous… Bref, nous aimerions vous proposer un contrat de quatre-vingt-dix jours en qualité d'œnologue dans notre cave. À la fin du contrat, nous ferions un bilan pour voir si nous souhaitons poursuivre la relation… je veux dire la relation de travail. Entre vous et le domaine, bien sûr, pas entre vous et moi…

— Arrête de parler, dit Naya à mi-voix.

Il prit alors conscience qu'il n'avait pas encore repris son souffle. Il se tut et prit une profonde inspiration.

— Au salaire que j'ai demandé ou à celui que vous avez proposé ? demanda prudemment Laney.

— Nous vous proposons de diviser la différence par deux et de réévaluer le montant à la fin du contrat.

Il y eut un silence à l'autre bout de la ligne.

— Ça me semble équitable, conclut-elle finalement. Je ne serai pas de retour en ville avant dimanche soir. Pourrais-je commencer mercredi ? J'ai plusieurs petites choses à régler.

— Bien sûr, répondit Nolan, étonné de ressentir un tel soulagement qu'elle ait accepté. Je vous enverrai par courriel les termes de notre offre et un lien pour que vous puissiez commencer à remplir les papiers en ligne. Il adressa un pouce levé à Naya, qui à son tour leva le poing.

— Bon, voilà qui semble…

— Hé, Lanes, lança soudain une voix masculine à l'autre

bout du fil, j'ai promis à Harper et à ses cousins de les emmener manger une glace. Tu viens ? C'est moi qui offre.

Lanes ? C'était bien son ex et il semblait avoir avec elle une relation extrêmement amicale.

— Un instant, reprit Laney en coupant le son quelques instants avant de reprendre la communication. Désolée pour l'interruption. Bon, très bien. J'attends donc votre e-mail et je remplirai la paperasse dimanche. Cela me donnera quelque chose à faire en attendant mon avion.

— Parfait. Alors, bon séjour et bon retour.

— Merci. Et, au fait, Harper vous passe le bonjour.

Nolan ne put s'empêcher de sourire.

— Dites à Harper que je la salue et que j'espère qu'elle passera un excellent séjour à Seattle.

Lorsque Nolan eut raccroché, sa sœur lui adressa un sourire entendu.

— En fait, tu es complètement tordu...

— Comment ça ?

— Tu les adores, toutes les deux. Un après-midi à la piscine et, hop, tu as été conquis...

— Détrompe-toi, je ne suis pas un mec si facile, dit-il en envoyant à Laney l'e-mail annoncé. Surtout après ce qui m'est arrivé...

— Je sais que le divorce a été dévastateur. Mais tu ne peux pas écarter la possibilité de retrouver l'amour. Ce n'est pas sain.

— Peut-être mais maintenant je me suis fixé trois règles. Un, ne jamais sortir avec une collaboratrice, quelle que soit sa fonction. Deux, ne jamais sortir avec une femme dont l'ex est encore très présent. Trois, ne jamais sortir avec une femme qui a des enfants, énuméra Nolan en comptant sur ses doigts. Si je devais m'engager avec Laney, j'enfreindrais ces trois règles. De plus, le Domaine n'est pas une agence matrimoniale, Naya. Nous embauchons Laney en tant qu'œnologue. Pas en tant qu'amoureuse potentielle. Alors, s'il te plaît, laisse ma vie sentimentale en dehors de tout ça, d'accord ? Tout va bien pour moi.

— Bon, comme tu voudras.

— Et maintenant, si tu allais dire à Chandra et à papa que Laney a accepté nos conditions ?

— D'accord, fit Naya, montrant qu'elle avait bien compris que ce n'était qu'un moyen peu subtil de se débarrasser d'elle. Je t'aime, Nole.

— Moi aussi.

Nolan poussa un soupir lorsqu'il fut à nouveau seul. Il ne pouvait s'empêcher de s'interroger sur l'homme qu'il avait entendu. C'était forcément le père de Harper. L'ex de Laney.

Même s'il avait maintenant admis qu'il ne se passerait jamais rien entre Laney et lui à cause du contrat qui la liait au domaine, il ne pouvait s'empêcher d'être agacé par l'interruption de son ex. Qui en plus l'appelait par son petit nom.

Nolan se frotta la nuque et secoua la tête. Il avait déjà joué à ce jeu et y avait laissé son cœur. Il ne referait pas la même erreur.

7

— Alors, tu l'as eu, le travail, maman ? demanda Harper en sautillant.

— Je l'ai eu. Tu avais raison, chérie.

— Trop cool ! s'écria Harper en étreignant sa mère. Maintenant, tu vas voir ton ami M. Nolan tous les jours.

Laney sentit son estomac se nouer. Elle ne cessait d'y penser depuis que Nolan lui avait proposé le contrat.

Bien sûr, elle était ravie d'avoir obtenu le poste. Elle adorait son travail et se réjouissait à l'idée de créer de nouveaux vins. Mais en même temps elle ne pouvait s'empêcher d'être un peu déçue. Car accepter ce poste signifiait aussi mettre un terme à tout ce qui s'était passé entre Nolan et elle. Parce que, oui, elle commençait à vraiment à apprécier cet homme.

Maintenant, elle allait travailler avec Nolan au quotidien. Elle le croiserait probablement aussi dans le lotissement et à la piscine, et elle devrait faire comme si elle n'était pas du tout attirée par lui.

Faire semblant, ce n'était pas son fort.

— Ça va, Lanes ?

La main de Derrick sur son bras l'arracha à ses pensées.

— Ça va, répondit-elle en reculant. Où est Harper ?

— Elle est allée prévenir ses cousines que nous allions manger une glace. Elle te l'a dit, mais tu avais l'air d'être à des millions de kilomètres d'ici. Tu es sûre que tout va bien ?

— Oui, j'en suis sûre. Je réfléchissais. J'ai quatre-vingt-dix jours pour convaincre mes employeurs d'ajouter un œnologue à leur équipe.

— *Un* et non *une*, répéta Derrick. Ce qui veut dire : pas forcément toi.

— C'est ça, répondit Laney, songeant à l'appel de sa sœur qui la persuadait déjà d'accepter le poste, s'ils le lui proposaient à la fin de son contrat.

Magnolia Lake était une adorable petite ville, mais Laney nourrissait le projet de s'installer dans une métropole qui compterait davantage de vignobles et de bonnes écoles pour sa fille, très douée en mathématiques et en sciences.

Elle voulait que Harper bénéficie de tous les avantages dont elle n'avait pas profité au même âge. Ainsi, malgré l'attrait de Magnolia Lake, elle n'était pas sûre d'y rester.

— Une fois ton contrat terminé… peut-être que Harper et toi pourriez vous installer ici, à Seattle.

Laney sentit une veine se mettre à palpiter sur sa tempe.

— Il y a à peine six mois, tu avais tout oublié de l'existence de ta fille, lança-t-elle. Et maintenant tu voudrais nous dire où nous devons habiter ?

— Ce n'est pas vrai, Laney, répondit Derrick, le regard plein de regrets. Je n'ai jamais cessé de penser à toi ou à notre enfant.

— Alors comment se fait-il que tu ne m'aies jamais contactée ? Et que tu aies attendu pour le faire que ton père soit mourant et réclame sa petite-fille ?

— J'avais peur que tu m'en veuilles toujours. Que tu m'empêches de voir notre fille, et que nous nous déchirions pour sa garde. Et je n'avais pas envie de vous infliger cela.

Derrick se massa le cou avant de reprendre.

— Les problèmes de santé de mon père m'ont donné le courage de te recontacter. C'est vrai. Mais j'ai pensé à toi et à notre enfant chaque jour depuis que tu es sortie de ma vie. Cela peut te sembler soudain, mais ce ne l'est pas pour moi. J'aimerais que l'on reforme une famille, tous les trois, depuis très longtemps.

— Nous ne sommes pas les Jackson Five, nous n'allons pas nous reformer, rétorqua Laney, agacée. Le but, c'est que tu puisses nouer une relation avec notre fille. C'est tout.

— Bien sûr, répondit Derrick, l'air peiné. C'est d'ailleurs pourquoi je te demande d'envisager de t'installer à Seattle. Je veux faire partie intégrante de la vie de Harper. Je veux être là pour rencontrer ses enseignants, la voir dans les pièces de théâtre de l'école et les spectacles de danse. Pour lui mettre un pansement si elle se fait mal ou lui préparer du bouillon si elle tombe malade...

Derrick passa une main dans ses courtes boucles et poussa un soupir. Voyant que Laney ne répondait pas, il poursuivit.

— Je sais que ça n'a pas été facile d'élever Harper toute seule. À l'avenir, je veux être là pour vous deux. Parce que j'aime Harper de tout mon cœur. Et, après toutes ces années, il se trouve aussi que je t'aime encore, Lanes.

Quoi ? Avait-elle bien entendu ?

— Tu n'as aucun droit de revenir dans nos vies et...

— Je comprends que tu m'en veuilles encore, Lanes. Mais, que tu le veuilles ou non, nous formons une famille maintenant. Je veux juste faire tout ce que je peux pour vous deux. Comme de payer à Harper les meilleures études scientifiques. Il y a ici une excellente école privée très axée sur les sciences et les maths. Justement, son directeur me doit un service. Je suis sûr que je pourrais la faire entrer.

Elle savait exactement de quelle école il parlait. Il y avait une liste d'attente de deux ans. Pouvait-il vraiment y faire entrer Harper ?

— Il y a aussi la question de mon travail, reprit Laney.

Derrick sourit.

— J'ai parlé au doyen de notre université du programme de

viticulture et d'œnologie que tu as suivi à New York. Vu l'intérêt croissant pour la viticulture dans la région, il s'est montré intéressé et va sans doute créer la filière.

Laney haussa les épaules, curieuse d'en savoir plus, mais ne voulant pas paraître trop empressée.

— Le doyen Moss aimerait d'ailleurs te rencontrer pour en parler. Entre nous, il m'a demandé si tu pourrais être intéressée par un poste d'enseignante, s'il décidait de créer un département, poursuivit Derrick, le regard brillant. Tu as toujours aimé enseigner, Laney. Si ça marche, tu pourras façonner ton propre programme et tu serais une candidate idéale pour enseigner là-bas.

Derrick avait l'air d'attendre un biscuit ou au moins une petite tape sur la tête. Mais elle aurait préféré être foudroyée sur place plutôt que de lui avouer que sa proposition correspondait exactement au rêve qu'elle avait en tête.

— J'apprécie ton empressement à faire partie de la vie de Harper, mais...

— Peux-tu au moins y réfléchir ? reprit Derrick, presque implorant.

— On va s'installer à Seattle avec papa ? s'écria soudain Harper, qui venait d'arriver avec ses cousines.

Les trois filles se mirent à crier de joie et à sautiller en tous sens.

— Non, Harper, je..., balbutia Laney avant de lancer un regard noir à Derrick.

Mais Harper et ses cousines s'étaient déjà échappées pour annoncer la nouvelle à leurs grands-parents. Elle serait tellement déçue en découvrant qu'elles ne s'installeraient pas à Seattle. Laney aurait pu étrangler son ex.

— Tu l'as fait exprès, Derrick.

— Pas du tout, je le jure. Mais c'est bien de savoir que Harper en a envie, non ?

Laney leva les yeux au ciel.

— Tu m'as promis une glace. Je veux un banana split avec triple dose de chantilly, noix et cerises confites. Maintenant.

Derrick éclata de rire.

— Je t'achèterai tout le stand de glaces, si ça peut te faire rester.

— Non, répliqua-t-elle, passant devant lui en trombe, son sac à la main.

Durant le trajet en voiture, Laney songea à sa sœur, à Magnolia Lake, à Valentine Vineyards et à Nolan. Elle aurait voulu écarter la suggestion de Derrick d'un revers de main, mais elle ne pouvait pas ignorer la joie pure sur le visage de sa fille.

De plus, Laney ne savait toujours pas où Harper irait à l'école à la rentrée. Elle était donc au pied du mur.

Nolan venait de passer deux jours à Nashville pour aider son frère Sebastian, P-DG de Valentine Textiles.

La vente de l'entreprise textile familiale avait été finalisée quelques mois plus tôt. Sebastian avait accepté d'y rester lorsque les dirigeants du conglomérat californien qui avait racheté l'entreprise lui avaient proposé le poste de P-DG. Apparemment, ils appréciaient qu'un Valentine reste à la tête de l'entreprise. Cela rendait les salariés et les investisseurs moins nerveux à la suite du rachat. Et comme Sebastian espérait devenir P-DG un jour, il était logique qu'il accepte. Hélas, il ne semblait pas très heureux dans son nouveau poste. Un sujet que Nolan préférait ne pas aborder.

La nouvelle directrice financière de Valentine Textiles était en difficulté. Pour rendre service à Sebastian, Nolan, ancien directeur financier de l'entreprise, s'était proposé de venir la mettre à niveau.

En réalité, la directrice en question ne semblait pas assez qualifiée. C'était la sœur ou la cousine d'un membre du conglomérat. Sebastian n'avait pas eu son mot à dire quant à sa nomination.

Nolan était rentré de Nashville la veille au soir, juste à temps pour le premier jour de Delaney au vignoble.

Il n'était pas exactement heureux de revoir Laney. En fait,

si… quand même un peu. Mais, surtout, il avait hâte de voir si cette expérience coûteuse porterait ses fruits.

Sa famille n'étant pas à la villa, il se rendit directement à la cave. Il passa devant le laboratoire, qui serait le domaine de Laney. Le lieu était trop petit pour une œnologue à plein temps. Mais ils avaient un peu réaménagé l'espace et ajouté de nouveaux équipements. Sa première mission ce matin serait de trouver un bureau et une chaise pour Laney.

Alors qu'il approchait de son bureau au premier étage de la villa, il entendit les voix de ses sœurs et le rire de son père.

— Qu'est-ce que vous faites tous ici ? demanda Nolan en entrant dans son bureau.

— Surprise ! s'écrièrent ses sœurs, les bras grands ouverts.

Nolan se tourna vers un coin de la pièce où se trouvait un bureau, une chaise, une lampe, un téléphone et un sous-main. La table qui se trouvait là auparavant avait été déplacée et garnie d'une machine à café.

— J'adore, dit Nolan.

Ne répétait-il pas depuis des mois qu'il devrait y avoir une machine à café au premier étage ?

— Mais vous n'aviez pas besoin de remplacer le bureau. Je l'utilise à peine.

— Précisément, renchérit Chandra. Tu as souvent dit que ce bureau pourrait être partagé, comme nous le faisons Naya et moi.

— Oui ça pourrait se faire si un autre membre de la famille rejoignait l'équipe, acquiesça Nolan.

— C'est aussi ce que nous pensons, poursuivit Naya en lui tendant un café.

En prenant la tasse fumante, Nolan sursauta, soudain percuté par la vérité. La moitié du café jaillit de la tasse et atterrit sur le sol carrelé.

— Ne me dites pas que vous avez installé ce bureau pour Delaney…

— Tu as dit que cette pièce était trop grande pour une seule personne, lui rappela Chandra.

— En plus, le bureau de Laney est complètement à l'opposé du tien, renchérit Naya. Et cette pièce est beaucoup plus spacieuse que celle que je partage avec Chandra.

— Cela dit, si vous voulez plus d'intimité, nous pourrons toujours installer des cloisons, ajouta Chandra.

— Et vous me dites tout ça dix minutes avant son arrivée ? lança Nolan en dévisageant ses sœurs, qui ne semblaient pas éprouver une once de honte.

— Nous avons pensé que ce serait une belle surprise, reprit Naya d'un ton innocent.

— Faux ! Tu t'es juste dit que je laisserai faire vu le peu de temps qu'il me reste pour réagir !

— D'accord avec toi, mon fils. On aurait dû t'en parler avant, reconnut son père. Cela dit tes sœurs n'ont pas tort. Tu es la personne avec qui Laney travaillera le plus étroitement. Tu es aussi le plus sceptique quant à la viabilité de son poste. Il est donc logique que vous soyez relativement proches.

— Relativement proches, répéta Nolan. Tu veux dire, pratiquement l'un sur l'autre !

Pourquoi le simple fait de prononcer ces mots lui donnait-il chaud tout à coup ?

— Tu dramatises, fiston, reprit son père en faisant un geste panoramique des bras. C'est le bureau le plus vaste de l'étage ! Cela étant… j'ai dit à tes sœurs qu'il fallait que tu sois d'accord. Si tu ne l'es pas, nous installerons Laney dans le petit bureau du laboratoire et nous ferons de notre mieux pour qu'elle s'y sente à l'aise.

Nolan fronça les sourcils et balaya la pièce du regard. Certes, il appréciait la solitude, mais l'idée que Laney se retrouve parquée dans une sorte de placard sinistre et glacial lui était insupportable.

Chandra sentit qu'il commençait à baisser la garde

— Ce ne serait que pour quelques mois, reprit-elle. Après ça, soit Laney partira, soit nous investirons dans un laboratoire moderne pour elle, avec un bureau.

— Tu peux bien partager ton bureau pendant quelques mois, mon fils, non ?

— D'ailleurs, Laney passera probablement le plus clair de son temps au laboratoire, à la cave ou dans les vignes, fit remarquer Chandra.

— Trois mois, dit Nolan en levant trois doigts. Ensuite, elle partira, d'une façon ou d'une autre.

Son père lui tapota l'épaule.

— Merci, mon fils. On va te laisser travailler, maintenant. Tes sœurs et moi nous chargeons de l'accueil de Laney. Nous avons commandé des pâtisseries et des sandwichs.

Nolan s'assit à son bureau et alluma son ordinateur portable.

— Vous vous chargez de l'accueil de Laney à trois ? fit Nolan d'un ton faussement détaché. Vous ne m'avez pas inclus ?

Chandra et Naya échangèrent un regard entendu.

— Tu as été absent du bureau pendant deux jours, fiston. Nous nous sommes dit que tu aurais sûrement du travail à rattraper. Nous ne voulions pas t'imposer notre planning.

Alors, comme ça, ça les gênait de lui imposer quelque chose, maintenant ?

— Comme tu l'as dit, je suis la personne avec laquelle elle travaillera le plus étroitement. Donc...

— En fait, c'est avec *moi* que notre nouvelle œnologue travaillera le plus étroitement, intervint sèchement Maria Rayburn, leur viticultrice, qui venait d'entrer dans le bureau. J'espère que vous avez prévu un créneau pour que je puisse discuter avec elle.

Maria balaya la pièce de ses yeux sombres. Elle portait une chemise à manches courtes, un jean délavé et des bottes usées. Ses cheveux noirs ondulés étaient remontés en une queue-de-cheval. Elle se coiffait toujours ainsi.

L'atmosphère s'était soudain tendue, en partie en raison de l'agacement de Maria. Mais aussi à cause de l'expression complètement béate de leur père, dont l'intérêt pour la viticultrice était devenu flagrant.

— Bien sûr, répondit Ray en se redressant de toute sa hauteur. J'étais sur le point de passer te voir, Maria. Nous t'avons prévu un créneau avec Laney soit après le déjeuner commun, soit en fin de journée. À toi de voir.

— Après le déjeuner, c'est parfait. Je n'aurai besoin que de cinq minutes ce que j'ai prévu de lui dire, ajouta Maria en croisant les bras. Ne vous inquiétez pas, je lui montrerai les ficelles du métier et je coopérerai à cette petite expérience, comme promis. Tiens, il y a une machine à café ?

— Oui. On vient de l'installer. Sers-toi.

Chandra, Naya et Nolan regardèrent leur père rejoindre Maria et se mettre à discuter tout en se préparant un café.

— Je ne suis plus si sûr que cette machine soit une bonne idée, bougonna Nolan juste assez fort pour que ses sœurs l'entendent.

Le téléphone sonna. Nolan décrocha et appuya sur le bouton haut-parleur.

— Oui, Dejah ?

— Notre nouvelle collaboratrice est arrivée. Dois-je l'envoyer dans son bureau ?

Un léger sarcasme perçait dans le ton de Dejah. Nolan décida de l'ignorer.

— Peux-tu la faire asseoir dans la grande salle, s'il te plaît. Mon père et mes sœurs arrivent.

— Très bien, répondit Dejah avant de raccrocher.

— Tu es sûr que cette organisation te convient ? demanda Chandra.

— Tout à fait. Tiens, tu ferais mieux d'y aller, il va te falloir du temps pour descendre, lui rappela-t-il en fixant son ventre rebondi.

Chandra lui donna une bonne tape sur l'épaule.

— Aïe !

— Voilà ce qui arrive quand on se moque d'une femme

enceinte. Je suis à un mois de mon accouchement, alors pitié, laissez-moi tranquille, ajouta-t-elle avant de sortir du bureau.

— Arrête de la contrarier, gronda Naya. Maintenant, je vais devoir lui faire une tisane et lui masser les pieds.

Nolan se mit à rire. Presque tous les membres de la famille avaient massé les pieds de Chandra. Par chance, Julian, son mari, adorait masser sa femme. C'était sans doute la raison pour laquelle ils s'étaient retrouvés avec ce bébé surprise.

Nolan s'efforça d'effacer cette pensée de son esprit. En réalité, il était un peu jaloux de leur couple. Bien que beaucoup plus jeunes que lui, il avait construit une relation heureuse et solide. Il espérait simplement que leur mariage ne subirait pas le même sort que les autres mariages de cette famille, y compris le sien.

Lorsque son père et Maria sortirent enfin de son bureau, Nolan ferma la porte pour profiter de ses derniers instants de solitude et fit tout son possible pour ne pas penser à la femme sublime qui avait pris possession de son cerveau.

8

Delaney grignotait la dernière griffe d'ours récupérée des viennoiseries de la matinée. Après avoir complété d'autres formulaires administratifs, elle s'était installée avec son ordinateur portable tout neuf fourni par l'entreprise.

Elle avait apprécié le charmant brunch de bienvenue organisé par Chandra et Naya. C'était l'occasion rêvée de faire connaissance avec les autres salariés. Y compris Maria, la viticultrice grincheuse. Un membre de l'équipe avait toutefois brillé par son absence : Nolan. En réalité, elle ne l'avait pas croisé depuis sa prise de fonction.

Laney avait survécu à sa réunion de quatre-vingt-dix minutes avec Maria, dont il était ressorti que la viticultrice ne souhaitait pas modifier le processus de fabrication du vin et estimait qu'il était parfait tel qu'il était. Ce qui n'augurait rien de bon pour l'avenir de leur collaboration.

De retour à la villa, elle avait passé une heure à échanger avec Raymond Valentine sur sa vision du vignoble. Laney aimait bien Ray. En fait, elle aimait bien toute la famille Valentine, y compris Nolan, même s'il n'avait pas pris la peine de se montrer au brunch.

Laney était un peu déçue. Elle aurait cru qu'il serait au moins passé dire bonjour. Après tout, non seulement ils travaillaient ensemble mais ils étaient voisins. Et après leur rencontre à la piscine, elle pensait qu'ils étaient au moins un peu amis. Mais peut-être Nolan ne faisait-il qu'être poli. Ce qui aurait expliqué pourquoi elle ne l'avait pas revu à la piscine, alors qu'elle y était allée chaque jour dans l'espoir de le recroiser...

— Maintenant que nous avons terminé, pourquoi ne vous accompagnerais-je pas à votre bureau ? proposa Ray en attrapant le dernier beignet aux pommes.

Laney suivit Ray hors de la cuisine, où ils avaient eu leur petit tête-à-tête. Contrairement à ses filles, il préférait ne pas avoir de bureau. Il disait avoir souffert d'une trop grande sédentarité lorsqu'il était le P-DG de l'entreprise textile que sa famille venait de vendre.

— En fait, je veux vous montrer un petit aménagement auquel mes filles ont pensé pour vous.

Elle était intriguée. Le laboratoire, bien qu'un peu rustique, lui convenait tel qu'il était. D'ailleurs, elle avait connu bien pire. Mais elle ne serait certainement pas contre un espace mieux aménagé, s'il y en avait un de disponible.

Alors qu'ils se dirigeaient vers l'arrière du bâtiment, Laney fut soudain prise de panique. Et si elle devait partager son bureau avec Maria, la viticultrice ?

Elle était ravie de travailler aux côtés d'une autre femme dans le domaine. Vraiment. Mais Maria ne semblait pas aussi heureuse. En fait, elle se comportait comme si elle se sentait menacée par la présence de Laney.

Cela n'avait rien de vraiment surprenant. La jeune femme s'était déjà heurtée à la réticence des employés des établissements vinicoles où elle avait travaillé. Pourtant, elle sentit un nœud se former dans son estomac à l'idée de partager un bureau avec une femme qui, de toute évidence, ne voulait pas d'elle.

Ils prirent l'escalier de service pour monter au deuxième étage. Ray toqua à la vitre en verre dépoli de la porte d'un bureau.

— Entrez.

Laney reconnut immédiatement la voix de Nolan et réprima un frémissement d'excitation.

— Vous souvenez de mon fils Nolan ? fit Raymond avec une pointe de sarcasme, sans doute pour faire sentir à son fils qu'il était mécontent de son absence au brunch.

— Bien sûr, acquiesça Laney avec un sourire. Ravie de vous revoir, Nolan.

— De même, répondit Nolan en se levant pour lui serrer la main. Désolé pour mon absence au brunch. J'ai eu un très long échange téléphonique avec la personne qui m'a succédé dans notre ancienne entreprise textile. J'espère que tout s'est bien passé lors de votre voyage à Seattle.

— Très bien, merci, répondit Laney, en sentant l'électricité danser le long de sa paume tandis que Nolan lui serrait la main.

— Et voilà... votre bureau, fit Ray en désignant un espace de travail installé dans un coin de la pièce.

Bien que simple, le bureau convenait parfaitement à Laney. Avec ses fournitures bien rangées, il était d'ailleurs assez semblable à celui de Nolan. Avait-il aménagé cet espace pour elle ?

— Je vais partager un bureau avec Nolan ? s'enquit Laney en regardant les deux hommes tour à tour.

Si Ray était rayonnant et presque hilare, Nolan n'avait pas l'air ravi.

— Nolan, vous êtes d'accord ? demanda Laney en sondant ses yeux sombres.

Clairement, Nolan n'était pas d'accord. Il était donc peu probable qu'il ait aménagé cet espace pour elle.

— Bien sûr, répondit Nolan après une pause beaucoup trop longue qui lui valut un regard sévère de son père. Il y a suffisamment de place pour nous deux.

— Vous voyez. Nolan est tout à fait d'accord. Cependant, s'il vous pose des problèmes, faites-le moi savoir, indiqua Ray en lui adressant un sourire éblouissant. Bon, j'y vais. Nolan va prendre bien soin de vous, Laney, j'en suis sûr. Mais si vous avez besoin de quoi que ce soit, Chandra, Naya et moi sommes à portée de téléphone. Je ferais mieux d'y aller. J'ai rendez-vous avec mon frère Joe pour dîner. À demain.

Dès que Ray eut refermé la porte, un silence gênant s'installa dans la pièce. Ils restèrent là, à se dévisager puis tentèrent de parler tous les deux en même temps, avant de se taire à nouveau. Honnêtement, Laney ne savait pas lequel des deux était le plus embarrassé.

— D'abord vous, dit-il avec un doux sourire, le premier qu'il lui adressait ce jour-là.

Laney s'avança et, redressant les épaules, s'éclaircit la gorge.

— Merci de me laisser partager votre bureau, mais j'ai l'impression que ce n'est pas ce que vous souhaitez. Et je me sens très bien là où…

— Laney, j'ai dit que j'étais d'accord pour partager ce bureau, l'interrompit Nolan en croisant les bras sur son large torse, torse qu'elle avait vu nu moins d'une semaine plus tôt.

Elle fit de son mieux pour chasser la vision de Nolan nu jusqu'à la taille avant de répondre.

— J'ai bien entendu les mots que vous avez prononcés, Nolan, dit Laney en faisant quelques pas vers le bureau installé pour elle.

— Mais ? soupira Nolan en ôtant ses lunettes et en tirant un pan de sa chemise pour nettoyer les verres.

À ce geste, Laney agita frénétiquement une main.

— Ne faites pas ça ! Vous allez rayer les verres ! s'écria-t-elle, se souvenant d'une paire de lunettes de luxe qu'elle avait fichu en l'air en faisant la même chose.

— Comme vous pouvez le voir, elles sont horriblement…

— Effectivement, répondit Laney. C'est un miracle que vous puissiez voir à travers.

Elle posa son sac à main sur le bureau de Nolan et fouilla dedans.

— Je peux ? demanda-t-elle en tendant la main vers lui.

Au bout de longues secondes, Nolan comprit qu'elle voulait ses lunettes et il les déposa dans sa main.

Sortant un spray antibuée, Laney vaporisa légèrement les verres puis les essuya délicatement avec un chiffon en microfibres. Elle leva les lunettes vers la lumière.

— Oh là là...

— Qu'y a-t-il ? s'enquit Nolan, qui ne voyait pas grand-chose sans ses lunettes.

C'était la première fois qu'elle le voyait sans. Il était encore plus beau. Laney sentit déferler en elle une bouffée de chaleur lorsqu'il se pencha sur le bureau pour mieux voir les lunettes qu'elle tenait à la main.

— Ces petites lignes sur les verres... Ce n'est pas de la saleté. Ce sont des rayures profondes dues à ce que vous vous apprêtiez à faire : essuyer vos lunettes avec un tissu abrasif qui crée de fines entailles. Il y en a plusieurs sur chaque verre.

Elle rendit les lunettes à Nolan, qui les examina attentivement.

— Je les vois maintenant, reconnut-il en rechaussant ses lunettes. Je serai moins négligent à l'avenir.

— Très bien, répondit Laney, se demandant pourquoi un échange aussi élémentaire faisait danser son cœur. Maintenant... Vous me semblez être quelqu'un de très réservé et donc j'en déduis que ce n'était pas votre idée que nous partagions ce bureau.

— En effet, admit Nolan.

Elle trouva son honnêteté rafraîchissante, même si son ego en prenait un coup.

— En fait, reprit-il, c'est ma famille qui m'a annoncé ça ce matin. J'étais à Nashville ces deux derniers jours.

Ce qui expliquait pourquoi il n'était pas à la piscine. Du moins, c'est ce qu'elle espérait.

— J'étais un peu irrité par ce partage. C'est d'ailleurs la raison pour laquelle je ne suis pas venu au brunch. J'ai accepté volontiers cet arrangement, mais mon cerveau avait besoin d'un peu de temps pour assimiler ce changement dans ma routine.

Un homme conscient de ses propres besoins et préférant la vérité au mensonge. Mmm, Nolan Valentine devenait de plus séduisant.

— Merci d'être si franc, Nolan, reprit Laney. Mais il n'est pas nécessaire de perturber votre routine alors qu'il y a un bureau parfaitement adapté en bas. De toute façon, je n'y serai pas la plupart du temps. Je dirai simplement à votre père que je préfère travailler au laboratoire.

— Ce n'est vraiment pas la peine, répondit Nolan. Je suis d'accord pour partager cet espace. Mais j'apprécie votre considération. J'attends un appel d'un fournisseur dans un instant. Mais si vous avez besoin de quoi que ce soit, faites-le moi savoir.

Laney le remercia, s'efforçant de réprimer un sourire. Puis, rangeant son sac dans le tiroir inférieur de son bureau, elle prit place, songeant qu'elle allait partager le même espace de travail que Nolan Valentine.

Ce qui n'était somme toute qu'un détail.

Alors pourquoi passa-t-elle le reste de l'après-midi à jeter des coups d'œil furtifs à son voisin et à lutter contre des visions de lui en maillot de bain ?

Sa sœur avait peut-être raison. Elle devait sortir davantage. Songer à une nouvelle relation.

Alors qu'elle jetait un nouveau coup d'œil à Nolan, il fit de même exactement au même moment. Il fit pivoter sa chaise vers la fenêtre qui se trouvait derrière son bureau et poursuivit son appel téléphonique.

Non, ce n'était absolument pas gênant...

9

— Alors comment ça se passe avec ta nouvelle colocataire ? Ça fait deux semaines à présent.

Nolan leva les yeux de son ordinateur à la question de sa jeune sœur. Elle était accompagnée de Chandra, dont le ventre rebondi laissait penser qu'elle allait accoucher à tout instant.

— Très drôle, dit-il en pointant le doigt vers Naya, qui se dirigea vers la machine à café. Nous ne sommes pas colocataires. Nous partageons un bureau en qualité de collègues, et ce grâce à vous deux.

— De rien, répondit Naya en faisant une révérence, comme si elle rendait visite au roi d'Angleterre. Ooh ! Qui a fait ces mini-cakes au citron ?

— Nous avons discuté de nos desserts préférés, répondit Nolan. J'ai dit que le mien était le cake au citron et...

— ... elle t'en a fait une fournée ? compléta Chandra en s'installant dans une des chaises face à son bureau.

— Elle ne m'en a pas « fait une fournée ». Notre conversation lui a rappelé qu'elle aimait beaucoup ce gâteau et que ça faisait bien longtemps qu'elle n'en avait pas fait. Du coup, elle en a préparé et les a apportés au bureau. Pas seulement pour moi. Pour tout le monde. Elle en a déposé une pleine assiette à côté de la machine à café d'en bas.

Comprenant à quel point il devait sembler sur la défensive, il s'éclaircit la gorge.

— Bien. Alors je vais en reprendre un, marmonna Naya, la bouche pleine. Ils sont délicieux, Chan. Tu devrais goûter.

Naya tendit à leur sœur aînée un mini-cake au citron enveloppé dans une serviette.

Chandra, qui semblait légèrement essoufflée, se cala sur sa chaise et posa la serviette sur son ventre, comme s'il s'agissait d'une table.

Nolan se mit à rire.

— Franchement, frangine, on admire ton engagement. Mais tu ne crois pas que tu devrais rester chez toi à te reposer, les pieds en l'air ou quelque chose dans ce goût-là ?

Mais Chandra refusait de prendre son congé de maternité avant la naissance du bébé. Elle était déjà enceinte lorsqu'elle avait accepté le poste de P-DG de Valentine Vineyards et elle semblait déterminée à prouver à tous que la grossesse ne la ralentirait pas.

— Trop de choses à faire, répondit Chandra en prenant un morceau de gâteau avant d'émettre un son semblable au ronronnement d'un chat. Mon Dieu, que c'est bon, marmonna-t-elle avant de reporter son attention sur Nolan. Une fois qu'Autumn sera née, je lui accorderai cent pour cent de mon attention. D'ici là, je veux m'assurer que tout est en ordre avant que je prenne mes trois mois de congé.

— Trois mois, hein ? fit Nolan, imaginant déjà sa sœur leur rendre visite avec son bébé parce qu'elle « passait dans le coin ». D'accord. Mais, en attendant, n'accouche pas sur mes fauteuils. Ce sont des antiquités hors de prix, dit-il en désignant les deux sièges en cuir acquis dans une vente aux enchères.

— Je vais faire de mon mieux mais je ne peux rien promettre, répondit Chandra en terminant son cake au citron et en faisant signe à Naya de lui en apporter un autre. C'est ta nièce qui décide.

Naya tendit à Chandra un deuxième cake au citron puis croqua dans le sien en s'asseyant sur l'autre fauteuil en cuir.

— Tu n'as toujours pas répondu à ma question. Comment ça se passe entre Laney et toi ?

— Ça se passe… bien, répondit Nolan, se sentant rougir.

Pourquoi avait-il chaud à la simple évocation de Delaney Carlisle ? En sa présence, il se transformait en collégien amoureux et maladroit. Au point qu'il avait le plus grand mal à se concentrer pour travailler et jetait fréquemment des regards furtifs dans sa direction. Sans parler du fait que, tous les matins, elle se penchait en avant juste devant lui pour se préparer un café.

Nolan se tortilla sur son siège, sentant son corps s'animer au souvenir du délicieux postérieur de Laney et au fantasme qui en découla : Laney penchée sur son bureau la jupe retroussée et lui la prenant par-derrière.

Il déglutit et s'agrippa à sa cravate soudain trop serrée.

— Très… bien, répéta-t-il.

Chandra et Naya éclatèrent de rire.

— Eh bien, même s'il n'a rien dit, on sait exactement ce qu'on voulait savoir, déclara Chandra à Naya.

— Exactement, dit Naya.

— Qu'est-ce que tu veux dire ? lança Nolan, même s'il n'était pas sûr de vouloir le savoir.

Mais il n'avait pas pu s'empêcher de poser la question.

— Ça veut dire que, petit a, Laney t'impressionne et que tu n'as rien à redire sur son travail, expliqua Chandra.

— Et que, petit b, tu es raide dingue d'elle, ajouta Naya.

Les deux sœurs se mirent à glousser. Parfois, il enviait son beau-frère Julian d'être fils unique.

— Il faut que vous arrêtiez toutes les deux de jouer les entremetteuses, rétorqua Nolan en agitant un doigt. Laney est ma… notre… salariée. C'est aussi ma collègue et ma voisine. Merci à vous deux.

Ses sœurs se congratulèrent par un *check* et agitèrent les doigts pour simuler une explosion.

Chandra se redressa sur son fauteuil.

— Le fait que Laney surveille le taux de sucre du raisin, le pH du sol et recueille des données sur le vin que nous nous apprêtons à mettre en bouteille fait déjà une différence. Et je peux imaginer une centaine de façons différentes dont ces informations nous seront utiles au moment des vendanges et au-delà.

— De plus, tu es complètement obsédé par elle, poursuivit Naya en balayant les miettes de son ample pantalon bleu marine qui ressemblait à une jupe lorsqu'elle était debout. Tu ne peux pas t'empêcher de la regarder. Et tu es moins râleur et contrariant avec elle qu'avec nous.

Nolan se mit à faire les cent pas derrière son bureau.

— C'est parce que, même quand elle m'agace – comme quand elle a pris la dernière capsule de café au caramel et qu'elle n'est même pas allée en rechercher dans la réserve –, je suis incapable de le lui dire. Parce qu'elle finit toujours par sortir quelque chose de super mignon, d'amusant ou de tout à fait fascinant.

Il s'arrêta et pointa un doigt accusateur vers ses deux sœurs avant de reprendre.

— D'ailleurs, je suis sûr que c'est vous qui avez dit à Laney de jouer la *geek* de service et de dire tous ces trucs adorables pour mieux me manipuler !

— Nous n'avons rien fait de tel…, assura Chandra.

— Tes sœurs ne m'ont rien dit du tout, déclara soudain Laney qui venait d'apparaître sur le pas de la porte, vêtue d'une grande blouse blanche aux manches maculées de saleté.

Depuis qu'ils partageaient un bureau et travaillaient ensemble, ils avaient décidé d'un commun accord qu'il serait plus simple de se tutoyer.

Elle redressa ses lunettes légèrement de travers.

— Je t'assure, ajouta-t-elle.

— Désolée…, souffla Naya d'un air crispé.

— Laney..., fit Chandra en se levant péniblement avec l'aide de Naya. Nous parlions simplement de tout ce que vous apportez à ce vignoble.

— Et de ces délicieux mini-cakes au citron, renchérit Naya en avalant son troisième gâteau. Il faut absolument que vous me donniez la recette.

— Volontiers, dit Laney avant de se tourner vers Nolan.

Il resserra sa cravate et déglutit difficilement, sentant soudain sa gorge s'assécher. Alors qu'il voulait attraper sa bouteille d'eau, celle-ci bascula, noyant les papiers posés sur son bureau. Naya lui tendit des serviettes en papier et l'aida à éponger. Il but le peu qui restait dans la bouteille.

Tout doux, Nolan. Tout doux.

— Eh bien, nous étions sur le point d'y aller. N'est-ce pas ? déclara Naya en prenant le bras de Chandra.

— En effet. Papa et moi devons discuter des commandes que vous voulez faire pour le laboratoire avant de les soumettre à votre pingre de colocataire.

Chandra fit un signe de tête en direction de Nolan, qui s'était immobilisé telle une araignée sur un mur espérant se faire oublier.

— Merci, dit Laney. Faites-moi savoir si vous avez besoin d'éléments supplémentaires pour justifier ces achats. Je peux vous fournir...

— Ce ne sera pas nécessaire, répondit Chandra en levant la main. Ce que vous avez fourni suffit amplement.

Nolan fit de son mieux pour réprimer un sourire. Delaney Carlisle était effectivement on ne peut plus minutieuse.

— J'ai peut-être un peu exagéré, reprit Laney, mais je voulais m'assurer que vous disposiez de toutes les données nécessaires.

— Et nous apprécions vos efforts, assura Chandra en lui adressant un sourire rassurant. Comme je l'ai dit, vous apportez beaucoup à ce domaine. Et nous nous félicitons tous de votre présence.

Laney la remercia d'un signe de tête. Ses yeux bruns scintillèrent, et un beau sourire illumina son visage. Nolan ne put s'empêcher de sourire lui aussi. Une fois que ses sœurs eurent quitté la pièce, il jeta un coup d'œil à Laney, qui le foudroya du regard.

Merde.

— Comme ça, tu penses que je suis une *geek* de service ? lança Laney en croisant les bras sur sa poitrine, attirant le regard de Nolan sur ses seins.

— Pourquoi, ce n'est pas le cas ? fit Nolan avec un petit rire nerveux, soulagé de voir que Laney réprimait un sourire. Parce que je ne vois absolument rien de mal à être un ou une *geek*. J'en suis un moi-même.

— Attends ! Ça veut dire aussi que tu me trouves adorable ? s'exclama-t-elle d'un ton ravi.

On aurait dit qu'elle était dans sa tête. C'était effrayant, mais aussi, d'une certaine manière, tout à fait charmant.

Nolan remonta ses lunettes.

Maudites soient ses sœurs.

Même lorsqu'elles ne jouaient pas directement les entremetteuses, elles lui faisaient faire ce qu'elles voulaient.

— C'est toi qui l'as dit, Carlisle. Pas moi, répondit Nolan, fourrant les mains dans ses poches. Pour ma part, je te décrirais plutôt comme brillante, perspicace, pleine de ressources et sacrément agaçante.

Laney se déhancha et lui décocha un sourire diabolique.

— Je crois que j'aime encore mieux cette description.

Génial. Il ne pouvait même pas insulter cette femme.

— Eh bien, je passais juste au bureau pour me faire un café, dit Laney en se dirigeant vers la machine.

Nolan inspira précipitamment, et son regard se fixa automatiquement sur son parfait postérieur.

— Il n'y a pas de machine à café en bas ? demanda-t-il en se pétrissant la nuque.

— Il y a plus de cafés parfumés ici, répondit Laney.

Lorsque son café fut prêt, Laney attrapa un mini-cake au citron et se dirigea vers la porte.

— La geek adorable a du travail, lança-t-elle. Si tu as besoin de moi, tu sais où me trouver.

— Oui, dans *mon* bureau, grommela Nolan.

Laney avait déjà quitté la pièce, mais il aurait juré l'entendre rire au bout du couloir.

Nolan poussa un soupir, contrarié que ses sœurs aient mangé presque tous les mini-cakes au citron que Laney avait préparés pour lui... ou plutôt pour *tout le monde*. Il inséra une capsule de café caramel-vanille dans la machine, plaça sa tasse et appuya sur le bouton.

— Et je te jure que je n'aurai *pas* besoin de toi, Delaney Carlisle. Je te le jure, marmonna-t-il dans sa barbe.

— C'est à ce moment-là qu'on sait qu'une femme est vraiment entrée dans sa tête, fiston, déclara soudain son père, hilare, en lui donnant une tape sur l'épaule. Quand tu te mets à lui parler alors qu'elle n'est pas là.

Nolan eut une fois de plus un coup de chaud mais ne prit pas la peine d'argumenter. Il valait mieux ignorer le commentaire.

— Depuis quand cette machine à café est-elle devenue si fréquentée ? demanda Nolan.

— Depuis que tu as une colocataire bien plus jolie et agréable que toi, et qui apporte de délicieux mini-cakes au citron, répondit son père en riant. En parlant de ça... Je peux ?

Il désigna l'assiette dans laquelle il ne restait plus que deux mini-cakes.

— Il n'y en avait plus en bas, précisa-t-il.

— Sers-toi, dit Nolan en serrant les dents et en ajoutant de la crème et du sucre dans son café.

Son père dévora le mini-cake en deux bouchées et se mit à regarder le dernier avec envie.

Résigné, Nolan tendit l'assiette à son père, qui l'accepta avec reconnaissance.

— En fait, je passais juste pour voir comment les choses se passaient entre toi et…

— Bon sang, mais qu'est-ce qui se passe, là ? s'emporta Nolan.

Ray haussa un sourcil argenté, l'air de dire : « Je te rappelle que je suis ton père. »

— Désolé, reprit aussitôt Nolan. Mais tu es la troisième personne en vingt minutes à me poser cette question. Tout va bien avec Laney. Il est encore trop tôt pour porter un jugement vraiment argumenté mais, jusqu'à maintenant, vous aviez tous raison. Elle est géniale. Elle m'impressionne et semble impressionner tout le monde.

— *Presque* tout le monde, précisa Ray. Notre viticultrice n'est pas très contente de l'analyse des données que fait Laney. D'habitude c'est elle qui se charge de compiler les chiffres. J'ai expliqué à Maria que Laney était là pour l'épauler et non pour lui prendre sa place. Elle n'a pas eu l'air très convaincue.

— Elle finira par se faire à l'idée, répondit Nolan en s'asseyant à son bureau. Ou peut-être que cet essai ne s'avérera pas si brillant après la lune de miel, et que nous décidons de ne pas aller de l'avant.

Raymond Valentine lui jeta ce regard froid et sceptique qu'il adressait à ses enfants lorsqu'ils disaient n'importe quoi.

— C'est ça. À plus tard, fiston.

Nolan referma la porte derrière son père, reconnaissant d'avoir enfin un moment de tranquillité. Mais, alors qu'il ouvrait son document et commençait à examiner les chiffres de vente, il se mit à jeter des coups d'œil vers le bureau vide de Laney.

Son père avait raison. Laney était vraiment dans sa tête. Et même s'il savait que c'était une très mauvaise idée, il ne pouvait s'empêcher de souhaiter qu'elle soit dans son lit.

Laney revenait d'une promenade dans les vignes avec Carlos Montoya, le contremaître qui dirigeait les ouvriers chargés d'entretenir les vignes et de récolter le raisin. Carlos avait été poli, même s'il n'avait pas vraiment semblé l'apprécier lorsqu'elle était arrivée au Domaine deux semaines plus tôt.

Elle savait que c'était plus lié à son travail qu'à elle personnellement. Pourtant, il régnait une certaine froideur chaque fois qu'ils discutaient.

Lorsqu'un après-midi Laney avait suggéré d'acquérir du nouveau matériel pour la récolte. Carlos avait secoué la tête et marmonné : *« A los tontos no les dura el dinero »*, ce qui voulait dire en gros : « L'argent ne fait pas long feu entre les mains d'un incapable. »

— *Él que no arriesga no gana*, avait-elle répondu, avec une prononciation pour le moins approximative.

Ce qui signifiait « qui ne risque rien n'a rien ».

— *Senorita, habla usted español*[1] ? avait demandé le sexagénaire en rougissant malgré son teint buriné.

— *Un muy poco*, avait répondu Laney. *Estoy aprendiendo con mi hija. Usamos Duolingo para aprender español.*[2]

— Ah, avait répondu Carlos en hochant la tête. Et quel âge a votre *hija* ?

Laney avait montré à Carlos des photos de sa fille sur son téléphone. Carlos lui avait alors donné des conseils de prononciation.

Depuis lors, Carlos lui parlait souvent en espagnol, prenant soin de bien articuler et de corriger ses erreurs. Et cet après-midi-là, pour la première fois, il avait accepté l'une de ses suggestions au lieu de répondre comme d'habitude : « Mais nous avons toujours fait comme ça, *señorita.* »

C'était peut-être la raison pour laquelle Laney avait l'impression de marcher sur un petit nuage lorsqu'elle entra dans le bureau qu'elle partageait avec Nolan. Hélas, il n'était pas là.

1. Mademoiselle, vous parlez espagnol ?

2. Un peu. J'apprends avec ma fille. Nous utilisons Duolingo pour apprendre l'espagnol.

Laney fit de son mieux pour ne pas se sentir trop déçue. Mais, pour être honnête, elle devait bien admettre que son euphorie du jour était surtout liée au fait qu'il avait dit à ses sœurs qu'il la trouvait adorable.

Toutefois « adorable » n'était pas suffisant. Elle aurait préféré qu'il la trouve magnifique ou terriblement sexy. Mais une chose était sûre à présent : l'attirance était mutuelle, même s'il ne voulait pas l'admettre parce qu'il était son patron.

Sérieusement... Cela faisait-il si longtemps qu'un homme qu'elle appréciait ne s'était pas intéressé un tant soit peu à elle ? Elle en avait du moins l'impression. Hélas, le plus triste dans tout ça, c'est qu'il ne concrétiserait jamais l'intérêt qu'il éprouvait pour elle. Laney se laissa tomber sur sa chaise de bureau. Il fallait vraiment qu'elle sorte davantage. Peut-être même qu'elle se trouve vraiment quelqu'un.

En attendant, elle pouvait peut-être renouer avec l'un de ses anciens passe-temps. Cela lui donnerait quelque chose à faire en plus de traîner chez Blake et Savannah quand elle ne travaillait pas.

Laney consulta sa montre. C'était la fin de sa journée de travail. Elle envisagea de rester quelques minutes de plus pour voir si Nolan revenait. Tout simplement parce que la politesse voudrait qu'elle lui dise au revoir. Mais, au bout de dix minutes, elle se rendit compte que c'était stupide. Nolan ne serait certainement jamais resté pour lui souhaiter une bonne soirée.

Laney récupéra son sac à main dans le tiroir de son bureau puis se dirigea vers la porte. À cet instant, son téléphone sonna. Un numéro inconnu s'affichait sur l'écran.

Elle s'assit sur le rebord de son bureau et prit la communication sur haut-parleur.

— Hé, maman, bonjour ! lança Harper, manifestement en pleine forme.

— Chérie, tout va bien ? De quel numéro appelles-tu ?

— Le mien ! s'écria Harper. Papa m'a offert un téléphone pour mon anniversaire.

— Ton père t'a acheté un téléphone ? répéta Laney en se levant d'un bond et en posant son sac sur le bureau. Mais tu n'as que sept ans...

— Presque huit !

— Tu n'as pas besoin d'un téléphone, Harper, reprit calmement Laney en se massant doucement les tempes. Nous en avons déjà parlé. J'ai promis de t'acheter un téléphone quand tu aurais dix ans.

— Je sais, répondit Harper d'un ton penaud. Mais toutes mes cousines en ont un. J'étais la seule à ne pas en avoir. Alors papa m'en a acheté un. Il est très joli, maman. Il est rose avec des cristaux brillants dessus.

— Harper, reprit Laney en serrant les dents. Ton père est là ? Passe-le-moi.

— D'accord, maman, soupira sa fille. Mais, d'abord, je dois te demander quelque chose d'important.

— Tu vois, Harper, j'aurais aimé que ton père et toi me demandiez mon avis avant qu'il t'achète ce téléphone. Mais ne l'appelle pas. Je lui en parlerai quand il te ramènera à la maison ce week-end. Que voulais-tu me dire, ma chérie ?

Le long silence de Harper alarma Laney.

— Je ne veux pas rentrer à la maison, maman.

— Quoi ? s'exclama Laney, le cœur battant à tout rompre. Comment ça, tu ne veux pas rentrer à la maison ?

— Les deux semaines ont passé si vite. Est-ce que je peux rester deux semaines de plus ? Papa a dit que tu serais sûrement d'accord puisque je n'ai pas encore d'école. Et puis, on va emménager ici de toute façon, non ?

— Je... euh..., balbutia Laney, incapable de prononcer la réponse qu'elle avait prévue.

J'ai promis d'y penser. Et voilà ce j'en pense : je ne crois pas que Seattle soit l'endroit idéal pour nous.

Elle n'arrivait pas à prononcer ces mots parce que ce n'était pas vrai. Elle n'avait pas réfléchi à la possibilité de déménager à Seattle, contrairement à ce qu'elle avait promis.

Et pourquoi ne l'avait-elle pas fait ?

Actuellement, la seule autre perspective était de rester à Magnolia Lake, où elle avait de la famille, mais son emploi n'était que temporaire et aucune des écoles voisines n'était spécialisée en sciences ou en maths. Allait-elle vraiment laisser le désagrément de croiser son ex la priver d'une situation qui pourrait être idéale pour sa fille et elle ? Quoi qu'il en soit, il n'était pas question de mentir à Harper à ce sujet.

— J'ai promis de réfléchir à la question de déménager à Seattle, et je le ferai, répondit calmement Laney. Mais je n'ai pas encore pris ma décision. Et toi, jeune fille, tu es censée rentrer à la maison ce week-end.

— Mais nous n'avons pas vraiment de maison en ce moment, remarqua justement Harper. On est juste là pour passer l'été avec tante Vanna. Cet été, j'aimerais vraiment passer du temps avec papa, mes grands-parents et mes cousines. S'il te plaît.

Laney pouvait imaginer le regard de chien battu de sa fille à l'autre bout du fil.

— S'il te plaît… Imagine, si tu décides de revenir à New York, je ne les reverrai pas avant très longtemps, ajouta-t-elle, d'un ton proche de la panique.

Laney fronça les sourcils.

— Mais, ma puce, le week-end prochain, c'est ton anniversaire.

— Je sais, répondit Harper d'un ton penaud. Et je sais que tatie avait prévu quelque chose chez elle. Mais je n'ai jamais fêté mon anniversaire avec papa et j'aimerais…

— D'accord, Harper, répondit Laney avec un sourire forcé, qui, espérait-elle, passerait au téléphone. Si c'est ce que tu veux vraiment pour ton anniversaire.

— Oui, c'est ce que je veux vraiment !

— Eh bien, si ton père est d'accord, reprit Laney, en refoulant ses larmes.

Harper appelait déjà son père, et le simple fait qu'elle l'appelle papa lui tapa sur les nerfs.

— Laney ? Bonjour, je ne savais pas que Harper t'avait appelée. Tu es probablement encore au travail.

— Tu aurais dû m'appeler *avant* d'acheter un téléphone à ma fille de sept ans, dit-elle sèchement.

— Harper a dit que tu pensais lui en acheter un, alors je...

— Quand elle aura dix ans, Derrick. Pas maintenant. Ou bien ta petite princesse a-t-elle omis ce point essentiel de la conversation ?

— Zut... Il semble bien que je me sois fait avoir. Je suis désolé, Lanes. Je ne voulais pas...

— Oublions ça pour l'instant. Qu'est-ce qui t'a pris de proposer à Harper de rester deux semaines de plus ?

— Ce n'est pas une conspiration, Lanes, je te le jure. J'avais prévu de t'appeler ce soir pour t'en parler moi-même. Je n'imaginais pas que Harper allait prendre les devants. Mais, oui, je voudrais passer plus de temps avec elle. Nous le voulons tous. Mes parents sont ravis de s'occuper d'elle. Mon frère, ma sœur et leurs enfants l'adorent. Harper est drôle, intrépide et très intelligente. C'est incroyable à quel point elle me fait penser à toi, conclut-il, avec un petit rire.

Laney avait envie de hurler. Comment osait-il lui demander une chose pareille ? Comment pouvait-il croire que son petit compliment ferait mieux passer la pilule ? Mais elle ne dit rien de tout ça. Elle opta pour son choix habituel dans ce genre de situations : prendre sur elle pour le bien de sa fille.

— Harper peut rester deux semaines de plus. N'oublie pas que son anniversaire est...

— Samedi prochain. Je m'en occupe. Maintenant que nous avons ton feu vert, ma mère et ma sœur vont se déchaîner.

Elles sont plus excitées que Harper à l'idée d'organiser cette fête d'anniversaire.

— Bon, il faut que j'y aille, reprit Laney après un silence gênant.

— Bien sûr... Tu sais, Lanes, tu as fait un super boulot en élevant seule notre fille. Je ne te remercierai jamais assez pour les sacrifices que tu as faits ces huit... non... neuf dernières années. Harper est une petite fille extraordinaire. Je te remercie de me laisser être son père. Ne crois pas que j'ignore à quel point ça doit être difficile pour toi de me voir revenir dans vos vies comme ça. Du fond du cœur, je te remercie.

Les mots de Derrick étaient pleins de sensibilité et d'émotion. Malgré toute la colère qu'elle éprouvait pour lui, Laney n'en laissa rien paraître. Au lieu de cela, elle dit une chose qui la surprit elle-même.

— Je me réjouis que tu sois prêt à être le père de Harper, Derrick. C'est ce qu'elle réclame depuis plusieurs années. Mais si jamais tu lui brises le cœur comme tu as brisé le mien...

— Je ne ferai jamais ça, Laney. Crois-moi. Je sais que je ne peux pas changer le passé, mais je te promets que je passerai le reste de ma vie à essayer de me racheter auprès de Harper et toi.

— Tu n'as pas besoin de te racheter auprès de moi, Derrick. Sois le père que Harper mérite, et tout ira bien.

— Mais, toi, tu vas bien ? demanda-t-il.

— Qu'est-ce que tu veux dire ? fit Laney, agacée.

— Je veux dire que, même si je sais que seule Harper est sous ma responsabilité, tu es sa mère. Nous aurons toujours ce lien. Alors, je ne peux pas m'empêcher de m'inquiéter pour toi aussi. Tu es une mère formidable, c'est certain, mais au-delà de ça, je me demande si tu es heureuse.

Il se préoccupait de son bonheur, à présent ?

— Je vais parfaitement bien, répondit Laney d'un ton sec. Maintenant, n'oublie pas de prendre plein de photos de la fête et de m'appeler en visio quand tu chanteras *Joyeux Anniversaire*.

— Sans faute, dit-il d'un ton triste. Profite de ton été sans enfant, Lanes. Tu le mérites. On se rappelle très vite.

Laney fixa son téléphone de longues minutes après que Derrick eut raccroché. Elle aurait dû être reconnaissante au père de sa fille de se montrer si attentionné. Mais elle ne pouvait s'empêcher d'être choquée qu'il semble soudain se soucier d'elle.

— Alors… c'était l'ex, hein ? souffla Nolan.

Laney tressaillit et se tourna vers lui si rapidement qu'elle faillit se tordre la cheville. Son cœur s'emballa.

— Je ne t'avais pas vu entrer… Depuis combien de temps es-tu là ?

— Quelques minutes.

— Désolée, Nolan. Je n'aurais jamais pris cet appel sur haut-parleur si j'avais su que tu étais là. Je pensais que j'étais seule. Qu'est-ce que tu as entendu ?

— Que tu n'es pas contente qu'il lui ait acheté un téléphone et qu'ils t'aient forcée à la laisser rester deux semaines de plus.

— Oh…, fit-elle, embarrassée.

— L'ex… a l'air d'être un type bien, reprit Nolan en s'asseyant sur le bord de son bureau, les mains dans ses poches.

— C'est un type bien, reconnut Laney

— Pourtant, ça n'a pas marché entre vous.

La question « Que s'est-il passé entre vous ? » resta en suspens entre eux.

— C'est une histoire à raconter autour d'un barbecue et d'une bière, répondit-elle.

— Tu bois de la bière ? Décidément, tu es pleine de surprises. Je te voyais plutôt comme une snob du vin.

— Ça m'arrive de l'être aussi. Bonsoir, Nolan.

— Attends, dit-il en la suivant jusqu'à la porte. Tu as un une petite tache sur le visage.

— Où ça ? demanda Laney en se mettant à frotter la zone indiquée par Nolan.

— Non, pas là, *là*, dit-il en sortant un mouchoir de sa poche et s'approchant pour lui essuyer la joue.

Même s'il ne la touchait pas directement, il y avait quelque chose de très intime dans ce geste. Elle sentit soudain son souffle chaud se mêler au sien et les nuances de son eau de toilette lui titillèrent les narines.

La respiration de Laney s'accéléra. Son regard croisa le sien et, l'espace un instant, elle ne put s'empêcher d'espérer qu'il l'embrasse. Ce qui lui permettrait de répondre enfin à l'énigme : Est-ce que Nolan Valentine embrasse bien ?

De toute évidence, elle se poserait la question jusqu'à son dernier souffle.

— On dirait du rouge à lèvres, dit Nolan.

Laney jeta un œil à la tache bordeaux sur le mouchoir puis à ses doigts.

— Zut... Mon rouge à lèvres a dû s'ouvrir dans mon sac. La doublure doit être complètement fichue. Merci, Nolan. Je peux prendre ton mouchoir ? Je te le laverai.

— Ce ne sera pas la peine, dit-il.

Laney tendit la main, montrant clairement qu'elle n'acceptait pas de réponse négative. Il essaya de cacher son amusement en lui remettant le mouchoir.

— Au fait, je voulais te dire... C'est super que tu aies trouvé un terrain d'entente avec Carlos. Ça nous aidera à gagner sa confiance et celle des ouvriers, dit-il en retournant vers son bureau. À demain.

— Merci, répondit-elle en prenant son sac et son téléphone. À demain.

Laney se dirigea vers le parking. Son cœur dansait dans sa poitrine et sa peau picotait encore à l'endroit où Nolan avait essuyé la tache de rouge à lèvres. Oui, c'était complètement stupide d'en pincer autant pour son patron. Mais cela faisait un temps fou qu'elle ne s'était pas laissé entraîner dans un rapport de séduction. Même si rien de concret ne devait jamais en sortir, elle chérirait toujours ces moments.

10

Dans son patio, Nolan préparait un barbecue, s'employant à disposer une pyramide de morceaux de charbon de bois sur une base de boules de papier. D'ici quinze à vingt minutes, il obtiendrait des braises brûlantes. Pas besoin de liquide allume-feu.

Nolan but une gorgée de bière. C'était un samedi après-midi tranquille, et il avait promis à ses sœurs de ne pas travailler, ni au Domaine ni chez lui. Mais cette journée s'était transformée en marathon de ménage et de rangement.

Il avait vidé son réfrigérateur, son garde-manger, ses placards de cuisine et ses armoires à linge, nettoyé les étagères, jeté tout ce dont il n'avait pas besoin, puis remis chaque chose à sa place. Parce que chaque chose devait avoir sa place. Sinon, il était perturbé.

Cela signifiait qu'il ne fallait pas mettre de fruits dans le bac à légumes. Ni stocker autre chose que des produits laitiers dans le compartiment prévu à cet effet. Il était essentiel d'aligner les chaussures dans leurs rangements. Et de n'éprouver aucune attirance pour une collaboratrice.

S'il était très au point en matière de rangement d'objets en tout genre, il n'en allait pas de même de ses sentiments. Cela faisait trois semaines qu'il partageait son bureau avec Delaney Carlisle, et il était chaque jour un peu plus épris de d'elle.

D'ailleurs, qui employait encore cet adjectif, « épris » ? Nolan soupira et reprit une gorgée de bière. Sa grand-mère avait peut-être raison. Il avait l'âme d'un homme de quatre-vingt-dix ans.

Le claquement d'une porte, suivi du rire mélodieux de Laney, attira l'attention de Nolan. Il jeta un œil vers l'endroit où elle venait d'apparaître sur sa terrasse, pieds nus, vêtue d'un short en jean et d'un T-shirt à col en V. Elle tenait son téléphone dans une main et un arrosoir dans l'autre.

Nolan recula derrière un buisson pour pouvoir l'observer sans être vu. Non pas qu'il ait pris l'habitude de le faire. Il avait découvert cela complètement par accident. Depuis, il ne l'avait épiée qu'à peine quatre fois.

Laney se hissa sur la pointe des pieds pour arroser les plantes suspendues sous son porche, dévoilant une partie de son abdomen tonique et son tatouage autour du nombril. Puis elle se pencha pour arroser les plantes posées par terre. Son short échancré épousait ses fesses rondes et mettait en valeur ses cuisses musclées.

Un frisson de désir parcourut Nolan. Il se mordit la lèvre inférieure et sentit son sexe durcir à la vue de la silhouette de Laney : une véritable œuvre d'art. Il détourna le regard.

Reprends-toi, mon pote. C'est une collaboratrice.

On ne sortait pas avec un ou une salarié.e. Cette règle, il avait voulu la faire inscrire dans le manuel d'accueil remis aux nouveaux membres du personnel. Nolan était bien placé pour savoir à quel point ce genre de relation pouvait mal tourner. Il avait rencontré son ex-femme alors qu'elle travaillait pour une association caritative parrainée par Valentine Textiles.

Son père et ses sœurs s'étaient opposés à cette règle car ils estimaient que, dans une si petite ville, il était presque inévitable de sortir avec un ou une collègue. S'il commençait à le faire maintenant, cela prouverait qu'ils avaient raison et lui tort. Or ce n'était pas le cas. C'était une mauvaise idée de sortir avec une collaboratrice.

À cet instant, Laney se mit à chanter à tue-tête *Joyeux*

anniversaire. Il ne put s'empêcher de sourire. Mais, même de l'autre bout du jardin, il percevait une nuance de tristesse dans l'expression de la jeune femme.

Lorsque Laney eut fini de chanter, elle envoya un baiser à l'écran.

— Je t'aime, ma chérie, dit-elle.

Puis son ton et son expression changèrent. Apparemment, elle parlait à quelqu'un d'autre mais il n'entendit pas ce qu'elle disait.

Elle parlait sans doute à l'ex. Il connaissait bien cette expression. Laney raccrocha brusquement puis se laissa tomber sur le canapé du patio. Ses épaules tressautaient et, même s'il n'entendait pas de sanglots, il était clair qu'elle pleurait.

Nolan se frotta le front et soupira. Ce qui se passait entre sa collaboratrice et son ex ne le concernait pas. La meilleure chose à faire était de rester dans son jardin et de s'occuper de ses affaires. Mais Laney pleurait à chaudes larmes de l'autre côté de la clôture et cela lui déchirait le cœur.

Il aurait peut-être dû rester en dehors de tout ça mais il en était incapable.

Nolan vérifia le barbecue. Dans dix minutes, il serait prêt. Il régla la minuterie de sa montre connectée, prit une grande inspiration et se dirigea vers le jardin de Laney.

Il toqua sur la clôture.

— Oui ? fit Laney d'un ton à la fois perplexe et alarmé. Qui est-ce ?

— C'est moi, Laney. Je peux entrer une minute ?

Elle ne répondit pas tout de suite, mais il pouvait l'entendre renifler.

— Oui, bien sûr, Nolan.

Nolan lui adressa un signe de la main maladroit et remonta la petite allée menant au patio.

— Je ne veux pas être indiscret, mais j'étais dehors en train d'allumer mon barbecue et j'ai remarqué que tu avais l'air... contrariée. Je voulais juste m'assurer que tu allais bien.

Laney passa un doigt sous l'un de ses yeux larmoyants et renifla.

— Ça va, répondit-elle sans conviction.

— Excuse-moi mais… ça n'a pas l'air d'aller *du tout*.

Comme elle ne répondait pas, il s'assit sur le canapé à ses côtés.

— Je t'ai entendue chanter *Joyeux anniversaire* à Harper. C'est la première fois que tu ne fêtes pas son anniversaire avec elle ?

Laney acquiesça, essuyant les larmes qui coulaient sur ses joues.

— C'est si évident que ça ?

— Il est évident que tu aimes ta fille et qu'elle te manque.

— Tout le monde me dit de profiter de ma liberté. Mais, depuis huit ans et neuf mois, Harper est toute ma vie. Je m'inquiète constamment pour elle. Est-ce qu'elle se brosse les dents le matin *et* le soir ? Met-elle de la crème solaire avant de sortir jouer ? Met-elle son bonnet en soie pour dormir et démêle-t-elle ses boucles ?

Laney posa un pied sur le canapé et entoura de ses bras sa jambe levée tout en étirant l'autre. Nolan ne put s'empêcher de regarder ses orteils. Elle s'était fait faire une pédicure.

Au prix d'un effort mental herculéen, il détourna le regard de ses ongles de pied artistiquement vernis et des kilomètres de peau brune et lisse digne d'une publicité pour le beurre de karité.

— C'est la durée de son absence qui t'attriste ? Parce que ça me semble plus profond que ça.

Laney tourna brusquement la tête vers lui. Elle semblait à la fois impressionnée et agacée par la justesse de sa question. Elle poussa un soupir et lissa ses cheveux coiffés en une haute couette afro attachée à l'aide d'un foulard de soie.

— La vérité, c'est que j'ai la haine de me retrouver en compétition avec Derrick pour l'amour de ma fille. Il n'y a toujours eu que nous deux. Soudain, il sort de nulle part et…

Laney laissa les mots s'évanouir avant de reprendre.

— C'est difficile de rivaliser avec le parent nouveau, brillant et amusant quand vous êtes celle qui impose les règles, alias la tueuse d'amusement.

— Les règles sont importantes. Elles nous protègent, répondit-il d'un ton réconfortant. Mais ce n'est probablement pas ce qu'une enfant de huit ans a envie d'entendre.

— C'est certain, soupira-t-elle.

— Si je comprends bien, la relation entre Harper et son père est récente.

Oui, je sais bien que je suis totalement indiscret.

— Oui, répondit-elle avant de marquer une pause durant laquelle elle sembla choisir ce qu'elle était prête à partager avec lui. Je faisais mes études quand je suis tombée enceinte de Harper. Derrick et moi avions l'intention de parcourir le monde et de travailler pour des associations caritatives. Harper est arrivée par accident. J'ai décidé de garder le bébé. Mais Derrick tenait absolument à voyager. Avec un enfant en bas âge, c'était impossible. Le compromis n'étant pas envisageable, nous nous sommes séparés. Je ne lui en ai pas voulu de la décision qu'il a prise. À un autre moment de ma vie, j'aurais peut-être fait le même choix. Mais j'ai du mal à accepter que, après des années de maternité en solo, il débarque et joue les papas gâteau alors que je n'en suis encore qu'à essayer de comprendre ce que c'est que la maternité.

— Ça n'a pas dû être facile pour toi, remarqua Nolan. C'est vraiment généreux de ta part d'avoir accepté que Harper aille à Seattle voir son père.

— J'admets qu'il a travaillé dur ces six derniers mois pour établir une relation avec elle et gagner ma confiance, soupira-t-elle. Et pourtant je n'étais absolument pas prête à la laisser partir pour deux semaines. Mais Harper voulait tellement y aller, et Derrick s'est montré tellement aimable, que j'ai cédé. Alors je l'ai laissée partir, conclut-elle en haussant les épaules.

— Je pense que Harper est entre de bonnes mains. En plus, elle est forte, comme sa mère. Elle va s'en sortir, dit Nolan en lui donnant un petit coup de coude dans le bras. Tu as pris la bonne décision. Tu devrais croire en ton jugement, toi aussi.

— Je te rappellerai ce que tu viens de dire la prochaine fois que je te demanderai d'acheter un équipement dont tu ne vois pas l'utilité, le taquina Laney, le regard pétillant.

— C'est bien pour ça qu'on ne devient jamais ami avec les gens qui travaillent pour nous, répliqua Nolan, hilare.

— Oh ! c'est ce que nous sommes ? Amis ? C'est bon à savoir, lança Laney, avant de détourner le regard.

À court de repartie, il détourna la conversation.

— Alors, quels sont les projets de Harper pour son anniversaire ?

À ces mots, le sourire de Laney disparut et son regard se figea comme si elle allait se remettre à pleurer.

Qu'avait-il fait ? Qu'avait-il dit ? Avant qu'il puisse poser la question, sa montre connectée se mit à biper.

Merde. Il ne pouvait pas l'abandonner dans cet état alors qu'il l'avait contrariée. Mais il ne pouvait pas non plus laisser son barbecue sans surveillance plus longtemps.

— Vas-y, renifla Laney. Tout va bien. Vraiment.

Et le Père Noël existe, et les cochons ont des ailes.

Nolan plongea les mains dans les poches de son short de basket et regarda Laney.

— Je fais des grillades ce soir. Rien d'extraordinaire. Juste des steaks et des saucisses. Peut-être quelques bières. Tu es la bienvenue.

Laney le dévisagea en clignant des yeux.

— Tu veux dire que tu m'invites à un barbecue chez toi ? dit-elle en pointant à plusieurs reprises l'index vers lui puis vers elle, comme si elle voulait vérifier qu'elle avait bien compris.

— Oui. C'est bien ça. Je t'invite..., balbutia-t-il. Mais ne te sens pas obligée d'accepter. Si tu préfères ne pas venir, je comprendrai tout à fait.

— Ton dîner pour deux me semble beaucoup plus sympa que la soirée de déprime que j'avais prévue. Merci, Nolan. Laisse-moi quelques minutes pour fermer, j'arrive.

— Génial, répondit Nolan d'un ton enthousiaste alors qu'il n'en menait pas large.

Il l'avait invitée de bon cœur. Mais jamais il n'aurait imaginé qu'elle accepterait. Si, d'un côté, il en était ravi, de l'autre, il était complètement paniqué à l'idée de passer une soirée en tête à tête avec sa collègue à la beauté ravageuse, qui, même vêtue d'un short en jean élimé et les joues maculées de larmes, ressemblait de plus en plus à la femme dont il avait toujours rêvé.

Il regagna son jardin, complètement paniqué.

Deux heures de conversation polie en gardant les mains dans les poches et en baissant les yeux. Il pouvait sûrement y arriver.

Mais son cœur, qui battait de toutes ses forces dans sa poitrine, l'implorait d'arrêter de se raconter des histoires.

11

Laney ne prit pas la peine de toquer à la porte de derrière puisque Nolan l'attendait. D'ailleurs, si elle s'était arrêtée pour toquer, elle aurait peut-être trouvé une raison de revenir à la sécurité de sa propre terrasse.

Comment se faisait-il que l'austère directeur financier, qui aimait tant la solitude, soit venu prendre de ses nouvelles ? C'était incroyable. Mais c'était encore plus incroyable qu'il l'ait invitée chez lui à un barbecue. Laney était sortie déjeuner avec Chandra et Naya plusieurs fois depuis qu'elle avait commencé à travailler au Domaine. Elle avait même mangé avec Ray et Maria. Mais Nolan avait gardé ses distances. Laney ne l'avait jamais revu à la piscine, malgré le nombre de fois où elle avait essayé de le croiser « accidentellement ».

Nolan avait paru surpris qu'elle accepte son invitation. L'avait-il invitée par politesse ?

Laney chassa cette pensée et remonta l'allée jusqu'à l'endroit où Nolan surveillait la cuisson de deux steaks d'aloyau et quelques saucisses.

— Mmm... Ça sent bon, dit Laney avant de soulever un sac de courses en toile qu'elle portait sur l'épaule. J'avais préparé une salade et ma toute première tarte au citron. Je les ai donc apportées.

— Merci, répondit Nolan en s'essuyant les mains avant de l'entraîner dans la cuisine. C'est une de mes tartes préférées.

Elle s'en souvenait. Il en avait parlé l'autre jour, lors de leur discussion sur les desserts. Mais mieux valait ne pas l'évoquer.

— Waouh... ta cuisine est vraiment impeccable, fit Laney en voyant les plans de travail propres et dégagés et les appareils électroménagers étincelants.

— Aujourd'hui, c'était ménage, répondit-il, étonné de sa surprise. J'ai promis à mes sœurs de ne pas travailler pour le Domaine.

— Du coup, tu as tout nettoyé, déduisit Laney en réprimant un sourire.

C'était logique que sa maison soit à l'image de son bureau immaculé et rangé au cordeau.

— J'aurais dû enlever mes chaussures, alors, ajouta-t-elle en jetant un œil à ses pieds.

— Mais non. Vraiment, assura-t-il en posant une main chaude sur son coude, envoyant des frissons le long de son bras. Je vais prendre tes plats.

Nolan posa sur la table le saladier en bois couvert de plastique étirable et mit la tarte au citron dans le réfrigérateur.

— Une bière ? proposa-t-il. Je n'ai que des blondes d'importation.

— Ça ne me dérange pas, répondit-elle en choisissant une bière blanche originaire de Belgique.

Nolan s'esclaffa en lui tendant un décapsuleur.

— Qu'y a-t-il ? fit Laney en décapsulant la bouteille.

— C'est exactement celle que j'aurais choisie pour toi, dit-il en souriant fièrement.

— Ne fais pas le malin, Valentine. Tu as eu de la chance, c'est tout.

— Peut-être, Carlisle, répondit Nolan en regagnant la terrasse, Laney sur les talons.

Ils s'installèrent chacun à une extrémité du canapé.

— Eh bien, je t'écoute. Tu avais bien parlé d'une histoire qui ne pouvait se raconter qu'autour d'une bière et d'un barbecue, non ? fit Nolan en sirotant sa bière.

Laney prit elle aussi une gorgée de bière et haussa les épaules.

— Je t'ai déjà presque tout dit de ce qu'il y a à savoir sur moi et le père de Harper.

— D'accord. Alors dis-moi pourquoi as-tu été si contrariée quand je t'ai demandé ce que Harper avait prévu pour sa fête d'anniversaire ?

Laney fronça les sourcils puis avala une nouvelle gorgée de bière.

— Ça va paraître mesquin et ridicule…

— Je ne te jugerai pas, promis, l'encouragea Nolan en levant le bras droit.

— Harper est une grande fan de super héros, commença-t-elle

— Je m'en doutais un peu…

— Mais ce que tu ne sais peut-être pas, c'est que je le suis aussi. Nous avons suivi le tournage d'un des premiers films avec une super héroïne noire. Une partie du film a été tournée près de New York, là où nous habitions. Nous avons sauté de joie en apprenant que le film sortait le week-end de l'anniversaire de Harper. C'était comme un heureux présage.

Laney fronça les sourcils et sentit ses yeux picoter à nouveau. Mais, cette fois, elle retint ses larmes.

— Tu avais donc prévu d'emmener Harper à la première du film pour son anniversaire, devina Nolan.

— Oui, mais nous n'allions pas seulement assister au film, précisa-t-elle. J'ai réservé l'expérience VIP, avec les costumes, et j'avais prévu de passer le reste de la journée avec elle au spa.

— Tu y es allée quand même, à ce que je vois.

— Oui… Comment le…

Il désigna ses ongles de pieds vernis, plutôt que ses mains. Un choix qu'elle trouva… révélateur. Et qui lui réchauffa le corps à des endroits auxquels elle préférait ne pas penser alors qu'elle était assise si près de son patron, pour qui elle avait déjà un béguin complètement inapproprié.

— Oh..., fit-elle en prenant une nouvelle gorgée de bière. Quoi qu'il en soit, c'était censé être une surprise. Et quand elle a demandé à rester plus longtemps, je me suis dit qu'on reporterait la sortie à plus tard, mais...

Laney laissa la phrase en suspens, comme pour ne pas se faire du mal une fois de plus.

— Mais ton ex l'emmène voir le film aujourd'hui, continua Nolan en fronçant les sourcils.

— Non seulement il l'emmène voir le film mais c'est là qu'ils organisent la fête d'anniversaire de Harper. Elle porte déjà son costume.

Laney poussa un soupir exaspéré puis fit un signe de la main avant de reprendre.

— Je sais que ça doit paraître mesquin et puéril de ma part d'être si contrariée pour ça. Je devrais être heureuse que Derrick offre à notre fille une expérience extraordinaire dont elle se souviendra toute sa vie. Mais, les super héros, c'était un peu notre truc à toutes les deux, ces deux dernières années. Et voilà que Derrick met les pieds dans le plat et vole ce qui aurait dû être notre moment.

— Comme s'il avait complètement piraté ta relation avec ta fille, renchérit doucement Nolan.

Laney acquiesça, incapable de répondre.

En apparence, Nolan était un homme solitaire, austère, qui mettait un point d'honneur à respecter les règles. Mais, sous ces dehors peu engageants, il était bien plus tolérant et perspicace qu'on aurait pu l'imaginer.

Nolan n'était-il pas venu en aide à sa fille lorsqu'elle avait été agressée verbalement par une bande de petites brutes ? Ne s'était-il pas montré compréhensif lorsqu'elle-même avait mal réagi quand Harper lui avait demandé de prolonger son séjour à Seattle ? N'était-il pas venu, ensuite, prendre gentiment de ses nouvelles ? Il l'avait même invitée chez lui, pour qu'elle ne soit pas seule à se morfondre, alors qu'il aurait sans doute préféré se reposer tranquillement.

Si elle n'avait pas déjà eu le béguin pour Nolan Valentine, cette nouvelle marque de sollicitude aurait achevé de la séduire. Nolan était brillant, beau et gentil. Jamais dans son souvenir elle n'avait rencontré d'homme cumulant ces trois qualités. Un homme avec qui elle se sentait à l'aise et qui semblait vraiment la comprendre. Un homme que sa fille appréciait aussi.

Hélas, Nolan était son patron. Et tomber amoureux ne serait bon ni pour lui ni pour elle.

Ils buvaient leurs bières en silence. Nolan avait beau être gentil et compréhensif, il n'était pas insistant. Le simple fait d'être là avec lui suffisait à apaiser ses nerfs à vif et son cœur blessé. Et il semblait le percevoir.

— Tu connaîtrais quelqu'un qui voudrait des places de cinéma hors de prix pour ce soir ? s'enquit Laney en finissant sa bière.

— Confession, annonça Nolan. J'étais un grand fan de super héros quand j'étais jeune. J'ai encore une tonne de bandes dessinées à Nashville. Mais, après mes études, j'ai été trop pris par le travail pour continuer. Jusqu'à ce que je rencontre les trois enfants de Marian et…

Nolan fit une grimace puis sourit tristement, avant de poursuivre.

— Ils aimaient les bandes dessinées et les super héros, comme moi à leur âge. C'est comme ça qu'on s'est mutuellement adoptés.

La peine semblait irradier de toute sa personne, et elle eut envie de se rapprocher pour le prendre dans ses bras.

— Quel âge avaient-ils ? demanda-t-elle à la place.

— Trois, cinq et sept ans. Ils étaient adorables, deux garçons et une petite fille. Ils faisaient de moi ce qu'ils voulaient. Tout était super héros, tout le temps. Cela m'a ramené à ma propre passion pour ces personnages. Nous n'avons manqué aucun film ni aucun salon de la BD.

— Ne me dis pas que vous y alliez déguisés et qu'il existe des photos de toi portant des collants et une cape !

Mon Dieu, ai-je vraiment dit ça à voix haute ?

Maintenant qu'elle y pensait, elle était sûre qu'il serait parfait en justaucorps avec les épaules et le torse qu'il avait, et elle aurait parié qu'il avait le postérieur idéal pour porter des collants.

Laney résista à l'envie de se mordre le poing. Elle se contenta d'enfoncer discrètement ses dents dans sa lèvre inférieure.

— Secret-défense, répondit-il en riant avant de lui décocher un petit sourire narquois qui la fit frissonner de partout et se demander quel pouvait être le goût de ses lèvres charnues.

— Dis donc, tu avais une super relation avec les enfants. Mais j'imagine que ça ne s'est pas bien terminé avec leur mère.

Cette question, Laney avait envie de la lui poser depuis un moment, mais elle n'avait jamais réussi à dévier la conversation dans ce sens.

Nolan reprit sa bouteille et but une longue gorgée avant de la reposer. Il cherchait probablement la façon la plus polie de lui dire que ce n'étaient pas ses affaires.

— Les choses se sont bien passées pendant un certain temps. Mais, assez rapidement, je pense que nous nous sommes tous les deux plus investis dans le « nous » familial que dans le « nous » de notre couple. Nous sommes sortis ensemble pendant un an. Nous nous sommes mariés et le mariage a duré cinq ans. Mais Marian était toujours amoureuse du père des enfants. C'était comme si son ombre planait au-dessus de notre relation. Une fois que nous nous sommes mariés et qu'elle semblait l'avoir oublié, son ex est soudain revenu dans leur vie. Il a commencé à venir voir les enfants régulièrement, à appeler souvent mon ex, soi-disant pour discuter d'un problème concernant les enfants.

À cet instant, Nolan se massa le front, comme pour essayer de se détendre.

— J'ai été pris au dépourvu quand elle a demandé le divorce. Mais, rétrospectivement, je pense que je n'aurais pas dû l'être.

— Je suis désolée.

— Ne t'en fais pas, répondit Nolan, esquissant un sourire courageux. C'était pour le mieux. La seule chose que je regrette, c'est de ne plus voir les enfants. Leur père… avec qui mon ex est retournée… a refusé que je reste en contact avec eux… Après ça, j'ai évité toutes les activités que j'avais faites avec les enfants. C'était trop douloureux. C'est pourquoi je n'étais pas au courant de la date de sortie du film.

— Alors je suis désolée d'en avoir parlé. Je ne voulais pas t'attrister.

— Ça ne m'a pas attristé, la rassura Nolan. Tu m'as simplement rappelé des choses que j'ai aimées. Et c'est vrai que ce film est révolutionnaire. Nous devrions le célébrer et le soutenir.

Il se remit à siroter sa bière, l'air moins tendu qu'il ne l'était quelques instants plus tôt.

— Nous ? fit Laney en penchant la tête. Comme dans « toi et moi » ?

— Je ne suis vraiment pas très clair aujourd'hui, n'est-ce pas ? s'esclaffa Nolan. Je dis juste que, plutôt que de revendre tes billets, tu devrais y aller. Ce film est aussi important pour toi que pour Harper. Et si tu as besoin d'un compagnon, je serai heureux d'y aller avec toi… en toute amitié, bien sûr.

— Le film est dans trois heures et le cinéma à trente minutes d'ici, nota Laney, stupéfaite que Nolan se porte volontaire pour l'accompagner au cinéma.

— Les steaks et les saucisses sont presque cuits, indiqua Nolan en jetant un coup d'œil à sa montre. Cela nous laisse beaucoup de temps. Si tu veux y aller. Si tu préfères ne pas y aller ou si tu as quelqu'un d'autre à l'esprit…

— J'adorerais que ce soit toi, répondit-elle rapidement. Ce serait vraiment amusant. Merci.

— Très bien, dit-il en se levant. Je ferais mieux d'aller chercher les plats. Ensuite, nous pourrons manger, et j'aurai encore le temps de prendre une douche et de me débarrasser de cette odeur de grillade avant de partir.

Laney resta plantée là à le fixer. L'image de Nolan debout sous la douche, nu, la mousse ruisselant sur son dos et son torse, était gravée dans son cerveau.

Elle s'apprêtait à aller au cinéma avec son patron, qu'elle n'avait cessé de reluquer depuis son bureau pendant plusieurs semaines. Et maintenant, elle n'arrivait pas à s'ôter de la tête cette vision de lui nu et mouillé.

— Tout va bien ? demanda Nolan en transférant les saucisses parfaitement grillées sur un plateau.

— Très... bien, balbutia Laney. Je peux prendre une autre bière ?

— Bien sûr, répondit Nolan. Tu peux prendre tout ce que tu veux.

Même toi ?

Laney inspira profondément puis s'esquiva dans la cuisine. S'appuyant contre le mur, elle tenta de reprendre son souffle.

Ils étaient des adultes sensés. Des collègues aux intérêts similaires. Des voisins mais aussi des amis. Elle pouvait quand même passer quelques heures seule avec cet homme sans fantasmer sur lui et l'imaginer au-dessus d'elle, ses grandes mains sur ses hanches et ses lèvres sur son cou.

Ou bien ?

Laney se sentit rougir et se mit à s'éventer.

Pourquoi fallait-il que Nolan soit si adorable et facile à vivre alors qu'ils ne pourraient jamais être ensemble ?

Et pourquoi avait-elle dans ce cas la certitude que rien ne les empêcherait de l'être, s'ils le souhaitaient ?

12

Au volant de sa Jaguar noire, Nolan sortit du parking du cinéma et ne put s'empêcher de jeter un œil à Laney.

Cette femme était absolument magnifique. Elle l'était déjà au naturel, avec le T-shirt et le short en jean qu'elle portait durant leur barbecue. Mais ensuite, quand elle était repassée chez elle se changer, il avait failli trébucher en contournant la voiture pour lui ouvrir la portière.

Elle était vêtue d'une adorable petite robe bleue à dos nu à la fois assez informelle pour la plage et assez élégante pour une soirée en ville. L'ourlet à mi-cuisse et les sandales compensées mettaient en valeur ses longues jambes fuselées. Depuis, il était obsédé par la peau ambrée et lumineuse de ses bras et de ses jambes.

— Donc... je connais tes sœurs, commença Laney. Parle-moi de tes frères. Pourquoi ne sont-ils pas dans l'entreprise ?

— Ils le sont. Simplement, ils ne le savent pas encore, répondit Nolan en riant. Sebastian est devenu P-DG de l'entreprise textile que nous avons revendue. Alonzo, l'éternel play-boy, travaille dans la publicité à Manhattan. Nyles, le jumeau de Naya, s'essaie au marketing dans un club de Miami Beach qu'il a racheté dernièrement. Mes frères n'adhèrent pas encore tout à fait à la vision de notre père. Mais, à terme, il espère que tous ses enfants auront envie de le rejoindre. Nous consultons souvent

Sebastian, Alonzo et Nyles dans leurs domaines d'expertise respectifs pour tout ce qui concerne le vignoble. C'est la façon géniale qu'a trouvée papa pour les intégrer peu à peu.

— Ça marche ?

— Je pense que oui. Si je devais risquer un pronostic, je dirais que, des trois, Sebastian est le plus déçu par l'évolution de sa carrière. Être la marionnette en chef d'un énorme conglomérat ne peut pas être très satisfaisant.

— Donc, il y a toi, Chandra, Naya, Sebastian, Alonzo et Nyles, résuma Laney en comptant sur ses doigts. Je ne peux même pas imaginer ce que ça a dû être de grandir dans une famille aussi nombreuse. Chez nous, on n'était que trois : ma sœur, notre grand-père et moi. Savannah jouait à la fois le rôle de grande sœur et celui de maman. D'ailleurs, aujourd'hui encore, je me sens un peu coupable de lui avoir volé une partie de sa jeunesse.

— C'était la même chose avec Chandra, répondit Nolan. C'est pourquoi nous sommes ravis de la voir heureuse. Sans parler du bébé qui arrive. Elle mérite tout ce bonheur.

— Tout comme ma sœur. Elle a tellement fait pour moi. Et aujourd'hui elle me materne encore, comme Chandra le fait parfois avec toi, poursuivit Laney avec émotion. Mais j'admire l'incroyable entente qui existe dans votre famille. Honnêtement, je suis presque jalouse. Enfant, j'ai toujours rêvé d'une grande famille...

— La perte d'un proche, qu'il s'agisse d'un décès ou d'un abandon, marque à vie, reconnut Nolan, qui luttait contre l'envie de prendre la main de Laney. Lorsque Chandra a déménagé en Californie il y a quelques années, nous nous sommes éloignés. C'est pourquoi nous sommes si heureux de nous retrouver aujourd'hui.

— Je me demande comment vous étiez, enfants, fit Laney en se tournant vers lui. À commencer par toi.

Nolan jeta un œil à cette femme fascinante. Il aurait pu discuter avec elle pendant des heures, malgré son caractère introverti.

Il se mit à raconter donc un tas d'anecdotes sur ses cinq frères et sœurs, et le reste du trajet fut ponctué par leurs éclats de rire. Alors qu'ils approchaient de leur quartier, Nolan se rendit compte que c'était la meilleure journée qu'il avait passée depuis bien longtemps.

— Nous n'avons pas mangé notre tarte, remarqua-t-il.

— Nous n'avons pas eu le temps, répondit Laney qui semblait aussi heureuse que lui d'avoir une excuse pour continuer leur soirée.

— Donc... Un dernier verre ? s'enquit Nolan, faisant de son mieux pour ne pas sourire. Je ne sais pas quel vin ou quelle bière peut accompagner une tarte au citron, mais je suis sûr que je trouverai quelque chose.

— Avec plaisir.

Nolan se gara dans son garage. C'était peut-être une mauvaise idée de prolonger la soirée. Mais il n'était pas encore prêt à la laisser partir.

Laney se déchaussa dans le vestibule, à l'exemple de Nolan. Après s'être lavé les mains, elle découpa la tarte tandis qu'il débouchait une bouteille de riesling qui se trouvait déjà au réfrigérateur.

Il en servit deux verres et, une fois assis dehors sous le ciel étoilé, ils parlèrent de tout. De leurs familles. De leurs carrières. De leurs plats préférés. De leur amour commun pour le bon vin. Des endroits qu'elle avait visités et de ceux qu'il espérait visiter. Plus le temps passait, plus Laney se sentait attirée par Nolan.

— Il est vraiment près de minuit ? demanda Laney en se levant d'un bond après avoir jeté un œil à l'écran de son téléphone. Je ne me rendais pas compte qu'il était si tard. Honnêtement, je n'avais pas l'intention de te kidnapper toute la journée.

— Tu ne m'as pas kidnappé, répondit Nolan, se levant à

son tour. C'est moi qui t'ai invitée à un barbecue et qui me suis proposé pour t'accompagner au cinéma ce soir…

— Peut-être, mais il est tard et il faut que je rentre. Je vais passer par le jardin. Pas besoin de la voiture.

— Je t'accompagne, dit-il. Je vais chercher tes chaussures.

— Nolan, attends…, fit Laney, posant une main sur son bras et feignant d'ignorer l'électricité qui circulait entre eux. J'ai eu une journée difficile. Ce qui se passe avec Harper et son père m'attriste beaucoup. Et je te remercie de m'avoir tenu compagnie alors que tu étais en congé. Je suis touchée que tu te sois donné tout ce mal pour me faire oublier ma tristesse. Finalement, ça a été une des meilleures journées que j'ai passée depuis longtemps. Merci.

Les yeux sombres de Nolan scintillaient. Il la fixa un instant, comme s'il s'apprêtait à dire quelque chose.

— Ce fut un plaisir, dit-il.

— Je sais que tu tiens à ce que tout le monde au Domaine te prenne pour un dur à cuire. Mais, en fait, j'ai compris que tu étais aussi tendre et moelleux à l'intérieur que les brioches de la boulangerie de Magnolia Lake, déclara-t-elle avec un clin d'œil moqueur.

— Moelleux, je ne sais pas, s'esclaffa-t-il. Mais je suis heureux que tu aies apprécié cette journée. Et sache que moi aussi. Peut-être avions-nous tous deux besoin d'une conversation sous les étoiles.

En guise de remerciement, Laney s'approcha pour lui faire la bise. Mais ce mouvement soudain le fit tressaillir et, lorsqu'il tourna la tête, ses lèvres rencontrèrent les siennes. Ce baiser involontaire les surprit tous les deux. Ils eurent un mouvement de recul et se regardèrent en silence.

Le cœur de Laney battait la chamade. Elle aurait dû s'excuser de sa maladresse. Pourtant, elle ne pensait qu'à une chose : recommencer.

À cet instant, le regard de Nolan tomba sur sa bouche, et elle se mordilla la lèvre inférieure. D'une main tremblante, elle lui prit le menton. Nolan ne recula pas, et Laney se rapprocha.

Cette fois, ce fut lui qui combla l'espace qui les séparait. Il la prit dans ses bras, et ses lèvres fermes s'écrasèrent sur les siennes.

Laney était consciente de toutes les raisons pour lesquelles ils n'auraient pas dû faire cela. Mais elle avait tout de suite apprécié Nolan et elle avait passé ces dernières semaines à fantasmer sur leur premier baiser. Alors comment aurait-elle pu y mettre un terme ?

Nolan resserra son étreinte, collant le bas de son corps contre le sien. Alors qu'il posait les lèvres sur les siennes, elle émit un soupir et, glissant sa langue dans l'interstice, il s'empara de sa bouche, goûtant les saveurs mêlées de la tarte au citron et du riesling qu'ils avaient partagés. Elle sut à cet instant que, si Nolan Valentine l'invitait dans son lit, elle ne dirait pas non.

Nolan embrassa le bord de ces lèvres incroyablement attirantes qui le rendaient fou depuis des semaines. Et maintenant qu'il l'embrassait vraiment, il avait déjà envie de l'emmener dans son lit et de lui montrer à quel point il la désirait.

Il avala les murmures qui s'intensifiaient à mesure que se prolongeait leur baiser. Du bout du pouce, il caressa la peau douce de son dos cambré, tandis qu'il s'imprégnait du parfum vanillé qui lui titillait les narines.

Nolan aimait la caresse de ses lèvres douces sur les siennes. Le goût de sa bouche. La façon dont son corps aux courbes affolantes se fondait dans le sien.

Dans un moment de lucidité, il prit conscience qu'il n'aurait pas dû l'embrasser. Delaney était une salariée, et son travail était important pour le Domaine, et même crucial pour le succès de Valentine Vineyards auquel aspirait son père. Non, il ne serait pas la cause de l'échec de cette expérience.

— Laney..., souffla-t-il en reculant. Je suis désolé, mais on ne peut pas.

— Non, c'est moi qui suis désolée. Je n'aurais pas dû... Je dois y aller. Je vais chercher mes affaires.

Elle se précipita à l'intérieur.

Nolan ne savait plus quoi faire. Il avait vraiment tout gâché en embrassant Laney. Pas seulement parce que c'était une collaboratrice, mais parce qu'il l'appréciait en tant qu'amie et aimait passer du temps avec elle.

— J'ai vraiment tout foiré, marmonna Nolan.

— Foiré quoi, Nolan ?

— Naya ? s'exclama-t-il, effaré. Mais... Qu'est-ce que tu fais là ? Et où est passée...

— Laney ? fit Naya, les bras croisés sur sa poitrine. Elle est sortie en courant au moment où j'allais sonner à ta porte. Elle voulait rentrer à pied mais j'ai insisté pour qu'on la reconduise. Elle attend dans le salon... Qu'est-ce que tu as fait pour la mettre dans cet état ?

— Rien du tout.

— Nolan..., maugréa Naya, l'air sceptique.

Nolan soupira longuement.

— Laney et moi avons passé la journée ensemble. Comme ça, amicalement, précisa-t-il en réponse aux yeux écarquillés de sa sœur. Comme des voisins, qui sont aussi des collègues. Rien d'extraordinaire.

— Sauf que ?

— Sauf que... Elle m'a embrassé, là, à l'instant, et je lui ai rendu son baiser. Puis j'ai repris mes esprits... et je lui ai rappelé que c'était impossible vu notre situation...

— Quelle situation ? demanda Naya.

— Tu sais bien...

— Il n'y a rien dans le règlement de l'entreprise qui empêche un salarié de sortir avec un autre. D'ailleurs, ce n'est pas grâce à toi, siffla-t-elle. Et visiblement, vous vous appréciez, alors...

— Non, Naya. Fin de la discussion. Et une fois de plus... Qu'est-ce que tu fais là ?

L'expression d'agacement de sa sœur se mua instantanément en excitation.

— C'est Chandra ! s'écria-t-elle. Elle a des contractions depuis quelques heures. Nous avons essayé de t'appeler, mais ton téléphone est éteint.

— Merde. Je l'ai éteint au cinéma. J'ai dû oublier de le rallumer. Il est toujours dans la voiture. Chandra va bien ?

— Ça va. Simplement, elle va accoucher. Et dire que dans deux petites heures nous allons rencontrer notre nièce ! Donc voilà pourquoi je suis venue te chercher. Papa et Chan étaient tous deux inquiets. Et moi aussi ! Ne nous refais plus jamais une peur pareille. Dès que nous serons à l'hôpital, je localiserai ton téléphone. Maintenant, allons-y. Si je rate la naissance de ma nièce par ta faute, je te jure que je te botte les fesses !

Naya rentra dans la maison. Laney attendait toujours dans le salon, manifestement complètement stressée.

— Laney, je suis désolé, dit Nolan.

— Il n'y a pas de raison, répondit-elle tristement. Allons-y... il ne faudrait pas que vous ratiez ce grand moment.

— Exactement, répondit Naya en glissant le bras dans celui de Laney. Au fait, tu es vraiment élégante, ce soir.

— Je suis contente que quelqu'un le pense, répliqua Laney en jetant un œil à Nolan.

Sa sœur était-elle vraiment en train de monter sa copine contre lui ? *Ce n'est pas ma copine. Pas ma copine. Pas ma...*

— Bon, je dépose Laney et je te rejoins à la clinique, décida Nolan en foudroyant sa sœur du regard.

Naya sourit, amusée par sa réaction.

— En fait, je vais t'attendre ici dans ma voiture. Comme ça, tu pourras me suivre jusqu'à la clinique. Si tu y arrives. Et n'oublie pas de rallumer ton téléphone, rappela Naya en appuyant sur la télécommande du garage. Bonne nuit, Laney. On se voit au bureau lundi.

Laney la salua puis s'installa dans la voiture de Nolan. Après avoir bouclé sa ceinture, elle tourna la tête vers la fenêtre, comme si elle préférait ne pas le regarder.

Nolan ralluma son téléphone et sortit du garage. Au bout du bref trajet, il s'arrêta devant chez elle.

— J'ai passé un excellent moment avec toi ce soir, Laney. Il est clair que je suis attiré par toi. Mais je ne voudrais pas gâcher le projet de mon père. Ce vignoble est tout pour lui.

— J'ai bien compris, Nolan. Pas besoin d'expliquer. On se voit au bureau lundi, dit-elle en sortant de la voiture. Merci encore pour cette soirée.

Laney remonta son allée en hâte avant de disparaître dans la maison après un petit signe de la main.

Nolan se maudit d'avoir été si stupide. Laney l'avait peut-être embrassé la première, mais tout était sa faute. Il avait beau prétendre le contraire, leur soirée cinéma avait tout d'une soirée en amoureux. Comment s'étonner que cela se termine par un baiser ?

Il regagna son domicile et suivit ensuite la voiture de sa sœur jusqu'à la clinique. La naissance de sa première nièce était un moment important. Il fit donc de son mieux pour oublier le meilleur baiser de sa vie et la femme qui s'était glissée dans son cœur.

— Alors, on parle de cette histoire avec Laney ? demanda Naya tout en berçant sa nièce, Autumn, née depuis quelques heures à peine.

La petite fille sommeillait dans les bras de sa tante. Quant à ses parents, ils dormaient à poings fermés, essayant de récupérer après le long accouchement. Le grand-père, fier de sa première petite-fille, était rentré chez lui se reposer.

— Je ne crois pas, non, répondit Nolan. Ce ne sont pas tes affaires.

— En tout cas, poursuivit Naya, imperturbable, je suis ravie que tu sortes avec Laney, Elle est parfaite pour toi.

— Nous ne sortons pas…, commença Nolan avant de s'interrompre en se rappelant qu'il venait de passer toute une soirée en amoureux avec Laney. Qu'il le veuille ou non.

— Puis-je quand même rappeler que rien ne vous empêche de sortir ensemble ?

— Passe-moi ce bébé, répliqua Nolan en se laissant tomber sur le canapé à côté de sa sœur.

Naya déposa la petite fille endormie dans ses bras.

— Au fait, il y a le mariage de Cole et Renée, ce samedi, reprit Naya. Et ni Laney ni toi n'êtes accompagnés. Vous pourriez y aller ensemble, non ? De plus, les places de parking seront comptées et vous êtes voisins. Pourquoi ne pas faire du covoiturage ? Sans parler du fait que j'ai aidé Renée et sa mère à composer le plan de table. Je vous ai mis côte à côte.

— Arrête de jouer les entremetteuses, souffla Nolan.

— Ce n'est pas moi qui ai organisé votre sortie cinéma et votre baiser au clair de lune, répliqua Naya en bâillant. Je suggère simplement que vous alliez ensemble au mariage. Pas que tu la demandes en mariage.

Nolan ne répondit pas. Par chance, Naya s'assoupit, la tête sur son épaule. On n'entendait plus que la respiration du bébé endormi et celles de ses parents épuisés et de son entremetteuse de tante.

Peut-être ses sœurs avaient-elles raison. Ce qui se passait entre Laney et lui semblait valoir la peine d'être exploré. Le mariage de son cousin Cole et cette idée de covoiturage semblaient être un excellent moyen de poursuivre cette exploration.

13

Lundi matin, Laney entra dans le bureau l'air aussi détaché que possible. Elle adressa un sourire éclatant à Nolan et le salua. Elle déposa son sac à main dans le tiroir du bas de son bureau puis se fit un café.

— Chandra a accouché ?

— Je te présente Autumn Sienna Brandon, répondit Nolan en s'approchant pour lui montrer une photo. Me voilà officiellement oncle, et mon père est tellement heureux d'avoir enfin été promu grand-père ! Alors prépare-toi… Il va probablement te coincer pour te montrer une cinquantaine de photos de sa petite-fille !

— Je me réjouis pour lui, répondit Laney, sentant la tension se relâcher dans ses épaules. Transmets mes félicitations aux heureux parents. Je vais préparer une fournée de ces mini-cakes au citron que Chandra aime tant.

— Elle sera ravie, répondit Nolan avant de la fixer comme s'il avait quelque chose à dire mais ne trouvait pas les mots.

— Si c'est à propos de ce qui s'est passé samedi soir…, murmura Laney

— Non. Enfin, pas exactement, répondit Nolan en se redressant. Je voulais te parler du mariage de Cole ce week-end. Je suppose que tu y vas…

— Oui. Pourquoi ?

— J'y vais aussi. Et je me disais que…, commença-t-il avant

de s'arrêter pour prendre une profonde inspiration. Le parking, là-bas, n'est pas très grand... Alors je me disais... Ça ne sert à rien qu'on y aille tous les deux en voiture.

Laney réfléchit à sa suggestion tout en remuant son café. S'ils pouvaient partager un bureau huit heures par jour après leur malheureux baiser, un court trajet dans la même voiture semblait assez inoffensif.

— Le covoiturage est une excellente idée. Et ne t'inquiète pas. Je promets de ne pas t'embrasser cette fois.

— Oh... bien, super, répondit-il, l'air presque déçu. Nous pourrons nous organiser en fin de matinée, après ma réunion avec Maria, ajouta-t-il, prenant son café avant de sortir du bureau.

Laney s'enfonça dans son fauteuil et soupira. Nolan Valentine était une énigme sans fond...

La première fois qu'elle était venue au domaine viticole, il avait semblé ne pas l'apprécier. Puis il en était venu à la tolérer, tout en gardant ses distances. Puis il s'était montré très amical et aux petits soins. Il avait même un peu flirté. Mais, lorsqu'elle l'avait embrassé, il avait battu en retraite, affirmant qu'ils ne pouvaient pas faire ça. Et maintenant il l'invitait à l'accompagner au mariage de Cole ?

Laney expira longuement et secoua la tête. En tout cas, personne ne pouvait l'accuser d'être ennuyeux et prévisible.

Elle composa le numéro de sa sœur pour la prévenir qu'elle devait s'acheter une robe pour le mariage de Cole.

— Tu envisages vraiment de déménager à Seattle ? demanda Savannah, en posant une main sur la hanche alors qu'elles arrivaient au rayon vêtements d'un grand magasin.

— Oui, répondit Laney, faisant défiler les robes hors de prix sous ses doigts tout en évitant le regard de sa sœur.

— Pourquoi ?

— Parce que c'est ce que veut Harper.

— Harper a huit ans, Laney. Elle veut aussi son propre poney et se nourrir exclusivement de nuggets et de céréales au chocolat. D'habitude, tu n'as aucun mal à lui refuser une demande déraisonnable... N'est-ce pas ?

— Est-ce vraiment déraisonnable de vouloir mieux connaître son père ? De vouloir grandir près de ses grands-parents, de ses tantes, ses oncles et ses cousines ? J'aurais donné n'importe quoi pour avoir ça quand j'avais son âge.

— Je sais. Mais notre situation était différente, Laney. Nos parents sont morts. Ils ne nous ont pas abandonnés avant de refaire surface huit ans plus tard, prêts à jouer les parents de l'année.

— J'en suis consciente, admit Laney, dépitée. Mais ce n'est pas la faute de Harper. Je ne la priverai pas de la chance de connaître son père, si c'est ce qu'ils veulent tous les deux. Quels que soient tes sentiments à son égard, Vanna, Derrick est un bon père.

— Peut-être, rétorqua Savannah en passant furieusement en revue des robes suspendues à un présentoir. Mais ça ne me plaît pas qu'il débarque de nulle part et fasse comme s'il avait le droit de régir vos vies. Ou que tu fasses croire à Harper que vous vous êtes simplement perdus de vue à l'époque. Derrick a décidé de partir. Il vous a abandonnées. Tu as tort de le faire passer pour un héros aux yeux de ta fille.

— Je sais, répondit Laney en reprenant ses recherches infructueuses.

— Harper a le droit de savoir pourquoi son père n'était pas dans sa vie auparavant. Au lieu de croire que c'est le résultat d'un infâme complot que tu aurais concocté...

— Peut-être, fit Laney en prenant une robe pour la regarder de plus près avant de la reposer Mais pas maintenant, alors qu'elle vient à peine de le retrouver. Ce n'est pas un mauvais bougre, Vanna. Il a fait un choix à l'époque, et moi aussi. Je ne l'en blâme pas.

— Tu abordes toujours les choses avec calme et objectivité. Tu me rappelles tellement papa, répliqua Savannah, les larmes aux yeux. J'aurais tellement aimé que tu puisses mieux le connaître. Mieux *les* connaître, tous les deux.

— Moi aussi, dit Laney, au bord des larmes à son tour.

C'était justement la raison pour laquelle elle ne ferait rien qui puisse nuire à la relation entre Harper et Derrick. Elle savait à quel point c'était douloureux de grandir sans ses parents.

— Je comprends que tu veuilles offrir le monde à Harper. Mais, toi, qu'est-ce ce que tu veux pour *toi* ? demanda Savannah en inspectant un nouveau présentoir.

Ce qu'elle voulait, c'était que Nolan Valentine l'embrasse à nouveau et l'invite dans son lit. Mais les choses se passaient rarement comme elle le désirait.

— Le poste de professeure que Derrick m'a trouvé à l'université est une opportunité incroyable à ce stade de ma carrière, reprit Laney.

— Tu veux dire que tu ne te trouves pas assez qualifiée ? fit Savannah, stupéfaite. J'ai du mal à le croire.

— Je sais que je le suis, mais la plupart des établissements exigeraient plus d'expérience pour un poste aussi important. Si cette chance m'était offerte ailleurs qu'à Seattle par quelqu'un d'autre que Derrick, je serais déjà dans l'avion pour la saisir, et tu m'encouragerais. Alors pourquoi devrais-je laisser mes problèmes avec Derrick m'empêcher d'explorer cette chance en or ? Une chance qui ne me sera peut-être plus jamais offerte ?

C'était un choix raisonnable. Laney avait toujours essayé de prendre les décisions importantes en se basant sur la logique plutôt que sur les émotions. Mais elle ne pouvait pas nier son attachement croissant à Magnolia Lake. Savannah et sa famille vivaient là. Et il y avait son travail au Domaine. Sans parler de sa relation avec Nolan.

Cependant son poste était temporaire, et Nolan avait clairement indiqué qu'il ne pouvait y avoir que de l'amitié entre eux. Alors, hormis sa sœur, qu'est-ce qui la retenait ici ?

— Pourquoi faut-il que tu sois toujours aussi raisonnable, Laney Carlisle ? protesta Savannah. Tu ne pourrais pas être un peu mesquine et vindicative, pour une fois ?

Les deux sœurs éclatèrent de rire au beau milieu du grand magasin. Savannah serra Laney dans ses bras.

— Quelle que soit ta décision, reprit-elle, tu sais que je te soutiendrai. Même si ça me brise le cœur.

— Je sais. Bon, et si on mettait ce shopping sur pause pour aller manger un morceau ?

— Voilà une décision que j'approuve sans réserve, déclara Savannah en prenant le bras de sa sœur et en l'entraînant hors du magasin.

— L'éducation de Harper est un élément important, reprit Laney lorsqu'elles eurent passé leur commande dans un restaurant italien. Elle est douée en mathématiques et en sciences, et je veux la pousser dans cette voie. D'autant qu'elle a déjà suivi un programme spécialisé pendant deux ans.

— Magnolia Lake se développe. Renée, Zora et moi-même sommes en train de mettre sur pied une école communautaire qui accueillerait des enfants ayant différents styles d'apprentissage. Il y aurait un cursus classique, mais aussi des options pour les enfants autistes, comme Mercer, le fils de Renée, et un programme avancé pour les enfants comme Harper, expliqua Savannah avec enthousiasme.

— C'est un projet impressionnant. Pourquoi ne m'en as-tu pas parlé plus tôt ?

— Nous voulions monter un dossier solide avant de présenter l'idée au reste de la famille. Au départ, nous voulions créer une petite école privée. Mais nous nous sommes rendu compte que nous pourrions avoir un impact beaucoup plus important sur la ville en créant plutôt une école communautaire. Zora est le fer de lance du projet, avec mon soutien et celui de Renée. Nous voulons que l'école soit opérationnelle à la prochaine rentrée. Donc, si vous décidez de rester...

— Tu as tout prévu, n'est-ce pas ? J'avoue que c'est très intéressant, mais pas de pression, d'accord ?

— J'ai promis de te soutenir quelle que soit ta décision. Pas de renoncer à influencer cette décision, répliqua Savannah en sirotant son café. Derrick n'est pas le seul à avoir quelques atouts dans sa manche.

C'était bien sa sœur. Savannah savait exactement ce qu'elle voulait, et elle était déterminée à y parvenir. Laney aurait aimé lui ressembler davantage à cet égard.

— Alors... Comment ça se passe entre Nolan et toi ? demanda Savannah.

— Quoi ? fit Laney en la regardant d'un air effaré.

— Eh bien, eh bien..., dit Savannah en haussant un sourcil intéressé.

— J'imagine que Naya t'a parlé de l'incident chez Nolan...

Un incident ? C'était comme ça qu'elle désignait leur baiser maintenant ?

— Pas du tout ! répliqua Savannah, stupéfaite, en reposant bruyamment sa tasse de café sur la soucoupe. Que s'est-il passé chez Nolan, et quand ?

Oups.

— Bah, rien du tout. Vraiment, déclara Laney avant de tout raconter à sa sœur, y compris l'invitation déroutante de Nolan à faire du covoiturage pour se rendre au mariage de Cole.

— Pour info, ma chérie, ce n'est pas rien. C'est au contraire absolument énorme, commenta Savannah en souriant avant de plonger un morceau de pain croustillant dans un mélange d'huile d'olive et d'herbes parfumées que le serveur venait de poser sur la table.

— Ce n'était pas rien, je le concède, répondit Laney. Mais le temps que je comprenne ce qui se passe entre nous, je serai partie depuis longtemps. C'est peut-être mieux ainsi. Nolan est mon patron, et c'est le cousin de Blake. Si on sortait ensemble, ce serait bizarre, non ?

Les yeux noisette de Savannah s'illuminèrent.

— Honnêtement ? Je pense que vous êtes absolument faits l'un pour l'autre. Ça m'a sauté aux yeux dès que j'ai rencontré Nolan.

— Ce qui explique pourquoi tu m'as loué une maison juste en face de la sienne, n'est-ce pas ? Avoue que tu as voulu jouer les entremetteuses..., fit Laney en pointant sa sœur du doigt.

— Je ne vois absolument pas ce que tu veux dire, répondit Savannah en haussant les épaules. Mais je comprends mieux maintenant ton appel frénétique pour trouver la robe parfaite.

Laney rougit mais ne voulut ni confirmer ni infirmer la conclusion de Savannah.

— Justement, à propos de cette robe...

— Maintenant que je cerne la situation, j'ai exactement la boutique qu'il te faut, dit Savannah, qui avait visiblement une idée derrière la tête.

Laney eut envie de remercier le serveur d'avoir choisi ce moment pour apporter leurs assiettes.

Nolan Valentine prenait déjà beaucoup trop de place dans sa tête. Mieux valait mettre de côté sa fierté blessée par son rejet et se concentrer sur l'incroyable opportunité de carrière qui se profilait à Seattle. Opportunité qu'elle saisirait à la fin de l'été, si tout allait bien. Elle n'aurait alors plus besoin de penser à Nolan et à ce qui aurait pu se passer entre eux.

14

Au mariage de Cole et Renée Abbott, Nolan, assis à la table qui lui avait été assignée, sirotait un cocktail tout en admirant Laney qui ondulait gracieusement sur la piste de danse. Elle était exquise avec cette robe asymétrique à une manche, dont la teinte orange éclatante exaltait l'ambre de sa peau.

La mâchoire de Nolan avait pratiquement touché le sol lorsque Laney était sortie de chez elle vêtue de ce fourreau stupéfiant. Le drapé du tissu épousait si parfaitement ses courbes que son postérieur évoquait une magnifique pêche sucrée et mûre à souhait. Avec leurs fins talons, les sandales à brides rendaient ses jambes interminables.

Nolan était sous le charme. Laney était la plus belle femme de la réception, et il s'en voulait encore d'avoir décliné son invitation à danser.

— Mmm, Laney est vraiment ravissante, ce soir, murmura Naya en se glissant à ses côtés sur la chaise de la jeune femme.

— Personne ne t'a jamais dit qu'il était impoli de s'immiscer dans les affaires d'un couple ? fit Nolan en prenant une autre gorgée de cocktail.

— Un couple ? Tu ne m'avais pas dit qu'il n'y avait rien entre vous ?

— Il n'y a rien. Je suis son chauffeur, répondit-il alors que, depuis une semaine, il ne pensait qu'à leur baiser et à la merveilleuse soirée qu'ils avaient passée ensemble.

— Tu dis n'importe quoi, et tu le sais aussi bien que moi, répliqua Naya avant de lui chiper son cocktail pour le goûter. Mmm, délicieux. Qu'est-ce que c'est ?

— Un Bourbon Peach Smash. Je te le donne.

Naya leva son verre en guise de remerciement.

— Maintenant, reprit-elle, puisque tu accompagnes Laney à ce mariage, pourquoi ne ferais-tu pas quelque chose de follement osé, comme... je ne sais pas, moi... la rejoindre sur la piste de danse, par exemple ? Car, avec la robe qu'elle porte, je crains que d'ici à cinq minutes tous les célibataires ne se bousculent au portillon.

— Je ne sais pas, Naya. J'apprécie vraiment Laney, mais il y a beaucoup de choses à prendre en compte. J'ai un passé amoureux un peu lourd. Elle aussi. Elle a même un ex avec qui elle a un enfant. De plus, elle travaille pour nous. Cette femme enfreint toutes mes règles en matière de relations amoureuses, déclara Nolan, jetant un nouveau coup d'œil à Laney. Et pourtant...

— Je ne t'ai jamais vu aussi amoureux de qui que ce soit, répondit Naya. Elle t'aime beaucoup aussi, c'est évident.

— Je sais que Laney m'a embrassé, mais... je ne suis pas certain qu'elle voie en moi ce que je vois en elle. Pour être honnête, je ne suis pas sûr d'être prêt à m'impliquer dans une nouvelle relation.

— Tu ne le sauras pas tant que tu n'auras pas essayé, argua Naya en lui redressant la cravate. D'ailleurs, je pense que tu sous-estimes les sentiments de Laney à ton égard. Tu n'as pas remarqué qu'elle ne cesse de regarder par ici ?

Alors que Nolan se tournait vers Laney, celle-ci lui adressa un petit sourire avant de reprendre sa conversation avec un type qui ressemblait beaucoup à un chanteur de country qu'on entendait souvent à la radio.

— Laney est en train de parler avec Dade Willis, la superstar de la country. Et pendant qu'il lui fait les yeux doux, elle n'arrête pas de te regarder. Si cette femme ne t'aime pas, je ne sais pas qui t'aime.

Nolan considéra les paroles de Naya. Peut-être sa sœur avait-elle raison.

— Montre-lui qu'il y a plus en toi que des feuilles de calcul et des projections de dépenses, Nole. Si tu ne le fais pas, tu le regretteras, souffla Naya en se levant. Bon, je vais chercher un verre. Quand je reviendrai, j'espère que je ne te trouverai pas au même endroit.

Nolan répondit par un grognement, incapable de détacher son regard de Laney. Lorsque deux autres femmes s'approchèrent de Dade, Nolan traversa la salle. Attrapant une bouteille d'eau au passage, il la tendit à Laney.

— Je sais que ce n'est pas ton Malbec préféré, commença-t-il, mais il est important de s'hydrater.

— Merci, Nolan.

Les yeux bruns de Laney brillaient d'amusement.

Et le cœur de Nolan se mit à battre la chamade.

Pourquoi ne pouvait-il détacher le regard de ces lèvres pulpeuses rehaussées de brillant couleur pêche ? Ce soir, auraient-elles le goût de fraise comme lorsqu'il les avait embrassées la première fois, ou bien celui d'une pêche de vigne ?

C'est le moment que choisit le DJ pour passer un slow.

Nolan s'éclaircit la gorge.

— On danse ?

— Je croyais que tu ne savais pas danser, remarqua Laney en buvant un peu d'eau.

— Je n'ai jamais dit ça, répliqua-t-il en lui tendant sa paume ouverte.

Lorsqu'elle plaça la main dans la sienne, il la fit tournoyer vers lui puis passa un bras autour de sa taille.

— J'ai dit que la danse n'était pas mon truc, reprit-il, en se mettant à onduler. Plus maintenant.

— Dommage. Tu te débrouilles, fit-elle avec un sourire enjoué qui illumina la piste de danse. Pourquoi n'est-ce *plus* ton truc ?

— Un jour, mon ex et moi avons pris des cours de danse de salon pour un mariage. Nous avons tellement aimé ça que nous avons continué. Je crois que je n'aime plus danser parce que…

— Ça te fait penser à elle.

Laney se pencha vers lui, posant son regard chaleureux sur le sien.

L'espace d'un instant, il eut l'impression que le monde entier s'était évanoui autour d'eux. L'envie de goûter à nouveau ces douces lèvres s'imposait à lui, cette même envie qui l'avait taraudé ces dernières semaines. Ces lèvres qui avaient le goût de soleil et de paradis.

Si Laney trouva étrange le soudain mutisme de son cavalier, elle n'en laissa rien paraître. Se rapprochant de lui, elle poursuivit la conversation comme si de rien n'était.

— Quand Derrick et moi nous sommes séparés, tout me faisait penser à lui. Mais, peu à peu, je me suis réapproprié ce que j'avais le plus aimé faire avec lui en le faisant quand même, seule ou avec d'autres. J'avais besoin d'associer de nouveaux souvenirs à ces lieux ou à ces activités. Sinon, j'aurais laissé mon passé me voler le plaisir que toutes ces activités pouvaient m'apporter.

— Je n'y avais jamais pensé de cette façon, remarqua Nolan, retrouvant enfin la parole.

Delaney Carlisle l'avait complètement pris par surprise. Lorsqu'elle était apparue dans sa vie, il commençait à croire que la femme de ses rêves – intelligente, belle et juste assez subtile pour comprendre son sens de l'humour décalé – n'existait tout simplement pas. Et pourtant, elle était là, dans ses bras, dansait avec lui et le regardait comme si elle partageait peut-être, elle aussi, ses sentiments.

Mais sa vie n'avait jamais été aussi simple. Et il ne pouvait donc s'empêcher de chercher la faille qui s'ouvrirait sous ses pieds, engloutissant ses espoirs et ses rêves.

— À propos de nouveaux souvenirs, j'ai vraiment apprécié notre sortie en amoureux l'autre soir. Ça m'a rappelé à quel point j'aimais les films de super héros et les premières. Je m'étais convaincu que j'étais devenu trop vieux pour ce genre de choses. Mais ce n'était pas vrai. C'était juste une façon d'occulter des souvenirs douloureux.

— Donc, ça a été un moment de résilience pour nous deux, murmura Laney, alors que ses grands yeux s'illuminaient d'une chaleur qui donna à Nolan l'impression de flotter sur la mer des Caraïbes. Attends... Est-ce que tu viens de dire « sortie en amoureux » ?

— En effet, souffla Nolan, entraînant Laney dans un endroit plus isolé. Je sais que j'ai dit plusieurs fois qu'on n'était que des amis.

— Et maintenant ? fit-elle, réprimant un sourire.

Nolan desserra un peu sa cravate pour pouvoir respirer.

— J'ai changé d'avis...

Laney lui offrit cette fois un sourire resplendissant.

— Bonne nouvelle.

Nolan sourit à son tour.

— Est-ce que ça veut dire qu'on est officiellement en *date* à partir d'aujourd'hui ?

— On dirait bien, Valentine, répondit Laney, amusée. D'ailleurs, n'hésite pas à le montrer un peu, ça m'évitera de danser avec des types horribles qui ne font qu'écraser mes pieds.

— Le montrer oui mais jusqu'où ? N'oublie pas que je suis aussi...

— Mon patron ? compléta Laney, de plus en plus réjouie.

— Oui, mais surtout je fais partie de l'équipe de direction de Valentine Vineyards. Et je ne peux pas laisser mes sentiments influer sur les décisions que je dois prendre pour le bien de l'entreprise.

— Je serais déçue que tu sois ce genre de dirigeant, répondit Laney en lissant sa cravate. Tu es quelqu'un de logique et de juste, c'est d'ailleurs un des traits que j'apprécie le plus chez toi. En plus de te voir en maillot de bain, ajouta-t-elle dans un éclat de rire.

— Je ne dois pas donner l'impression de faire du favoritisme à cause de notre relation. J'aimerais donc que nous restions discrets.

— En fait, tu proposes qu'on continue à faire semblant d'être de simples amis pour la galerie… Je t'avoue que l'idée de frustrer nos sœurs en embuscade n'est pas pour me déplaire…

— C'est la meilleure partie, murmura-t-il d'un air de conspirateur qui la fit rire.

— Donc, ça veut dire que je n'ai pas le droit de m'approcher trop près de toi, comme ça…

Les lèvres soyeuses de Laney avaient bien un goût de pêche, mais de la pêche la plus sucrée et juteuse qu'il ait jamais goûtée. Lorsqu'elle s'écarta et jeta un œil autour d'elle avec un sourire malicieux, il avait déjà envie d'y revenir. La chaleur de son corps pressé contre le sien lui manquait déjà.

— On va bien s'amuser, reprit Laney avant de poursuivre d'un ton plus sérieux. Donc, une relation clandestine… De toute façon, tu ne cherches rien de vraiment sérieux, n'est-ce pas ?

Ouverture de la faille. Fin des rêves.

— Tout à fait, approuva Nolan, d'un ton ferme. Je suis déjà passé par là. Je ne voudrais pas refaire les mêmes erreurs.

— Parfait, répondit Laney avec un sourire triste. Bon, je vais saluer les mariés. On se retrouve sur la piste de danse ?

Nolan poussa un soupir silencieux et regarda Laney s'éloigner, un nœud à l'estomac.

Laney jeta un œil à Nolan. L'habitacle de la Jaguar était silencieux depuis qu'il était sorti du parking de la grange où se tenait le mariage. Le cœur de Laney battait à tout rompre, elle aurait voulu lui dire un million de choses. Sur le statut de leur relation, en particulier. Étaient-ils un peu ensemble ? Pas du tout ? Mais, avant qu'elle puisse parler, il glissa la main dans la sienne.

C'était inhabituel de la part d'un homme aussi prudent que Nolan qui conduisait presque toujours avec les mains à 10 h 10 sur le volant. Ce fut d'autant plus significatif pour elle.

Soudain, Laney sentit ses épaules se décrisper et elle fit de son mieux pour ne pas sourire comme une écolière après son premier baiser. Pour être honnête, quand elle avait embrassé Nolan l'autre soir, c'était son premier baiser depuis un bon moment.

— Bon… j'ai réfléchi, commença Laney.

— Ouh là là, fit Nolan en riant. Chaque fois que tu commences comme ça, ça se termine en général par des demandes d'achat de matériel hors de prix.

Laney rit de bon cœur.

— Mais pas cette fois. Je me disais que, si tu n'as rien de prévu demain, on pourrait peut-être se faire un marathon de films. Comme ça, tu rattraperais tous les Marvel et DC Comics que tu as loupés ces trois dernières années et tu comblerais tes lacunes. Ainsi, le film que nous avons vu la semaine dernière aura beaucoup plus de sens pour toi.

— Tu veux passer toute la journée à regarder des films avec moi ? demanda Nolan, amusé.

— Tu as de la chance que j'aie des goûts simples, remarqua-t-elle en riant. De plus, comme nous sommes en mode clandestin, ça me paraissait une bonne idée de se terrer chez moi.

Nolan acquiesça, ravi.

— Super idée. J'apporterai le vin et, si tu veux, de quoi faire un petit barbecue.

— Parfait ! dit Laney, folle de joie à l'idée de regarder des films de superhéros pendant des heures, blottie contre lui sur un canapé.

— Alors, à quelle heure ce marathon de films ?

À cet instant, une chape de culpabilité s'abattit sur elle. Le lendemain matin, elle avait un entretien informel avec l'ami de Derrick, le doyen de l'université de Seattle. Or elle avait préféré ne pas en parler à Nolan. Elle ne voulait pas que les Valentine en tirent des conclusions quant à sa disponibilité au-delà de cet été. Si elle décidait de s'installer à Seattle, elle les aiderait à trouver un œnologue qualifié, s'ils le souhaitaient.

Nolan avait dit clairement qu'il ne laisserait pas leur relation influer sur les décisions à caractère professionnel. Cela valait également pour elle. Elle devait prendre sa décision de partir ou de rester en fonction de ce qui était le mieux pour le bonheur et l'éducation de Harper et pour sa carrière.

Oui, Laney avait toujours fondé ses décisions sur la logique et la raison. Et elle ne se laisserait pas influencer par le désir indécent qu'elle éprouvait pour Nolan et par cette impression écrasante de tomber un peu plus amoureuse de lui jour après jour.

— Treize heures, répondit-elle, légèrement tendue. J'ai un rendez-vous dans la matinée.

— Dans le coin ? Un dimanche matin ?

Il n'y avait pas la moindre suspicion dans son ton. Pourtant, Laney ne pouvait s'empêcher de culpabiliser.

— Bah, reprit Nolan, ça me laissera le temps d'aller nager et d'apporter le petit déjeuner à ma sœur et ma nouvelle nièce.

— C'est vraiment gentil de ta part, répondit Laney, impressionnée par ses attentions.

— C'est bien normal, expliqua-t-il. Chandra a renoncé à une bonne partie de son adolescence pour s'occuper de nous après le départ de nos mères. Chandra, Sebastian, Alonzo et moi n'avons pas la même mère que les jumeaux. Nous lui sommes tous complètement redevables.

— Je ressens la même chose pour Savannah.

Laney partageait complètement ce sentiment de reconnaissance. C'est pourquoi la décision – Magnolia Lake ou Seattle – qu'elle avait à prendre était si délicate. D'un côté, elle aurait voulu ne pas décevoir Savannah, qui tenait tant à ce qu'elle reste à Magnolia Lake. Mais de l'autre, elle avait promis à leur grand-père de mener une carrière qu'elle aimait vraiment, de réaliser ses rêves. Elle ne pourrait pas le faire si elle restait ici, et ce constat lui brisait le cœur.

— Moi aussi, j'ai une proposition d'activité en amoureux, reprit timidement Nolan. D'ailleurs, sache que je ne me sentirai pas du tout insulté si tu refuses.

— Pas de souci, répondit Laney. Vas-y.

— Tu sais, quand tu as parlé tout à l'heure de reprendre la main sur ses souvenirs, en refaisant ce que l'on avait aimé faire avec son ex mais avec quelqu'un d'autre ?

— Oui, très bien.

— Eh bien, j'ai dans un tiroir une invitation à un gala de charité au profit du Muséum d'histoire naturelle de Nashville, dont je suis membre du conseil d'administration. Marian et moi y allions ensemble tous les ans. En fait, c'est en travaillant pour ce gala que nous nous sommes rencontrées. À l'époque, elle était directrice exécutive du musée. Elle est par la suite passée à un poste en entreprise, mais depuis j'ai cessé d'y assister. Et comme tu aimes les sciences et la biologie, j'ai pensé…

— J'adorerais t'accompagner à Nashville, dit Laney, qui sentit d'un coup la tension diminuer dans le bras de Nolan. Mais Harper revient ce vendredi. Je dois donc m'arranger pour qu'elle passe la nuit chez ma sœur. Quand a lieu le gala ?

— Dans trois semaines. Je pensais que nous pourrions arriver la veille et passer un peu de temps à explorer Nashville. Ce serait un week-end. Nous ferons chambre à part, bien sûr, ajouta-t-il en se raclant la gorge. Puisque tu es mon invitée, je paierai ta chambre.

— Tu n'as pas besoin d'en faire autant, Nolan.

— C'est le moins que je puisse faire.

— Si tu insistes, dit-elle. Ce sera sûrement un super week-end. Je m'en réjouis à l'avance.

Ils reprirent ensuite une conversation plus banale mais non moins agréable. Histoires de leur enfance avec leurs frères et sœurs. Expériences à l'université. Collègues bizarres. Laney ne put s'empêcher d'être déçue lorsqu'elle vit que Nolan venait de se garer devant chez elle.

Nolan lui tint la main en la raccompagnant en silence jusqu'à sa porte.

— Laney, je ne te l'ai pas dit avant, mais tu es magnifique ce soir. Quand je t'ai vue tout à l'heure, en venant te chercher, je suis presque sûr que mon cœur s'est arrêté pendant une microseconde, dit Nolan en portant une main à sa poitrine. Jusqu'à maintenant, j'ai toujours cru que c'était une métaphore.

— C'est ma sœur qui a choisi la robe, expliqua Laney en jetant un œil au fourreau qui épousait chacune de ses courbes.

Sur le coup, elle n'avait pas été totalement convaincue. Mais Savannah était sûre d'elle : la robe serait impeccable et Nolan ainsi que les autres hommes à la réception lui mangeraient dans la main.

Mais pourquoi sa sœur avait-elle toujours raison ?

— Eh bien, cette robe révèle la femme incroyablement belle qui est en toi..., déclara Nolan en la caressant du regard. Et j'adore le chignon, aussi. Il met vraiment en valeur la finesse de tes traits. Tu étais de loin la plus belle femme de la soirée.

— C'est tellement gentil de dire ça, murmura Laney en avançant vers lui.

Avec ses sandales à talons, elle faisait presque la même taille que lui. Ça lui plaisait d'ailleurs qu'ils soient proches en taille, car cela lui évitait d'avoir à constamment incliner la tête en arrière, comme lorsqu'elle sortait avec Derrick.

— Vous êtes vous-même très élégant ce soir, monsieur Valentine, ajouta doucement Laney en passant une main sur le revers du beau costume gris de Nolan.

— Je transmettrai ton appréciation à mon tailleur, souffla Nolan en passant les bras autour de sa taille et en l'attirant un peu plus contre lui.

Avant qu'elle ne puisse lancer une repartie pleine d'esprit, Nolan se pencha vers elle et captura ses lèvres dans un baiser aussi lent que suave. Comme s'il en savourait chaque instant. Et lorsqu'elle ouvrit les lèvres, il en profita pour y glisser la langue et approfondir leur baiser.

Le goût du bonbon à la menthe qu'il avait pris dans la voiture contrastait avec la chaleur de sa langue et celle qu'elle sentait se répandre le long de sa colonne vertébrale. Déjà ses genoux se dérobaient sous elle. Lorsqu'il prit les deux côtés de son visage et lui inclina la tête en arrière, elle en profita pour glisser les bras sous sa veste et autour de sa taille.

À cet instant, le téléphone de Laney se mit à sonner. C'était la sonnerie bien reconnaissable attachée au numéro de Harper. Ils tressaillirent tous les deux.

Nolan se dégagea, ses yeux cherchant les siens avant de déposer un nouveau baiser sur ses lèvres.

— C'est Harper, c'est ça ?

— Elle appelle pour dire bonne nuit, expliqua Laney, un peu essoufflée.

— Tu devrais répondre, dit-il d'une voix grave et sexy en lui caressant le cou.

— Je n'en ai que pour cinq minutes, si tu veux…

— Pas de souci, ma belle, dit-il en lui caressant la joue. On se voit demain après-midi, de toute façon. Dis bonjour à Harper.

Le téléphone avait cessé de sonner. Mais Laney connaissait sa fille. Harper allait rappeler d'une seconde à l'autre. Trouvant ses clés dans son sac, elle ouvrit la porte et fit un dernier baiser d'adieu à Nolan avant d'entrer.

Le dos collé à la porte, Laney gémit, le cœur battant à tout rompre. Lorsque le téléphone sonna à nouveau, elle sursauta, alors même qu'elle s'attendait à recevoir l'appel.

— Harper, ma chérie, bonsoir, dit Laney avant que sa fille ne puisse parler.

— Tu as l'air un peu essoufflée, dis donc.

Elle tressaillit en reconnaissant la voix de Derrick.

— Je reviens d'un mariage. Celui du beau-frère de Savannah,

répondit-elle, se demandant pourquoi diable elle se sentait obligée de se justifier. Où est Harper ?

— Elle se brosse les dents, répondit Derrick avant de baisser la voix. Mais, avant de la faire venir, je voulais te demander si tu comptais la laisser passer le reste de l'été ici. Ou au moins rester quelques jours de plus...

— Oui, s'empressa-t-elle de répondre.

— Tu es sûre ? fit Derrick, stupéfait.

— Absolument, répondit Laney en ôtant ses chaussures et en se dirigeant vers la cuisine.

Pourquoi diable le fait d'embrasser Nolan lui donnait-il envie de glace à la menthe avec des pépites de chocolat ?

— Je me rends compte à quel point ce temps passé ensemble est spécial et précieux pour vous deux, ajouta-t-elle.

— Merci beaucoup, Laney. Je sais à quel point Harper te manque.

— C'est vrai, répondit-elle en toute sincérité. Mais je fais de mon mieux pour suivre tes conseils : profiter de mon premier été sans enfant et renouer avec ma libido.

— Je ne te remercierai jamais assez... Attends... renouer avec quoi ?

— C'est maman ? Maman, fit Harper en attrapant le téléphone, papa et moi, on voulait te demander un truc...

Laney mit à profit le cours d'improvisation qu'elle avait suivi pour feindre la surprise face à la demande de Harper. Puis elles raccrochèrent

Elle avait déjà bien profité de son été. Temps passé avec Savannah et sa famille. Soirées piscine. Son travail à Valentine Vineyards. Et son amitié avec Nolan. Mais, maintenant qu'ils s'étaient lancés dans une aventure secrète, son été allait devenir beaucoup plus intéressant.

Laney tressaillit lorsqu'on frappa à la porte. Avait-elle oublié quelque chose dans la voiture de Nolan ?

Elle ouvrit la porte.

— Que se passe-t-il ? J'ai oublié...

Avant qu'elle ait pu finir sa phrase, les lèvres de Nolan étaient sur les siennes. Il s'empara de sa bouche avec une passion qui l'enflamma tout entière, une main pressée au bas de son dos, l'autre posée sur son visage avec possessivité.

Ils s'embrassèrent avec la même urgence. Comme si c'était maintenant ou jamais.

15

En sortant de chez Laney, Nolan avait regretté aussitôt d'avoir décliné son invitation. Car très clairement, il n'avait envie que d'une chose : se glisser dans un lit avec elle. Réaliser tous les fantasmes qui lui trottaient dans la tête depuis des semaines. Lui montrer à quel point il la désirait.

Maintenant qu'il goûtait enfin ses lèvres et tenait son visage entre ses mains, il comprenait que jamais il ne pourrait revenir à la vie qu'il menait avant qu'elle franchisse les portes du Domaine et ne bouleverse son monde.

— Ces lèvres, chuchota-t-il entre deux baisers, ces hanches, ajouta-t-il en glissant les mains sur sa taille puis sur ses fesses, m'ont charmé toute la soirée...

Puis il la plaqua contre le mur et l'embrassa langoureusement.

— Je commençais à me demander si tu avais remarqué..., le taquina Laney avec un regard ardent de désir.

Nolan sentit sa température corporelle monter d'un coup et captura à nouveau ses lèvres enchanteresses. Tandis que ses mains s'égaraient sur elle, l'électricité dansait le long de sa colonne vertébrale et son cœur battait la chamade. Quant à son sexe, pressé contre le bas-ventre de Laney, il était si dur que c'en était presque douloureux.

— J'ai envie de toi, souffla Nolan, fébrile, en lui mordillant le lobe de l'oreille puis la mâchoire.

Plongeant le nez dans son cou, il huma son parfum addictif aux nuances de fleurs et d'agrumes. Puis il embrassa cette épaule nue qui lui avait fait de l'œil toute la soirée.

— Jamais je n'ai eu autant envie de qui que ce soit...

Laney lui prit le menton et, croisant son regard, lui caressa la lèvre inférieure.

— Moi aussi, j'ai envie de toi, Nolan.

Sa voix rauque ne fit qu'attiser le désir de Nolan et son envie de la toucher. Pressant son corps contre le sien, il l'embrassa à nouveau. Il aimait la façon dont elle fondait à son contact, dont ses genoux vacillaient et son souffle devenait plus saccadé.

Lorsque Delaney Carlisle arrivait quelque part, elle brillait de mille feux, avec sa personnalité intense, ses yeux étincelants et son rire contagieux. Mais ce qu'elle révélait au monde n'était qu'une lueur au regard du brasier qui couvait sous la surface. Un brasier si puissant qu'il avait réveillé un cœur aride comme le sien. L'avait-elle rendu à la vie ? Au lieu de répondre à cette question, il se concentra sur l'urgence du moment : lui enlever cette robe qui lui collait à la peau et l'excitait depuis des heures. Une chose était claire dans son esprit : il fallait l'enlever maintenant.

Nolan embrassa le cou et la poitrine de Laney. Puis, s'agenouillant sur le tapis du salon, il embrassa le tissu qui drapait son ventre et se laissa bercer un instant par le mouvement de sa respiration. Il descendit plus bas, et ses mains s'immiscèrent sous la robe, la remontant peu à peu.

Laney posa les mains sur les épaules de Nolan pour se stabiliser, encore essoufflée après le baiser qu'ils venaient d'échanger.

— Quoi, Nolan. Tu ne vas pas... tu veux dire... ici ?

Nolan esquissa un petit sourire malicieux tandis qu'il embrassait l'intérieur de sa cuisse maintenant dénudée. Relevant la robe plus haut, il fit passer une jambe de Laney sur son épaule.

Elle tressaillit lorsqu'il la plaqua contre le mur, plaçant les mains sous ses fesses pour la stabiliser. Sa respiration s'accéléra lorsqu'il tourna la tête et tomba nez à nez avec le tissu noir et humide de sa culotte.

Ce n'était pas une petite culotte, comprit-il à la vue de trois boutons-pressions hermétiquement fermés.

— Un body, souffla-t-il.

Pourquoi trouvait-il cela si excitant tout à coup ?

Il fit sauter le premier, le second puis le troisième. Un petit frisson lui parcourut l'échine à chaque petit clic. Il inspira profondément, appréciant la senteur de son excitation. Il se mit alors à embrasser son sexe gonflé de désir puis à le lécher avidement, faisant naître chez elle des gémissements de plus en plus sonores. Adossée au mur, le dos cambré, elle s'offrait à lui sans pudeur, le laissant se repaître d'elle et la porter au bord de l'orgasme.

— Oh mon Dieu, oh mon Dieu, oh mon Dieu... gémit-elle. Oui, oui, oui !

Lui agrippant les cheveux, Laney se mit à onduler contre sa bouche. Soudain, elle se figea et jouit en prononçant son nom. Il continua de la lécher. Il aimait la sentir et la goûter. Il imaginait déjà le plaisir qu'il aurait à être en cette femme qui avait le don de lui faire ressentir un kaléidoscope d'émotions. Toutes les émotions qu'il refoulait habituellement parce qu'il les trouvait gênantes. Mais avec Laney il n'y avait rien de gênant et il ne voulait retenir aucune partie de lui-même. Il voulait tout lui donner.

Il passa la langue sur son clitoris, ravi de la façon dont elle frémissait en réaction. Et lorsqu'elle retrouva une respiration plus calme, il reposa sa jambe au sol et se releva à son tour, laissant la robe retroussée. Il avait une idée derrière la tête car il retourna Laney et se mit à se frotter contre ses fesses nues. Même à travers le tissu de son pantalon et de son sous-vêtement, le plaisir était tel qu'il devenait dur comme de l'acier et brûlait d'être en elle.

Il lui leva les mains au-dessus de la tête, plaquant ses paumes contre le mur pendant qu'il remontait encore la robe et le body au-dessus de ses hanches. Ouvrant la fermeture Éclair latérale de la robe, il libéra ses seins, laissant Laney presque nue, bras en l'air contre le mur.

C'était la chose la plus érotique qu'il ait jamais vue, et il sentit son sexe et son cœur palpiter de concert. Après lui avoir embrassé l'omoplate, il lui écarta un peu plus les jambes du bout du pied, avant de la caresser d'une main et de lui titiller les seins de l'autre. Elle se tortilla contre lui en gémissant doucement.

— Delaney Carlisle, tu es la femme la plus sexy que j'aie jamais vue. Et je ne pourrai jamais me lasser de toi, souffla-t-il à son oreille tandis que ses doigts allaient et venaient en elle.

Laney gémit en réponse, son corps tout alangui.

Nolan recula et, après l'avoir éloignée du mur, la fit se pencher en avant. Dans cette position, il avait bon espoir de la faire crier de plaisir assez rapidement.

Laissant les seins, il se mit à lui titiller le clitoris tout en continuant à la pénétrer de l'autre main. Bientôt, elle se mit à se tortiller, à l'implorer, annonçant un nouvel orgasme. Lorsqu'elle jouit, elle pressa son dos contre lui, les jambes tremblantes.

Nolan remarqua que son élégant pantalon ne survivrait peut-être pas à leurs ébats. Mais il s'en fichait complètement. Tout ce qu'il savait, c'est qu'il voulait... devait... la faire jouir encore. Et, cette fois, être en elle.

— Tu te sens bien, beauté ? murmura Nolan en lui enlaçant la taille et en plongeant le nez dans son cou.

— Bien ? dit Laney, les yeux clos et la tête contre son épaule. Nolan, je ne savais pas que tu avais à ce point le sens de l'euphémisme...

Nolan se mit à rire puis lui embrassa doucement les lèvres sur lesquelles il décela un goût de vanille qui provenait sans doute de la pièce montée de Cole et Renée. Puis il déposa des baisers le long de son épaule nue.

— Tu peux aller chercher une bouteille de vin et deux verres et me rejoindre à l'étage ? demanda doucement Laney en redressant un peu sa robe.

Nolan glissa les bras autour de sa taille et l'embrassa dans le cou.

— Avec plaisir. Je serai ravi de te retrouver là-haut, Laney. Mais d'abord, je vais passer chez moi chercher…

— Des préservatifs ? J'en ai pris une boîte la semaine dernière.

Elle se mit à rire en voyant son air stupéfait.

— Ne fais pas cette tête, lança-t-elle en lui chatouillant le ventre. La semaine dernière, j'ai saisi qu'il y avait un peu plus d'une chance sur deux que nous en ayons besoin. Je ne voulais pas être prise au dépourvu.

— C'est clair, dit-il, hilare. Vas-y, chérie. Je te rejoins.

Nolan la regarda monter l'escalier, ravi, puis se dirigea vers la cuisine. Il y trouva une bouteille de Malbec – le vin préféré de Laney – et l'ouvrit. Puis il prit deux coupes en cristal et monta, bien décidé à montrer à Laney à quel point ils pouvaient être bien ensemble.

Nolan entra dans la chambre, où seule une lampe de chevet était allumée. Il entendit un bruit de douche dans la salle de bains attenante, et sentit son rythme cardiaque s'accélérer en imaginant Laney nue, l'eau ruisselant sur sa peau.

Déglutissant difficilement, il posa la bouteille de vin sur la table basse du coin salon ainsi que les deux coupes qu'il remplit avant de s'asseoir dans un fauteuil.

Il prit une gorgée de vin. Il était à la fois puissant et nuancé. Un peu comme Laney, qui pouvait être sérieuse et concentrée sur son travail et, l'instant d'après, faire une blague idiote. Laney était comme une drogue hautement addictive, et il ne pouvait tout simplement pas se passer d'elle.

Pourquoi avait-il accepté cette relation éphémère alors que ce qu'il voulait vraiment, c'était explorer la possibilité d'un avenir avec elle ? Peut-être parce qu'il avait cru que c'était ce qu'elle voulait ?

À l'instant où Laney sortit de la salle de bains, le tirant de ses réflexions, il remarqua qu'elle avait toujours son chignon. Il posa brusquement son verre et se leva.

— Non, reste assis, dit Laney en s'approchant de lui, vêtue d'une serviette blanche. Tu es exactement là où je veux que tu sois.

Elle s'avança vers lui en ondulant doucement, comme si le temps avait ralenti. Elle plongea les yeux dans les siens au moment où elle s'asseyait à califourchon sur lui, plaçant ses genoux de part et d'autre de ses hanches. Prenant son visage entre ses mains, elle y déposa de doux baisers, se rapprochant de plus en plus de sa bouche avant de s'en emparer. Lorsqu'elle glissa la langue entre ses lèvres, Nolan sentit un goût de menthol se répandre dans sa bouche.

Pendant qu'elle déboutonnait sa chemise avec dextérité, il palpa ses fesses nues. Elle l'aida ensuite à ôter sa chemise et son T-shirt. Il la regarda déposer des baisers sensuels dans son cou et sur sa poitrine, frémissant de surprise lorsqu'elle lui mordillait la peau ou bien la léchait, attisant les flammes du désir qui brûlait déjà en lui.

— Tu as une idée de l'effet que tu me fais ? Et à quel point il m'a été difficile de partager ce bureau avec toi alors que tu me faisais fantasmer toute la journée ? demanda-t-il.

Sur ce, il lui prit doucement le menton et l'embrassa avec avidité, sa langue cherchant la sienne, jusqu'à ce qu'il ait l'impression qu'il allait exploser de désir pour cette femme. N'y tenant plus, il se leva et elle noua les chevilles dans son dos tandis qu'il la portait jusqu'au lit où il la déposa.

Laney prit alors la boîte de préservatifs dans la table de chevet avec un sourire presque timide. Détachant sa serviette, elle la laissa tomber avant de se glisser sous la couette. Lorsqu'elle libéra ses cheveux du chignon et posa la tête sur l'oreiller, ses boucles sauvages qu'il adorait se répandirent sur l'oreiller, comme en écho aux rayons du soleil tatoué sur sa peau.

Pour lui, Laney Carlisle était exactement cela. Un soleil dont il avait un besoin vital. Un astre qui avait bouleversé sa vie et lui avait donné une raison de sourire.

Nolan se dépouilla du reste de ses vêtements puis enfila un préservatif. Il la rejoignit ensuite au lit. Plongeant les doigts dans ses cheveux aux senteurs de noix de coco et de vanille, il l'embrassa avec un désir qu'il n'avait jamais ressenti auparavant. Puis, il se mit à déposer des baisers fiévreux dans son cou, sur ses épaules, puis dans la vallée entre ses seins et sur son ventre. Il lui écarta ensuite les cuisses avant de se mettre à embrasser et à lécher son sexe.

Nolan savourait chaque soupir, chaque gémissement de Laney. La façon dont elle plantait les talons dans le matelas, s'agrippait aux draps, les jambes frémissantes, le dos cambré, tandis qu'il se délectait d'elle.

Il remonta le long de son corps, plantant une traînée de baisers sur son chemin. Quand la tête de Nolan apparut de sous la couette, Laney avait l'air profondément satisfaite et repue. Mais, l'instant d'après, elle lui saisit la nuque, l'attira à elle et l'embrassa à pleine bouche.

Le moment était venu et, avant qu'il ne succombe à tant d'excitation, Nolan positionna son sexe dur comme de l'acier contre le sien, puis savoura les délicieuses sensations tandis qu'il la pénétrait lentement. Les ongles courts de Laney se plantèrent dans son dos et elle se cambra, comme si elle avait hâte de l'accueillir. Il se mit à onduler des hanches, lentement d'abord. À chaque poussée, il s'enfonçait le plus profondément possible et avec une telle détermination que Laney ne tarda pas à basculer dans un orgasme spectaculaire, dont les pulsations déclenchèrent le sien dans la seconde qui suivit. Le front collé au sien, il jouit en criant son nom.

Nolan roula sur le dos et fixa le plafond, essayant de reprendre son souffle. Le monde tournait autour de lui, tel un kaléidoscope de lumières et de couleurs qui recelaient un plaisir et une passion qu'il n'avait jamais connus.

Mais alors qu'il était allongé là, à fixer le plafond et à écouter sa propre respiration, une question émergea dans son esprit. Maintenant qu'ils avaient couché ensemble, qu'allait-il se passer ensuite ?

16

Allongée sur le dos, la respiration saccadée, Laney fixait le plafond. Nolan était allongé à côté d'elle. Ni l'un ni l'autre ne disait mot. Bien qu'euphorique, elle appréhendait l'impact que cette nuit passée ensemble aurait sur leur relation. Dans la tranquillité de la chambre, remplie du seul bruit de leurs respirations, une gêne s'installa.

Il n'y avait rien à dire sur cette nuit d'amour en elle-même. Tout avait été extraordinaire. Il n'était pas question de laisser un simple malaise gâcher cela. L'un d'entre eux devait juste dire quelque chose. Laney inspira profondément.

— Nolan, c'était tout simplement incroyable, dit-elle presque timidement, appuyant sa tête sur un poing pour croiser le regard de son compagnon.

Il lui adressa son petit sourire sexy. C'était l'expression qu'il arborait le plus souvent lorsqu'elle fantasmait sur lui. Mais, ce soir, ce qu'ils avaient partagé avait dépassé ses rêves les plus fous.

— Tu as été plus qu'incroyable, répondit-il.

Elle songea à leurs ébats, à sa surprise en découvrant la passion de Nolan pour le cunnilingus. Mais tout ce qui concernait Nolan Valentine n'était-il pas surprenant ?

Et elle ? Avait-elle oublié à quel point elle aimait le sexe ? Ou bien l'appréciait-elle encore plus avec Nolan ? Mais peut-être l'intensité résultait-elle d'un manque, faute d'avoir un partenaire régulier…

— Ce soir, c'était… inattendu, non ? reprit-elle.

— Vraiment ? Tu avais fait le plein de préservatifs, pourtant.

— Peut-être, mais c'était intense entre nous, non ?

— Tu pensais qu'en ma qualité de comptable je serais médiocre au lit ? demanda Nolan en fronçant les sourcils.

— Ce n'est pas que je m'attendais à ce que tu sois médiocre.

Le froncement de sourcils de Nolan s'accentua à ces mots.

Merde. Pourquoi rendait-elle cette conversation sur l'oreiller si embarrassante ?

Il sortit brusquement du lit et se dirigea vers la salle de bains.

Bien que contrariée, Laney en profita pour apprécier l'homme qui, dans sa glorieuse nudité, lui offrait une vue incroyable sur ses fesses musclées.

Elle se mordit la lèvre inférieure et soupira. Nolan Valentine avait énormément d'atouts, physiquement et humainement. Un beau visage et un corps tonique, un sex-appeal intense, un cœur immense et un sens profond de l'empathie qui n'avait d'égal que son goût immodéré pour les prouesses au lit.

Et elle venait de le blesser… Involontairement…

Pourquoi ne peux-tu pas juste être normale ?

Laney prit l'un des nombreux oreillers, le plaqua sur son visage et hurla dedans.

Peut-être aurait-il mieux valu qu'ils restent allongés en silence. Non, ce n'était pas la solution. Elle devait réfléchir à ce qu'elle voulait dire. Et le formuler clairement, cette fois.

Elle entendit de l'eau couler dans le lavabo.

Elle inspira profondément, compta jusqu'à quatre, puis relâcha son souffle.

Dès que Nolan sortit de la salle de bains, elle se redressa, remontant la couette autour de sa poitrine. Nolan semblait se demander s'il devait retourner au lit ou s'habiller.

— Quand j'ai dit que tu m'avais surprise, je n'essayais pas

de te dénigrer, Nolan. Je voulais dire que je te connais comme quelqu'un de droit et de correct. De très à cheval sur les règles. À aucun moment, je n'aurais pu imaginer que tu étais un fou de cunnilingus ou que tu aimais faire l'amour tout habillé contre un mur, sans parler de ton goût pour le langage coquin et ce talent à offrir des orgasmes multiples.

Laney s'entendait divaguer mais ne pouvait pas s'arrêter. Elle avait besoin qu'il comprenne à quel point cette soirée avait compté pour elle. À quel point elle était heureuse qu'il soit celui avec qui elle s'était reconnectée à sa libido.

— Et tu m'as rappelé que je suis non seulement une scientifique et une mère, mais aussi un être sensuel qui mérite des relations sexuelles extraordinaires et… qui aime peut-être oser des choses au lit.

Nolan se détendit. Le grand sourire qui illumina son visage réchauffa le cœur de Laney et lui noua l'estomac. Soudain, il se mit à rire à gorge déployée et la rejoignit dans le lit. La tirant par les jambes, il l'allongea sur le dos puis se hissa en planche au-dessus d'elle.

Ses yeux sombres scintillaient dans la pénombre de la chambre.

— J'aime les gens sans filtre comme toi…, souffla Nolan en déposant un baiser sensuel sur ses lèvres.

— Mon grand-père disait toujours que la franchise était la meilleure des politiques, répondit Laney entre deux baisers. Tiens, viens là.

Elle glissa les mains derrière son dos, l'attirant contre elle. Elle avait besoin de plus de contacts peau contre peau.

— C'est une super qualité, reprit Nolan. J'aime savoir ce que tu penses en temps réel. Je ne me demande jamais si tu penses le contraire de ce que tu dis.

— C'était un problème dans ta précédente relation ?

Laney regretta aussitôt sa question. Il cessa ses délicieux baisers.

— Je suis désolée, Nolan. Je comprends que tu n'aies pas envie d'en parler.

— Non, c'est bon, répondit Nolan, roulant sur le dos avant de la serrer contre sa poitrine. Ça fait un moment que je n'ai pas parlé de mon mariage et des raisons de son échec. Et moins on parle de quelque chose, plus on se crispe.

— Le divorce date de combien de temps ?

— Trois ans. Ça a été une rupture difficile, alors je ne me suis pas lancé tête baissée dans une autre relation.

— Je suis désolée que ça n'ait pas marché, Nolan, dit Laney, sincèrement peinée.

— Moi aussi, à l'époque. Mais plus maintenant. Car je ne t'aurais pas rencontrée si j'étais encore avec elle. Et ce serait vraiment regrettable.

Elle souriait sans doute comme une idiote, mais elle s'en fichait. Entendre Nolan exprimer exactement ce qu'elle ressentait… Rien n'aurait pu la rendre plus heureuse.

Laney l'embrassa avec passion, sa langue cherchant la sienne. Réagissant au quart de tour, Nolan lui saisit les fesses, l'attirant à lui, tandis que leur baiser devenait de plus en plus frénétique. Il tendit la main vers le tiroir où elle avait rangé leur réserve de préservatifs.

— Non, fit-elle. Laisse-moi faire.

— Pas de problème, répondit-il d'un air amusé.

Laney attrapa un étui en aluminium et le déchira. Ses mains tremblaient lorsqu'elle déroula le préservatif le long de son sexe dressé. Quand Nolan voulut passer à l'action, elle l'en empêcha, appuyant sur ses épaules pour qu'il reste sur le dos. Puis elle s'empara de son membre, le caressa plusieurs fois de haut en bas. S'asseyant alors à califourchon au-dessus de lui, elle positionna son sexe contre son entrejambe puis s'enfonça sur lui.

Elle soupira de contentement lorsque Nolan fut entièrement en elle. Elle se réjouit de son regard émerveillé et avide quand elle se mit à bouger les hanches. Et lorsque, sous elle, il commença à faire de même, il déclencha un véritable incendie.

— Bon sang, Nolan. Je suis au bord, gémit-elle en ondulant de plus en plus vite.

À cet instant, Nolan l'embrassa sauvagement.

— Je te tiens, bébé, lui souffla-t-il à l'oreille avant de frotter son menton rugueux contre sa joue.

Elle frémit, appréciant le côté à la fois menaçant et protecteur de l'expression qui décuplait son excitation.

C'est alors que, sans crier gare, Nolan la fit basculer sur le dos sans rompre leur union.

— Je vais nous ramener tous les deux à la maison, murmura-t-il.

Sur ce, il lui souleva une jambe et la posa sur son épaule tandis qu'il se mettait à aller et venir en elle à un rythme tout d'abord lent et régulier. Lorsqu'il sentit qu'elle approchait de l'orgasme, il accéléra les pénétrations.

Elle ne résista pas bien longtemps. S'agrippant à lui, elle planta les ongles dans ses épaules et se laissa submerger par la tempête de sensations qui l'assaillait avant de jouir avec une intensité inouïe.

Mais Nolan n'en avait pas terminé. Ôtant sa jambe de son épaule, il l'embrassa doucement et, la faisant basculer sur le ventre, la pénétra par-derrière.

Lui tenant fermement les mains au-dessus de la tête, il se mit à se mouvoir en elle tandis que, de l'autre main, il titillait ses mamelons. Une fois de plus, elle sentit la sensation familière prendre forme au fond de son ventre, alors même qu'elle n'aurait jamais imaginé qu'il puisse la faire jouir aussi vite une seconde fois.

Le nez plongé au creux de son cou, Nolan poursuivit les pénétrations avec autant de vitesse que de fermeté. Et lorsqu'elle commença à dire son nom, il la laissa jouir avant de la rejoindre dans un cri rauque.

Durant de longues minutes, ils restèrent étendus côte à côte, essayant de reprendre leur souffle puis Nolan passa à la salle de bains. Bien qu'exténuée, Laney ressentait un bonheur euphorique. Un lien profond, elle le sentait, s'était formé entre eux.

Mais, soudain, l'idée qu'elle puisse perdre cette joie, avant qu'ils n'aient la chance de découvrir où cela pourrait les mener, lui étreignit douloureusement le cœur et lui fit monter les larmes aux yeux.

De retour de la salle de bains, Nolan s'étendit contre son dos, en cuillère, et la berça avant de lui embrasser l'épaule.

— Est-ce que je peux rester ?

Laney réprima un sourire et se tortilla entre ses bras.

— J'adorerais que tu restes, Nolan.

Il l'attira plus près de lui et ne tarda pas à s'endormir.

C'était une nuit parfaite, et Nolan était parfait pour elle. Mais elle ne resterait à Magnolia Lake que le temps d'un été.

Derrick avait tout organisé à Seattle pour offrir à leur fille les meilleures conditions d'études et pour lui offrir à elle une nouvelle carrière. Comment pourrait-elle renoncer à une situation aussi idéale ? Et briser le cœur de Harper alors que celle-ci se réjouissait de vivre auprès de son père ?

Elle n'en aurait pas la force.

Tandis que cette prise de conscience s'installait douloureusement dans son esprit, elle comprit que, si tout se passait comme prévu, elles déménageraient à Seattle avant la fin de l'été.

Mais, d'ici là, elle profiterait de cet incroyable bonheur qui lui était offert dans les bras de Nolan.

17

Devant le miroir de sa chambre d'hôtel, Nolan poussa un soupir de frustration en refaisant son nœud papillon pour la troisième fois. Par chance, cette troisième tentative fut à peu près fructueuse, mais pourquoi était-il aussi fébrile ?

Était-ce le fait de savoir que Delaney se trouvait dans la salle de bains en train de se préparer pour le gala ? Ils étaient arrivés à Nashville la veille au soir. Après un trajet de quelques heures en voiture, ils avaient dîné au L.A. Jackson, un restaurant en rooftop que Nolan appréciait. Ils avaient mangé du *queso* fondu à la bière, des hamburgers gastronomiques et partagé une bouteille de riesling allemand. Laney était fascinée par la vue nocturne sur la ville, tandis que Nolan ne pouvait s'empêcher de l'admirer dans sa petite robe noire. Elle s'était relevé les cheveux en chignon et ne portait qu'un soupçon de maquillage. Après le dîner, elle l'avait entraîné sur la piste et ils avaient ondulé sur une playlist de tubes des années 2 000 diffusée par le DJ.

Ils avaient passé une nuit incroyable à l'hôtel puis, réveillés de bonne heure, ils avaient pris leur petit déjeuner au lit. Ils avaient ensuite visité le First Art Museum et exploré la ville avant de rentrer à l'hôtel avec quelques heures à perdre avant le gala. Ils étaient censés faire la sieste. Au lieu de cela, ils avaient fait l'amour, et maintenant ils étaient presque en retard. Par chance, le gala se tenait au Muséum d'histoire naturelle, à deux pas de l'hôtel.

Ce soir, ce serait leur sixième sortie. Ils avaient beau avoir convenu d'une relation éphémère, ils passaient de plus en plus de temps ensemble, et Nolan tombait de plus en plus amoureux d'elle. Il voulait qu'elle sache que son intérêt pour elle allait au-delà du physique.

Delaney était remarquablement intelligente, compétente, séduisante et c'était la personne la plus amusante qu'il ait jamais fréquentée. Avec elle, il était capable de se détendre et de profiter de la vie. Il se surprenait même à sourire souvent.

Certes une petite voix dans sa tête lui rappelait sans cesse à quel point les choses avaient mal tourné la dernière fois qu'il s'était mis en couple avec une femme qui avait des enfants. Mais il ne pouvait s'empêcher de penser que leur relation avait de l'avenir.

Nolan jeta un œil à sa montre puis lissa sa chemise blanche et enfila sa veste de smoking marine. Soudain, Laney sortit de la salle de bains, et les yeux de Nolan faillirent jaillir de leurs orbites.

— Waouh, souffla-t-il en la caressant lentement du regard.

Vêtue d'une robe rouge foncé qui épousait ses hanches, puis s'évasait jusqu'aux pieds, Laney était éblouissante.

— Laney, tu es… magnifique.

— Merci, dit-elle, inclinant la tête d'un air amusé. N'aie pas l'air aussi surpris. Ce n'est pas la première fois que tu me vois en robe de soirée.

C'était vrai. Pourtant, elle continuait de l'éblouir. Nolan lutta contre l'envie de glisser ses doigts dans ses boucles et d'embrasser ses lèvres pulpeuses.

— On y va ? fit-il en lui proposant son bras.

— On y va, dit-elle, glissant le bras dans le sien.

Lorsqu'ils entrèrent l'ascenseur, il fut submergé par les notes subtiles de fleurs et d'agrumes de son parfum. Son cœur battait aussi fort que le concert de djembés qu'ils avaient entendus dans la rue cet après-midi. Il comprit alors qu'il était en train de tomber amoureux de Laney. Et elle ? Était-ce possible qu'elle ressente la même chose pour lui ?

Delaney Carlisle avait des étoiles plein les yeux. Une fois de plus, sa sœur avait choisi la robe parfaite, alors qu'elle-même la trouvait trop formelle sur le coup. Pourtant, elle devait admettre qu'elle lui allait à ravir. Elle avait l'impression d'être un mélange de reine guerrière africaine et de princesse Disney avec cette robe de sirène rouge dotée d'une petite traîne.

Laney sentait son pouls s'accélérer chaque fois qu'elle pensait à l'expression de Nolan lorsqu'elle était sortie de la salle de bains vêtue de cette robe. Il était tellement séduisant dans son smoking bleu marine, sa chemise blanche et son nœud papillon noir. Elle aurait presque souhaité esquiver le gala et passer le reste du week-end avec lui dans leur chambre. Elle aurait accepté s'il l'avait proposé. Tout en appréciant le cadre élégant du musée, son buffet et son excellent champagne, ce qu'elle préférait, c'était d'être au bras de Nolan.

Elle aimait voir cet homme timide se muer en charmeur quand il se mettait à parler affaires avec des dirigeants d'entreprise. Laney se rendait compte à quel point ce devait être épuisant de forcer ainsi sa nature lorsqu'on n'était pas vraiment à l'aise en société, et elle l'admirait d'autant plus pour cela.

Laney appréciait leurs brefs échanges au cours desquels ils partageaient des détails apparemment insignifiants sur eux-mêmes. Autant de détails qui, tels des coups de pinceau, s'assemblaient pour former peu à peu un tableau complet de son compagnon. Et plus elle apprenait à le connaître, plus elle l'adorait. Elle ne regrettait qu'une chose : ne pas l'avoir rencontré hors du cadre professionnel.

Laney s'était prise d'affection pour Magnolia Lake. Elle comprenait maintenant pourquoi sa sœur, tombée amoureuse de Blake Abbott, de sa famille et de la ville, s'y était installée.

Car Laney se trouvait dans une situation similaire. Elle adorait Nolan et sa famille, et en était venue à apprécier la qualité de vie qu'offrait Magnolia Lake, un cadre idéal pour Harper. Mais le professeur Genobli, avec qui Derrick l'avait mise en contact, lui avait fait une offre aussi alléchante que lucrative : venir à Seattle pour collaborer à la mise en place d'un cursus universitaire d'œnologie et de viticulture.

Non seulement Derrick lui avait trouvé l'emploi de ses rêves mais il avait dégotté l'école parfaite pour Harper, qui aurait ainsi la chance de pouvoir grandir auprès de sa famille paternelle. Laney se voyait offrir sur un plateau tout ce dont elle avait toujours rêvé. Comment aurait-elle pu passer à côté d'une telle opportunité ?

Mais elle en était encore au stade de la réflexion. Le Dr Genobli lui avait accordé un délai généreux pour réfléchir à son offre.

— Tout va bien ? demanda Nolan, l'air inquiet.

— Oui, bien sûr. Pourquoi ?

— Tu avais l'air pensive. Comme si quelque chose te pesait, dit-il en lui embrassant la main. Tu es sûre que tout va bien ?

Laney sentit son estomac se nouer brusquement. Était-ce une réaction au geste tendre de Nolan ou l'expression de la culpabilité qu'elle éprouvait de ne pas lui avoir dit qu'elle envisageait de s'installer à Seattle ?

— Ça va, merci, répondit Laney, espérant que son sourire ne paraissait pas trop crispé.

— J'imagine que tu dois t'ennuyer à mourir dans ce genre de soirée, lui chuchota-t-il à l'oreille. J'ai encore quelques personnes à voir. Mais, ensuite, que dirais-tu d'une visite privée de mes salles préférées ?

— J'en serais ravie, souffla-t-elle, tout excitée.

Nolan l'embrassa sur la joue puis se tourna pour saluer un homme qu'il lui présenta comme le P-DG d'une entreprise de logiciels en plein essor. Durant toute la conversation, il lui pressa doucement la main comme s'il avait besoin de ce lien physique autant qu'elle.

Laney ne pouvait s'empêcher de le fixer.

Elle aimait vraiment Nolan. Son charme, sa gentillesse. Sa sensibilité.

Mais c'était hélas la bonne personne au mauvais moment.

Laney poussa un soupir : le diagnostic était sans appel.

Malgré le sourire qu'elle affichait, elle sentit son cœur se briser à l'idée qu'à la fin de l'été elle devrait quitter Nolan et commencer une nouvelle vie à des milliers de kilomètres de Magnolia Lake.

Mais, d'ici là, elle était déterminée à profiter de chaque instant qu'elle passerait avec lui.

Laney était ravie de voir le musée à travers les yeux de Nolan, qui partageait avec enthousiasme les détails de chacune de ses salles préférées : fossiles de requins, dinosaures dont un squelette presque complet de Tyrannosaurus rex, pierres précieuses, cristaux, minéraux, dont un diamant rouge extrêmement rare. Alors qu'ils s'apprêtaient à entrer dans le planétarium, on annonça hélas que le dîner allait commencer.

Ils se dirigèrent vers la rotonde. Apparemment le repas se tenait parmi des dizaines de vitrines contenant fossiles, moulages et autres créatures océaniques d'hier et d'aujourd'hui.

— Il y a des toilettes ? demanda Laney. Je voudrais me laver les mains.

Ils descendirent un bel escalier de marbre avec des rampes en fer forgé. Les toilettes se trouvaient de part et d'autre des marches.

Après s'être lavé les mains, Laney retoucha rapidement son rouge à lèvres.

— Très joli rouge à lèvres et superbement assorti à cette robe, remarqua une femme qui utilisait le lavabo voisin.

— Merci. Ce n'est pas mon style habituel mais, ce soir, j'avais envie d'oser. Espérons que ça paye, ajouta-t-elle en adressant un clin d'œil à son interlocutrice, qui se mit à rire.

— Tenez-moi au courant, s'esclaffa la femme. Mon couple aurait bien besoin d'un peu de magie en ce moment.

— J'espère que vous la trouverez, répondit Laney avec un petit sourire compatissant. Bonne soirée.

— À vous aussi.

Nolan l'attendait au pied de l'escalier, et elle le rejoignit le cœur gonflé de bonheur en voyant la sincère affection qui s'exprimait dans son regard.

Et dire qu'elle trouvait enfin l'homme et le travail de ses rêves et qu'ils se situaient à des milliers de kilomètres l'un de l'autre. Comme la vie pouvait être à la fois douce et cruelle.

En réalité, il ne leur restait plus beaucoup de temps à passer ensemble et elle ne pouvait pas se permettre de le gaspiller en se montrant trop réservée. Car ce qu'elle voulait, en cet instant, c'était passer le reste de la nuit au lit avec lui.

Laney entraîna Nolan derrière un grand pilier de marbre et lissa les revers noirs de son smoking.

— Tu crois qu'il serait possible d'esquiver ce dîner et de rentrer à l'hôtel ? J'ai d'autres activités prévues pour nous deux.

Nolan posa sur elle un regard chargé de désir et l'embrassa avec tant d'ardeur qu'une bouffée de chaleur la submergea de la tête aux pieds.

— Écoute, dit-il d'un air désolé, je dois au moins faire une apparition au dîner. Mais après...

— Nolan ?

La voix qui prononçait son nom n'était pas tout à fait inconnue à Laney. Mais elle n'était manifestement que trop familière à Nolan à en juger par la façon dont ses épaules se contractèrent sous ses doigts.

— Marian ? souffla-t-il.

— Marian ? Ton ex-femme ?

Laney n'avait pas l'intention de prononcer ces mots à haute

voix. Mais… c'était la femme avec qui elle avait échangé quelques mots aux toilettes. À qui elle avait sous-entendu qu'elle avait choisi cette robe pour exciter son partenaire. Comment était-ce possible ?

— Oui, répondit Nolan en se tournant vers elle pour lui caresser la joue.

Il aurait pu être déstabilisé de croiser son ex à ce gala. Mais l'expression dans son regard ne pouvait être plus rassurante. Clairement, il était ici avec elle, et c'était la seule chose qui comptait.

18

À peine Nolan eut-il reconnu la voix de Marian qu'une douloureuse migraine envahit son crâne. Que faisait-elle ici ?

Il soupira doucement. Ça n'avait aucune importance. Ce qui comptait, c'était qu'il soit avec Laney. Vu la façon dont elle avait crispé les épaules et retenait toujours son souffle, il devait absolument la rassurer sur ce point.

Il lui effleura la pommette du bout du pouce. Une façon de lui rappeler d'un simple geste à quel point il était heureux en sa compagnie. Et que la présence inattendue de son ex n'y changeait rien.

Un sourire merveilleux éclaira lentement les traits de Laney. Il vit avec soulagement une étincelle danser dans ses yeux et sentit ses épaules se détendre.

Il passa un bras autour de la taille de Laney et s'avança.

— Quel plaisir de te revoir, Marian.

Bien sûr, il disait cela par pure politesse. À quoi cela aurait-il servi de brusquer une ex que l'on n'avait pas vue depuis trois ans ? Mais, évidemment, il ne se réjouissait absolument pas de sa présence aussi gênante qu'inattendue.

— Oui, quel plaisir, répondit Marian en posant le regard sur Laney. Je n'avais pas réalisé… Je veux dire, je n'aurais jamais imaginé…, commença-t-elle avec un sourire forcé. C'est bien de voir que tu as tourné la page.

Il n'en était pas si sûr… jusqu'à ce que Laney débarque dans sa vie.

— Marian, voici ma compagne, Delaney Carlisle. Elle travaille comme œnologue pour le domaine viticole récemment acquis par ma famille.

— Je vois, répondit Marian avec un regard torve, chargé de sous-entendus qui n'échappa pas à Nolan. Nous avons échangé quelques mots dans les toilettes, ajouta-t-elle en serrant la main de Laney. Je suis Marian Lester, l'ex-femme de Nolan, comme vous l'avez probablement déjà deviné.

— Delaney Carlisle. Enchantée de vous rencontrer, répondit automatiquement Laney avant de se tourner vers Nolan. Bon, je monte voir s'ils ont bien respecté notre choix de menu…

— Mais tu n'as pas besoin de…

— Je sais, lui murmura-t-elle à l'oreille. Mais c'est peut-être ta chance de régler certaines choses avec elle. Ça pourrait te faire du bien. En tout cas, je pense que tu en as besoin.

Le regard chaleureux et le sourire rassurant de Laney lui firent chaud au cœur. Elle l'embrassa rapidement, salua Marian puis se dirigea vers l'escalier.

Nolan regarda Laney remonter puis se tourna vers Marian.

— Je comprends ce que Laney essaye de faire en s'éclipsant mais je ne pense pas en réalité que nous ayons encore quoi que ce soit à nous dire, Marian. Tu as dit tout ce que tu avais à dire le soir où tu as pris les enfants quand tu es partie, déclara Nolan, fourrant les mains dans les poches de son pantalon. Je suis heureux de voir que tu vas bien, et j'espère que les enfants aussi. Bon, eh bien, je vais y aller…

— Et s'il se trouvait que nous n'allions pas si bien que ça ? répliqua Marian en s'agrippant à son bras alors qu'il commençait à s'éloigner.

Nolan fronça les sourcils, jetant un œil à l'endroit où elle lui avait touché le bras.

Marian retira sa main.

— Et si je m'étais rendu compte que me remettre avec Douglas avait été une terrible erreur ?

— Alors je serais désolé de l'apprendre.

Il avait été profondément attaché à elle. Cela ne lui faisait pas plaisir de savoir qu'elle était malheureuse. Parce que cela signifiait que les enfants l'étaient sans doute aussi.

— Tu sais, reprit-il, ça m'a fait un mal de chien quand tu as brusquement mis fin à notre mariage. Mais, maintenant, je me rends compte que tu as pris la bonne décision. Nous méritons tous les deux d'être avec quelqu'un qui nous rende vraiment heureux.

— Mais est-ce que Delaney te rend vraiment heureux, Nolan ? Ou bien n'est-ce qu'une passade pour toi ?

— Il ne s'agit pas de Laney et moi, Marian. Il s'agit de toi et moi. Parce que je t'aurais dit exactement la même chose si Laney n'avait pas été pas dans l'équation, dit Nolan d'un ton très calme. Nous ne nous remettrons *jamais* ensemble. Bonsoir.

Sur ce, Nolan tourna les talons et monta l'escalier de marbre deux marches à la fois, impatient de retrouver Laney. À chaque pas qu'il faisait en direction de la table où elle discutait gaiement avec les autres convives, il se sentait plus léger et plus heureux. En fait, depuis qu'elle était entrée dans sa vie, il n'avait jamais été aussi heureux.

Il salua brièvement leurs compagnons de table puis s'assit à son côté.

— Tu es tout essoufflé, remarqua Laney en lui caressant la joue. Tu as couru ? Ce n'était pas la peine, je comprends parfaitement que tu aies besoin...

— Toi, voilà ce dont j'ai besoin..., murmura Nolan en lui embrassant la paume de la main sans se soucier du regard des autres convives. La seule chose dont j'ai besoin, c'est toi.

19

Debout face aux immenses baies vitrées de la chambre, Laney admirait la silhouette des gratte-ciel de Nashville qui se découpaient sur le ciel nocturne. Vêtue d'un T-shirt de Nolan, elle se délectait du confort de ses bras. Il se tenait derrière elle, pieds nus et vêtu de son seul pantalon de pyjama, et l'embrassait dans le cou.

Honnêtement, elle ne s'était jamais sentie aussi satisfaite, aussi à l'aise, aussi... aimée.

Laney soupira puis prit une longue gorgée de Malbec. C'était une nuit magnifique. Mais ce qui avait rendu cette soirée... ce week-end... si magique, c'était Nolan.

Après le dîner, ils étaient retournés dans leur chambre et avaient fait l'amour. Dans le lit. Sur le canapé. Sous la douche. Elle était toute courbaturée et épuisée de la meilleure façon qui soit. Au-delà du sexe, être avec Nolan était exaltant. Ils avaient tant de choses en commun. Ils avaient passé le week-end à parler de tout, de leur enfance, de leur famille, de leur travail, de leur passion pour la viticulture.

Lorsque Nolan lui avait raconté en détail sa conversation avec son ex, la première réaction de Laney avait été de se sentir coupable. À cause de Seattle.

Peut-être devrait-elle pousser Nolan à retrouver Marian... N'était-ce pas égoïste de sa part de priver Nolan de sa seconde chance de former une famille alors qu'elle ne serait plus là dans quelques semaines ?

— Tout va bien ? demanda-t-il.

— J'ai passé un week-end formidable. J'ai adoré chaque moment que nous avons passé ensemble, répondit-elle avant de poser son verre de vin et de se tourner vers lui. Je suis désolée si j'ai l'air… un peu distraite. C'est juste que…

— Qu'y a-t-il, mon ange ? fit-il en lui caressant la joue.

Laney se blottit contre lui, avide de la chaleur de son corps. *Dis-le, c'est tout.*

— Et si Marian et toi étiez faits l'un pour l'autre et que j'interférais dans votre destin ?

— Je te l'ai dit, tout n'est pas lié à toi, Laney.

— Comment peux-tu en être aussi sûr ? s'enquit-elle en se mettant à faire les cent pas. Si je n'avais pas été là ce soir, peut-être les choses se seraient-elles passées différemment, et vous auriez décidé de revivre ensemble avec les enfants.

— Laney, ma chérie. Viens ici, dit Nolan en la prenant dans ses bras.

Elle posa la tête sur son épaule, huma son parfum réconfortant et sentit son rythme cardiaque ralentir.

— Ce n'est pas du tout Marian qui t'inquiète, n'est-ce pas ? demanda finalement Nolan.

Laney tenta de s'éloigner mais Nolan prit son visage entre ses mains. Sa voix était douce, son expression engageante. C'était une chose à laquelle il avait travaillé. Parce que, naturellement, il avait tendance à se renfermer sur lui-même. C'était sa façon de se protéger des souffrances infligées par ses proches. Et n'était-ce pas justement ce qu'elle était en train de faire : le blesser ?

— Quoi que tu aies à dire, Laney, je pourrai faire face, reprit-il avec un petit sourire qui ne la rassura guère.

Mais Nolan avait raison. Ce qu'elle s'apprêtait à dire ne serait peut-être pas vraiment une surprise. N'avaient-ils pas convenu de vivre une simple aventure ?

— Pourquoi essaies-tu de faire croire que Marian et moi sommes faits l'un pour l'autre ? Est-ce une façon de me dire...

— On m'a offert le travail de mes rêves, le coupa Laney, baissant les yeux pour ne pas voir la déception dans les siens. Je n'ai pas postulé. J'ai été recommandée.

— Oh. Waouh, souffla Nolan, l'air abasourdi.

Elle le dévisagea, traumatisée d'être à l'origine de cet air peiné sur son beau visage.

— C'est une bonne nouvelle, non ? reprit Nolan avec un sourire crispé.

Il lui tendit la main mais ne s'approcha pas. Le confort de ses bras lui manquait déjà.

— Parle-moi de ce travail parfait...

— Je travaillerai pour une université de premier plan et il s'agira d'élaborer le contenu de son tout nouveau cursus de viticulture et d'œnologie. Et je dirigerai le département une fois qu'il sera créé, débita-t-elle à toute allure.

— C'est une remarquable opportunité. Je sais que tu excelleras à ce poste.

Nolan disait tout ce qu'il fallait, mais il avait un ton morne et le regard douloureux. Il faisait face à la fenêtre et, les bras croisés, fixait l'obscurité.

— Et où se trouve ce poste de tes rêves ? demanda-t-il.

— À Seattle.

Nolan la dévisagea, les yeux écarquillés.

— C'est donc ton ex qui t'a recommandé pour ce poste...

— Derrick travaille à l'université.

— Est-ce que vous vous êtes remis...

— Bien sûr que non...

Nolan devait absolument comprendre que ce n'était pas la même chose qu'avec Marian. Elle ne le quittait pas pour renouer avec son ex. Il n'était pas question de donner une seconde chance à Derrick. Elle voulait rester à Magnolia Lake et explorer l'incroyable connexion qu'elle partageait avec Nolan.

— C'est de l'histoire ancienne..., ajouta-t-elle

— Pour toi, peut-être.

Nolan n'avait pas tort. Derrick voulait sans aucun doute reprendre là où ils s'étaient arrêtés. Qu'ils forment une famille avec Harper. Cela même dont il n'avait pas voulu neuf ans auparavant.

— Derrick n'a pas vraiment fait ça pour moi. Son but est de passer plus de temps avec Harper et de lui faire connaître sa famille, qui vit à Seattle. Il lui a trouvé une place dans une excellente école qui offre un programme scientifique de premier plan. Me mettre en relation avec l'université était simplement un moyen pour lui de parvenir à ses fins.

— Et en ce qui te concerne, toi ? murmura douloureusement Nolan.

— Je n'aurais jamais imaginé pouvoir décrocher un tel poste à ce stade de ma carrière, répondit Laney en s'enfonçant sur le canapé et en se passant les doigts dans les cheveux. Et cette école... Elle est tout simplement parfaite pour Harper. Et le fait de vivre à proximité de ses grands-parents et ses cousines...

— Et de son père.

Laney commençait à avoir une terrible migraine. C'était comme si son cœur se déchirait en deux.

Aucun d'eux ne parla pendant un moment.

— Je sais que ça tombe terriblement mal, reprit-elle. Je ne m'attendais pas à tomber amoureuse de Magnolia Lake. Je ne m'attendais pas non plus à ressentir ce que je ressens pour toi, Nolan. Quitter Magnolia Lake n'est pas ce que je veux. Mais si l'on évalue objectivement la situation... C'est une chance extraordinaire pour Harper et aussi pour moi.

Nolan se laissa tomber à son tour sur le canapé. Entre eux, l'espace paraissait aussi grand qu'un terrain de football.

Laney se frotta les bras, tentant de chasser le froid qui l'envahissait.

— Donc tu as déjà accepté le poste ? fit Nolan, dépité.

— J'ai demandé un temps de réflexion. Ma réponse est attendue d'ici lundi.

— Donc tu n'as pas encore accepté…, poursuivit Nolan. Pourquoi ?

C'était une bonne question. Une question à laquelle elle n'avait pas de réponse. Ou peut-être n'avait-elle tout simplement pas voulu admettre la vérité. Pas même à elle-même.

Nolan soupira doucement puis se leva pour s'asseoir à côté d'elle sur le canapé. Il entrelaça ses doigts avec les siens et tous deux restèrent silencieux pendant un moment. Ce fut lui qui reprit la parole.

— Tu n'es pas obligée d'aborder chaque décision importante de ta vie comme une équation mathématique, Laney, remarqua-t-il en lui caressant la main du bout du pouce. Ce que tu veux compte aussi. Tu as dit que tu ne voulais pas quitter Magnolia Lake. Pourquoi ?

Elle scruta l'expression douloureuse de Nolan et sentit son propre cœur se briser à l'idée de ne plus jamais le revoir. La réponse à sa question était évidente.

Elle était tombée amoureuse de Nolan Valentine et de la petite ville de Magnolia Lake. Et elle ne pouvait pas supporter l'idée de les quitter.

Nolan attendait patiemment la réponse de Laney. C'était stupide de croire qu'elle allait dire que c'était à cause de lui qu'elle ne supportait pas de partir s'installer à Seattle. Pourtant, c'était exactement ce qu'il avait envie d'entendre.

Mais, fidèle à elle-même, Laney répondit à sa question par une autre.

— Que ferais-tu si une opportunité répondant à toutes tes aspirations se présentait au mauvais moment de ta vie ?

— Comment dois-je répondre à une telle question, Laney ?

En qualité d'ami ? D'amant ? De directeur financier de Valentine Vineyards ?

— Honnêtement.

— Ce n'est pas aussi simple que ça en a l'air.

Laney posa la tête sur son épaule.

— Pourquoi ?

— Parce que je suis un égoïste qui ferait n'importe quoi pour que tu restes. Comme te dire que nous avons l'intention de t'offrir le poste d'œnologue, au salaire que tu as demandé. Mais je suis aussi un homme qui t'aime assez pour te dire que tu devrais saisir cette opportunité, si c'est ce que tu veux vraiment. Quel homme préférerais-tu entendre ?

— Premièrement… je veux entendre les deux, répondit Laney, stupéfaite. Deuxièmement… Est-ce que tu viens de m'offrir un travail et de me dire que tu m'aimes sans prendre le temps de respirer ?

— Exactement. Un poste et mon amour. Je crois que je suis tombé amoureux de toi dès que je t'ai rencontrée, Laney. J'ai essayé de me convaincre que ce n'était pas possible. Mais mes sentiments se sont imposés à moi, jusqu'à ce que je ne puisse plus le nier.

— Pourquoi n'as-tu rien dit avant ?

— Tu as dit que tu ne cherchais rien de sérieux. Je ne voulais pas t'effrayer. Je ne dis pas ça pour que tu restes. Je pense que j'ai compris tout ça ce soir.

Laney s'assit sur ses genoux et l'embrassa. Ses lèvres douces et sucrées glissèrent sur les siennes. Puis elle sourit doucement en lui caressant la joue.

— Je te connais assez pour savoir que tu ne me dirais jamais que tu m'aimes si ce n'était pas le cas, Nolan.

— Peut-être. Mais j'espère que tu me crois aussi quand je te dis que, plus que tout, je veux que Harper et toi soyez heureuses, ajouta-t-il, submergé par l'émotion. Évidemment, j'espérais que ce serait ici avec moi mais, si ton rêve doit t'emmener à Seattle, je trouverai un moyen d'être heureux pour toi, Laney. Un jour ou l'autre. D'ici là, je me fiche de savoir si je suis égoïste, je veux passer chaque instant qui reste avec toi. Parce que cet été est le plus extraordinaire de ma vie.

Delaney était apparue comme un soleil dans son existence. Elle avait apporté de la lumière aux ténèbres dans lesquelles il se débattait depuis son divorce et avait dégelé la toundra qu'était autrefois son cœur. Nolan redoutait le vide qu'il ressentirait la première fois qu'il entrerait dans son bureau et que les affaires de Laney auraient disparu. Il détestait l'idée que son lit et son cœur redeviendraient froids et vides sans Laney.

— J'adore Magnolia Lake. Je suis près de ma sœur. J'adore mon travail et cette famille un peu excentrique pour laquelle je travaille, déclara Laney en riant les larmes aux yeux.

Nolan ne put s'empêcher de rire lui aussi.

— J'aime faire partie du projet que ta famille cherche à mettre en œuvre avec Valentine Vineyards, reprit-elle. Mais surtout, Nolan, je veux rester à Magnolia Lake parce que je t'aime. Je ne veux pas m'éloigner de toi ni de tout ça. Pas alors que je n'ai jamais été aussi heureuse depuis longtemps.

— Et si Seattle était le choix logique ?

Il aurait dû se taire et être reconnaissant à Laney d'avoir choisi de rester. Mais il voulait être sûr qu'elle avait bien réfléchi. Qu'elle ne se réveillerait pas un jour en regrettant d'avoir raté une grande opportunité parce qu'elle l'avait choisi, lui, plutôt que le travail de ses rêves.

— Par deux fois, dans ma vie, j'ai pris une décision avec mon cœur plutôt qu'avec ma tête. La première a été mon choix de devenir mère. La seconde a été ma décision d'opter pour une carrière que j'aimais. Ce sont les meilleures décisions que j'aie jamais prises et elles ne m'ont apporté que de la joie. D'une certaine manière, elles m'ont toutes deux menée à toi. Je suis donc mon cœur et je fais ce qui me rend heureuse, comme je l'ai promis à mon grand-père.

Nolan poussa un soupir de soulagement. Il embrassa Laney et la serra contre lui. Pour la première fois depuis qu'elle avait évoqué le sujet de son éventuel départ, il avait l'impression de pouvoir respirer.

— Je suis heureux que vous restiez toutes les deux à Magnolia Lake. Mais j'ai peur que ça brise le cœur de Harper.

— Elle sera déçue, c'est clair, mais elle est résiliente. Et elle aime aussi la famille qu'elle a ici. Elle s'adaptera. Le plus important, c'est que son père fera partie de sa vie et que je pourrai t'avoir dans la mienne. Et cela me rend merveilleusement heureuse.

— Moi aussi, répondit Nolan en l'embrassant à nouveau, ce dont il ne se lasserait jamais. Maintenant, si nous voulons continuer cette relation, j'ai une condition.

— Tu mets déjà des conditions, hein ? fit-elle en haussant un sourcil. Vas-y...

— Je ne veux plus que cette relation soit notre petit secret. Je veux que tout le monde sache à quel point je t'aime, Laney. À commencer par nos sœurs qui se mêlent tellement de nos vies.

— Il n'empêche qu'elles avaient raison de penser que nous étions parfaits l'un pour l'autre, s'esclaffa Laney en tirant Nolan du canapé. Mais nous les préviendrons à notre retour à Magnolia Lake. Ce soir, j'ai d'autres projets.

Sur ce, Laney lui décrivit à l'oreille son projet qui nécessitait l'emploi du coulis de chocolat et de la crème fouettée qu'elle avait cachés dans le petit frigo de leur chambre. Il sentit son corps réagir instantanément.

Il se rendit alors compte qu'il n'en aurait jamais assez de la fascinante Delaney Carlisle, même s'il devait passer le reste de sa vie avec elle.

Épilogue

Les épaules de Laney se crispèrent à la vue des nombreux véhicules garés dans la rue et l'allée de Duke et Iris Abbott. Apparemment, la maison serait pleine pour le barbecue qu'ils organisaient comme chaque fin d'année. Laney ne pouvait s'empêcher d'être excitée et nerveuse. Aujourd'hui, Nolan et elle allaient enfin parler de leur relation à leurs familles.

— Alors, tu es prête ? demanda Nolan en se garant.

— Totalement, répondit-elle en prenant une longue inspiration avant de l'embrasser brièvement.

La solennité du moment fut perturbée par les gloussements de l'enfant de huit ans sur la banquette arrière.

— Embrasse-le encore, maman ! s'écria Harper en glissant son adorable frimousse entre les sièges avant.

Nolan eut un sourire gêné. Laney pouvait sentir la chaleur irradier de ses joues.

— Elle finira par se lasser de nous, je te le promets, murmura-t-elle, l'embrassant de nouveau avant de sortir de voiture. Viens, toi, ajouta-t-elle à l'attention de sa fille en ouvrant la porte arrière. Tout le monde est pressé de te voir.

Cette remarque détourna momentanément l'attention de Harper du fait que sa maman avait maintenant un petit ami.

— Moi aussi, j'ai hâte, répondit la petite fille, prenant la main de Laney d'un côté et celle de Nolan de l'autre.

Nolan parut agréablement surpris par le geste de Harper, et Laney ne put s'empêcher de sourire.

Harper avait été désemparée en apprenant qu'elle ne vivrait pas à Seattle. Elle avait boudé pendant trois jours. Ensuite, Laney lui avait expliqué que M. Nolan et elle sortaient ensemble maintenant. Et, contre toute attente, Harper avait été absolument ravie.

Depuis, le blues initial de Harper s'était mué en une attitude un brin moqueuse sur le fait que Nolan était le « nouveau petit ami de maman », ce qu'elle chantonnait chaque fois qu'elle était à côté d'eux.

Le cœur de Laney se mit à palpiter tandis qu'ils atteignaient la majestueuse maison avec sa devanture en ardoise grise, son toit de bardeaux et, en arrière-plan, sa vue imprenable sur les monts Great Smoky.

Nolan et elle avaient convenu de garder leur relation secrète jusqu'à ce qu'elle ait officiellement accepté le poste d'œnologue à Valentine Vineyards. Et jusqu'à ce qu'elle puisse en parler à Harper en personne. Maintenant qu'elle avait coché ces deux cases, ils avaient hâte d'annoncer la nouvelle à leurs familles.

Mais si le barbecue annuel de Duke et Iris avait paru le moment idéal pour faire leur annonce, cela semblait moins évident à mesure qu'ils approchaient du but.

Ils se dirigèrent derrière la maison, où se déroulaient les réjouissances. Avant même d'atteindre la terrasse, ils furent accueillis par l'odeur de la viande grillée et du pain maison ainsi que par les bavardages et les rires des invités.

Toute la famille Abbott était là : Joe Abbott, Duke et Iris, tous leurs enfants et petits-enfants, Benji, le cousin des Abbott et sa famille, le père et les sœurs de Nolan, ainsi que de nombreux conjoints et amis.

À peine Harper eut-elle aperçu ses cousins Davis et Remi, ainsi que les jumeaux de Benji, Beau et Bailey, qu'elle s'élança vers eux.

Alors, Nolan prit la main de Laney et, leurs doigts s'entrelacèrent tandis qu'ils se dirigeaient vers leurs familles. Tous les visages s'éclairèrent sur leur passage, avec de grands sourires et des yeux écarquillés.

— Eh bien, c'est pas trop tôt ! s'exclama Naya en se jetant dans leurs bras. Je savais que vous feriez un couple parfait.

— Tu avais raison, je l'avoue, renchérit Nolan, glissant un bras autour de la taille de Laney. Je te suis redevable.

— Tout à fait d'accord. À ce propos, je ne serais pas opposée à ce que vous donniez mon nom à votre premier enfant, lança Naya avant d'éclater de rire lorsqu'ils la regardèrent, interloqués. Relax, vous deux, je plaisante ! Souriez !

— Je suis sûre qu'elle ne plaisantait pas, murmura Nolan à l'oreille de Laney lorsque sa sœur se fut éloignée.

— Bah, Naya, c'est assez mignon mais alors plutôt comme deuxième prénom…

À ces mots, Nolan la dévisagea comme s'il tombait des nues.

— Quoi ? Tu n'aimes pas le prénom de ta sœur ?

— Si, si. J'adore. C'est juste que… je n'aurais jamais imaginé que tu envisageais… enfin que tu pourrais avoir envie…, balbutia Nolan, qui n'avait jamais paru aussi adorable. Je n'avais pas compris que tu voulais un autre enfant.

— Je ne suis pas mécontente de ma vie telle qu'elle est. Mais, oui, j'aimerais avoir un autre enfant un jour. Pourquoi ? Ce serait un problème pour…

Nolan la fit taire d'un baiser. Repoussant quelques boucles folles derrière son oreille, il la regarda, au bord des larmes.

— Non, Laney, ce ne serait absolument pas un problème pour moi.

Alors Laney fut submergée par une douce chaleur. Ce projet d'enfant était peut-être prématuré mais le fait de savoir qu'ils étaient d'accord sur ce point lui prouvait, si besoin était encore, qu'ils étaient réellement sur la même longueur d'onde et que Nolan Valentine était bien l'homme qu'il lui fallait.

Chandra s'approcha d'eux, avec sa petite Autumn blottie contre elle dans une écharpe de portage.

— Alors... vous deux... Je suis tellement ravie pour vous, dit-elle en les étreignant doucement.

— Merci, Chandra.

Pour Laney, il était très important d'être acceptée et appréciée par les sœurs de Nolan, car elle les adorait, ainsi que leur père. Déjà, lorsqu'elle n'était qu'une contractuelle du Domaine, ils lui avaient donné l'impression de faire partie de la famille. Elle sourit à l'idée qu'un jour Harper et elle puissent faire officiellement partie de ce clan si chaleureux et si aimant.

— Merci, frangine. Pour tout, souffla Nolan en serrant le bras de sa sœur.

Il prit Laney par la main et ils se frayèrent un chemin à travers la foule d'amis et de proches, qui exprimèrent tous leurs vœux de bonheur pour leur relation naissante. Une heure après le début de la fête, Laney avait mal aux joues à force de sourire. Ce qui ne l'empêchait pas de nager dans le bonheur. Elle aimait Nolan Valentine et se délectait de la façon incroyable dont cet été qui avait commencé comme une simple romance était en train de se muer en une vie d'amour.

Elle avait hâte de découvrir ce que l'avenir leur réservait.

Nolan avait laissé Laney pour aller se chercher une autre bière lorsqu'il vit arriver son frère Sebastian.

— Incroyable, Seb ! Je ne m'attendais absolument pas à te voir ici ! lui lança Nolan en décapsulant sa bière. Tu as fait cinq heures de route depuis Nashville pour un barbecue ?

Voyant l'air épuisé de son frère, Nolan lui tendit sa bière.

— C'est un long week-end, répondit Sebastian avant d'avaler une longue gorgée. Mon assistante a insisté pour que je prenne une pause. Elle savait que, si j'étais resté à Nashville, je serais revenu au bureau.

— Elle a raison, tu as besoin de repos. Tu as l'air épuisé. À ce rythme, papa aura bientôt l'air d'être ton jeune frère...

— Très drôle, répliqua Sebastian, l'air blasé. Hélas, le poste de P-DG n'est pas de tout repos, contrairement à ce qu'on pourrait penser en voyant papa.

— J'imagine aussi que le racheteur de Valentine Textiles a beaucoup d'attentes et te met la pression… En tout cas, j'espère que tu ne te fais pas de reproches…

— Pas du tout, répondit Sebastian en prenant une autre gorgée de sa bière. Je sais que je fais tout ce que je peux et que le problème ne vient pas de moi. En fait, chaque fois que j'ai l'impression de progresser… les priorités changent.

— D'accord, dit Nolan. Mais si tu n'es pas heureux dans ton poste actuel…

— C'est un travail, Nolan. Ce n'est pas censé te rendre heureux, dit Sebastian.

— Je ne suis pas d'accord. Mais puisque tu penses que le travail n'est pas censé rendre les gens heureux, pourquoi alors te tortures-tu avec le tien ?

— Tu sais, depuis mon adolescence, je me suis fixé pour objectif de devenir P-DG de Valentine Textiles.

— Eh bien, maintenant que cet objectif est atteint, pourquoi ne rejoindrais-tu pas Valentine Vineyards ? Nous allons prochainement étendre nos activités, et nous aurions bien besoin de ton expertise en tant que directeur des opérations.

— Merci pour ton offre, Nolan. Mais je n'agite pas le drapeau blanc. Je suis sûr que, d'ici la fin de l'année, tout va s'arranger.

— D'accord. Mais l'offre tient toujours si tu changes d'avis. Maintenant, j'aimerais te présenter quelqu'un.

Le cœur de Nolan se mit à battre plus fort lorsque, se tournant vers Laney, il vit son regard s'illuminer.

— Ouh, je vois que les affaires reprennent, lança Sebastian, donnant un petit coup d'épaule à son frère.

— Eh oui. C'est la petite sœur de Savannah, Delaney Carlisle. La brillante œnologue que nous venons d'embaucher à Valentine

Vineyards. Mais aussi la femme que j'ai l'intention d'épouser un jour.

À cette nouvelle, Sebastian faillit s'étouffer avec sa bière.

— Ça alors, moi qui croyais que tu avais fait une croix sur le mariage... Eh bien, je suis ravi pour toi, Nolan. Je sais que ces dernières années ont été difficiles, après ton divorce. Mais tu mérites le bonheur. Je suis heureux que tu aies trouvé ce que tu cherchais ici, à Magnolia Lake

— Merci, Seb. Mais n'oublie pas que, toi aussi, tu mérites d'être heureux. Promets-moi de ne pas laisser ton stupide ego t'empêcher d'avoir une vie qui te plaise vraiment.

— Promis, soupira Sebastian.

— C'est bien. Maintenant, viens. Je vais te présenter Laney et sa fille, Harper.

Ils rejoignirent Laney, qui discutait avec sa sœur, Savannah, et son beau-frère, Blake. Alors, Nolan présenta à son frère la femme qui avait bouleversé son univers en quelques mois. La femme avec laquelle il espérait passer le reste de sa vie.